LE MYSTÈRE ÉGYPTIEN

J'AI LU

ELLERY QUEEN

Le mystère du théâtre romain	*J'ai lu* 2103/3
Le mystère de l'éléphant	*J'ai lu* 2534/3
Le mystère du soulier blanc	*J'ai lu* 3349/4
Deux morts dans un cercueil	*J'ai lu* 2449/3
Le mystère égyptien	*J'ai lu* 1514/3
La mort à cheval	*J'ai lu* 3130/3
Le mystère des frères siamois	*J'ai lu* 2905/4
Le mystérieux monsieur X	*J'ai lu* 1918/3
Le mystère espagnol	*J'ai lu* 3494/4
La maison à mi-route	*J'ai lu* 1586/3
Le mystère du grenier	*J'ai lu* 1736/3
Le mystère de la rapière	*J'ai lu* 3184/3
Le quatre de cœur	*J'ai lu* 1876/3
La ville maudite	*J'ai lu* 1445/3
Il était une vieille femme	*J'ai lu* 1489/3
Le renard et la digitale	*J'ai lu* 1613/3
La décade prodigieuse	*J'ai lu* 1646/3
Griffes de velours	*J'ai lu* 1675/3
Coup double	*J'ai lu* 1704/3
L'arche de Noé	*J'ai lu* 1978/3
Le roi est mort	*J'ai lu* 1766/3
Lettres sans réponse	*J'ai lu* 2322/3
Le village de verre	*J'ai lu* 2404/3
Le cas de l'inspecteur Queen	*J'ai lu* 3023/3
Le mot de la fin	*J'ai lu* 1797/3
L'adversaire	*J'ai lu* 2690/4
Et le huitième jour...	*J'ai lu* 1560/3
Sherlock Holmes contre Jack l'éventreur	*J'ai lu* 2607/2
Face à face	*J'ai lu* 2779/3
Un bel endroit privé	*J'ai lu* 1811/3
La dernière femme de sa vie	*J'ai lu* 2052/3
Les dents du dragon	*J'ai lu* 2148/3
La maison aux étrangers	*J'ai lu* 2192/3
Les quatre côtés du triangle	*J'ai lu* 2276/3

Recueils

Les aventures d'Ellery Queen
Le dragon creux
Calendrier du crime
Bureau de recherches

Romans sous le nom de Barnaby Ross

La tragédie de X
La tragédie de Y
La tragédie de Z
La dernière affaire du Drury Lane

ELLERY QUEEN

LE MYSTÈRE ÉGYPTIEN

TRADUIT DE L'AMÉRICAIN
PAR PERRINE VERNAY

ÉDITIONS J'AI LU

Titre original :

THE EGYPTIAN CROSS MYSTERY

PRINCIPAUX PERSONNAGES

Andrew VAN, un maître d'école
Thomas BRAD, un importateur de tapis
Stephen MÉGARA, son associé
Velja KROSAC, acteur d'une vendetta
Hélène BRAD, la belle-fille de Brad
Margaret BRAD, la femme de Brad
Jonah LINCOLN, directeur général de la maison d'importation
Hester LINCOLN, la sœur de Lincoln
Dr Victor TEMPLE, un voisin
Percy LYNN, un Anglais
Elisabeth LYNN, la femme de Lynn
HARAKHT, dieu du soleil
Paul ROMAINE, un nudiste
Capitaine SWIFT, maître d'équipage de Mégara
Fox, jardinier-chauffeur de Brad
Le Pr YARDLEY, un érudit
ISHAM, un procureur
VAUGHN, un inspecteur
Ellery QUEEN, le narrateur

L'action se passe aux Etats-Unis

CRUCIFIEMENT D'UN MAÎTRE D'ÉCOLE

Des connaissances de psychiatrie laborieusement acquises m'ont fourni une aide inappréciable dans ma profession de criminaliste.

Jean TURCOT.

Noël à Arroyo

Cela commença en Virginie de l'Ouest au croisement de deux routes, à huit cents mètres du petit village d'Arroyo. L'une étant la route principale de New Cumberland à Pughtown, l'autre un embranchement conduisant à Arroyo.

Situation géographique importante, Ellery Queen s'en rendit compte immédiatement; il remarqua aussi quantité d'autres détails dans ce premier coup d'œil et éprouva une telle confusion d'esprit devant la nature contradictoire des indices, où rien ne concordait, qu'il éprouva le besoin de s'arrêter pour réfléchir.

Le fait qu'Ellery, ce cosmopolite, se trouvât les pieds dans la boue à côté d'une vieille Duesenberg de course, par une froide après-midi de fin décembre, à 2 heures, en Virginie, demande une explication. Tant d'éléments avaient contribué à produire cet extraordinaire phénomène! D'abord une randonnée de vacances prises à l'instigation de l'inspecteur Queen, père d'Ellery. Le vieil homme était fort occupé par une sorte d'assemblée générale à laquelle le chef de la police de Chicago avait invité les membres les plus éminents de la police des grandes villes pour envisager des mesures à prendre et déplorer avec lui le mépris total des lois qui sévissait dans son district.

Ce fut en accompagnant son père au Bureau central de la police de Chicago qu'Ellery entendit parler du mystérieux assassinat d'Arroyo – un assassinat que la presse avait baptisé avec un certain esprit « le crime en T ». Tant d'éléments contenus dans les comptes rendus de journaux tracassaient Ellery – le fait, par exemple, qu'Andrew Van avait été décapité et crucifié le matin de Noël – qu'il avait arraché de force son père aux conférences enfumées de Chicago et avait filé vers l'est dans sa vieille Duesenberg – une auto d'occasion capable de dévorer l'espace.

Comme il fallait s'y attendre, l'inspecteur, bien que fort soucieux de ses devoirs paternels, perdit très vite sa bonne humeur et garda pendant tout le trajet – de Chicago à Toledo, Sandusky, Cleveland, Ravenna, Lisbon et autres villes de l'Illinois ou de l'Ohio, jusqu'à Chester, en Virginie – un silence menaçant, ponctué des monologues habiles d'Ellery et du grondement du moteur affolé.

Ils avaient dépassé Arroyo, petit village de deux cents âmes, avant de s'être aperçus qu'ils le traversaient; puis ce fut le carrefour.

Ils distinguèrent le poteau indicateur, surmonté de sa barre transversale, se détachant en noir sur l'horizon, avant que la voiture ne s'arrêtât devant, car la route d'Arroyo, débouchant à angle droit sur la grande route New Cumberland-Pughtown, finissait là. Ce poteau, planté face à l'embranchement d'Arroyo, tendait un de ses bras vers le nord en direction de Pughtown, l'autre vers New Cumberland au sud.

– Allez, grommela l'inspecteur, continue! Fais l'imbécile si tu veux. Par les tripes du diable! Me traîner jusqu'ici uniquement pour voir un nouveau crime de fou! Je n'entends pas...

Ellery arrêta son moteur et fit quelques pas. La route était déserte et les hautes montagnes de Virginie semblaient toucher un ciel de plomb. La terre gelée craquait sous les pieds, il faisait très froid et un vent glacial s'engouffrait dans le pardessus d'Ellery. Devant lui se dressait le poteau indicateur sur lequel Andrew Van, un original, maître d'école d'Arroyo, avait été crucifié.

Ce poteau, jadis peint en blanc, devenu gris sale et incrusté de boue, avait environ deux mètres de haut, la taille d'Ellery Queen. La branche transversale, longue et massive, lui donnait l'aspect d'un gigantesque T. Ellery comprenait maintenant pourquoi la presse avait parlé du « crime en T ». Le poteau et le carrefour affectaient l'un et l'autre la forme d'un T; puis ce T fantastique tracé avec du sang sur la porte du mort! Ellery l'avait aperçu en passant devant sa maison, à quelque cinquante mètres de l'embranchement.

Le jeune homme soupira et ôta son chapeau, non pas par respect précisément, mais parce qu'en dépit du froid intense il transpirait. Tirant son mouchoir de sa poche, il s'essuya le front en se demandant quel fou pouvait avoir commis ce crime atroce, illogique et absolument incompréhensible. Jusqu'au cadavre! Il se rappelait un des comptes rendus de la découverte du corps, écrit par un célèbre reporter de Chicago, spécialiste des descriptions atroces.

Le plus pitoyable des contes de Noël nous fut dévoilé aujourd'hui lorsque le cadavre décapité d'Andrew Van, maître d'école dans le petit village d'Arroyo, en Virginie de l'Ouest, âgé de quarante-six ans, fut trouvé crucifié sur le poteau indicateur dressé à une croisée de routes proche du village, le 25 décembre au matin.

Des clous longs de dix centimètres, plantés dans les paumes de la victime, rivaient ses bras étendus aux bras du poteau, deux autres clous traversaient les chevilles du mort serrées l'une contre l'autre sur la branche verticale. Les aisselles étaient soutenues par deux clous qui supportaient le poids du corps, de sorte que, la tête ayant été coupée à la hache, le cadavre ressemblait à un gigantesque T.

Le poteau en forme de T, le croisement de routes en T, sur la porte de la maison de Van, un immense T tracé par le meurtrier avec le sang de sa victime et, clouée au poteau indicateur, la représentation humaine d'un T telle que peut la concevoir le cerveau d'un fou...

Et pourquoi avoir choisi Noël? Pourquoi le meurtrier a-t-il traîné sa victime à cent mètres de chez elle et crucifié son cadavre à la croisée des routes? Quelle peut être la signification de ce T?

La police locale est complètement déconcertée. Van était un original, mais calme et inoffensif. On ne lui connaissait ni ennemis ni amis. La seule personne admise dans son intimité était un simple d'esprit nommé Kling, qui lui servait de domestique. Ce dernier a disparu et on dit que le procureur du district, Crumit, de Hancock County, a tout lieu de croire, d'après la suppression de certains indices, que Kling a pu être également victime du fou le plus sanguinaire dont il ait jamais été fait mention dans les annales du crime en Amérique...

D'autres articles de la même veine contenaient des détails sur la vie bucolique de l'infortuné maître d'école d'Arroyo, de maigres renseignements glanés par la police sur les dernières actions de Van et de Kling, et les pompeuses déclarations du procureur.

Ellery ôta son pince-nez et, après l'avoir essuyé soigneusement, le remit pour mieux voir le macabre poteau.

Aux deux extrémités de la traverse, les traces des clous arrachés par la police étaient entourées d'une tache roussâtre aux bords inégaux; de petits filets de même couleur descendaient des trous à l'endroit où le sang d'Andrew Van s'était écoulé, goutte à goutte, de ses mains mutilées. Pas de cercle sanglant autour des clous ayant supporté les aisselles mais, sur toute sa hauteur, le poteau était strié, barbouillé, enduit du sang séché qui avait ruisselé de la blessure béante du cou. Au bas du poteau, là où les chevilles clouées avaient saigné, on voyait un grand cercle brunâtre autour des trous et le sang avait imbibé la terre.

Ellery revint à pas lents vers la voiture où l'inspecteur, déprimé et furieux, l'attendait. Le vieillard était emmitouflé jusqu'aux oreilles dans un vieux cache-nez de laine, son nez effilé et rouge pointant hors de l'étoffe comme un signal de danger.

– Eh bien, dit-il d'un ton bourru, on repart ? Je suis gelé.

– Tu n'es guère curieux, dit Ellery en se glissant sur son siège.

– Non !

– Quel homme ! fit Ellery en démarrant.

Il sourit malicieusement. L'auto fit un bond en avant comme un lévrier qui prend sa course, tourna sur deux roues, zigzagua et repartit en trombe du côté d'Arroyo. Saisi d'une terreur mortelle, l'inspecteur s'était cramponné à son siège.

– Quelle idée bizarre, hurla Ellery pour couvrir le bruit du moteur, ce crucifiement un jour de Noël !

– Ouais ! fit l'inspecteur.

– Il me semble, cria Ellery, que je vais me passionner pour cette affaire.

– Attention ! hurla soudain son père.

La voiture se redressa.

– Tu ne te passionneras pas du tout, je te ramène à New York avec moi.

– C'est une honte, murmura l'inspecteur comme Ellery arrêtait sa voiture devant un bâtiment à charpente apparente, une véritable honte de laisser ce poteau indicateur sur la scène du crime. Quelle époque !

– Je croyais que l'affaire ne t'intéressait pas, dit Ellery en sautant sur le trottoir. Hé, là-bas ! cria-t-il à un homme vêtu d'une salopette bleue qui balayait. Est-ce le bâtiment municipal d'Arroyo ?

L'homme le regarda stupidement, bouche bée.

– Question superflue. L'enseigne est visible pour tout le monde. Laissez, auteur de mes jours !

C'était un petit hameau endormi, une poignée de bâtisses serrées les unes contre les autres. Celle devant laquelle s'était arrêtée l'auto ressemblait à un champignon. A côté se trouvait un magasin avec une pompe à essence et un petit garage. Le bâtiment à charpente apparente portait fièrement l'enseigne :

MAISON COMMUNALE

Sur une porte s'étalait la plaque « Constable » et, derrière, un gros homme au visage rougeaud semblait dormir. L'inspecteur grogna, le policier souleva de lourdes paupières et se gratta la tête.

– Si vous cherchez Matt Hollis, dit-il d'une voix de basse un peu rauque, il est sorti.

Ellery sourit.

– Nous cherchons le policier Luden, d'Arroyo.

– C'est moi. Que voulez-vous ?

– Luden, dit Ellery, très cérémonieux, permettez-moi de vous présenter à l'inspecteur Richard Queen, chef de la Brigade criminelle de la police de New York, en chair et en os.

– Qui ça ? fit Luden ahuri. De New York ?

– Aussi vrai que me voilà, dit Ellery en marchant sur le pied de son père. Et maintenant, nous voudrions...

– Asseyez-vous, dit le policier en poussant une chaise vers l'inspecteur. C'est l'affaire Van qui vous amène, hein ? J'savais pas que ça pouvait vous intéresser, vous autres New-Yorkais ! Qu'est-ce qui vous tracasse ?

Ellery offrit son porte-cigarettes au policier, qui refusa et tira une énorme chique de sa blague à tabac.

– Racontez-nous toute l'affaire, Luden.

– J'ai rien à dire. Des tas de gens de Chicago et de Pittsburgh sont venus rôder autour de la ville. J'commence à en avoir par-dessus la tête.

– Je comprends cela, dit l'inspecteur.

Ellery tira son portefeuille et regarda négligemment les billets qu'il contenait. Le regard de Luden s'éclaira.

– Enfin, dit-il, j'en suis pas au point de ne pas répéter l'histoire encore une fois.

– Qui a trouvé le corps ?

– Le vieux Pete. Vous n'le connaissez pas. L'a une cabane quéque part dans la montagne.

– Oui, je sais. Un fermier n'est-il pas mêlé aussi à l'affaire ?

– Mike Orkins. L'a une couple d'acres, du côté de Pughtown. Cet Orkins venait avec sa Ford à Arroyo, voyons, c'est aujourd'hui lundi... oui, vendredi matin, le jour de Noël, de bonne heure, et le vieux Pete allait aussi à Arroyo, il y descend quelquefois. Orkins l'a fait monter dans sa voiture. Alors, à la croisée des routes, au moment de tourner vers Arroyo, ils ont vu, cloué sur le poteau, raide comme un poulain frigorifié... le cadavre d'Andrew Van.

– Nous avons vu le poteau, dit Ellery.

– J'parierais que plus de cent personnes de la ville sont venues le voir ces derniers jours, grommela Luden. J'savais plus comment régler la circulation. N'importe comment, Orkins et le vieux Pete ont eu plutôt peur et ont bien failli s'évanouir tous les deux.

– Hum ! grommela l'inspecteur.

– Ils n'ont pas touché le cadavre, bien entendu ? dit Ellery.

– Pas de danger ! fit Luden en hochant la tête. Ils ont filé à Arroyo comme si le diable était à leurs trousses et m'ont tiré du lit.

– Quelle heure était-il ?

Le policier rougit.

– 8 heures, mais j'avais veillé très tard chez Matt Hollis et j'ai dormi plus longtemps que d'habitude.

– Mr Hollis et vous êtes allés au carrefour, si je ne m'abuse ?

– Oui, Matt – c'est notre maire – et moi, avons pris quatre garçons avec nous et on a filé en auto. Dans quel état il était ! Van, je veux dire. Je n'ai jamais rien vu de pareil dans ma chienne de vie. Et le jour de Noël, par-dessus le marché ! C'est un vrai blasphème. D'ailleurs, Van était un athée.

– Comment ? fit l'inspecteur en pointant son nez rouge comme un dard hors de son cache-nez. Un athée ? Que voulez-vous dire par là ?

– Peut-être qu'il n'était pas précisément athée, murmura Luden, gêné. Je ne mets pas souvent les pieds à l'église moi-même, mais Van n'y allait jamais. Le pasteur... allons, vaut mieux ne plus parler de ça.

– Remarquable, fit Ellery en se tournant vers son père. Tout à fait remarquable, papa. On dirait vraiment l'œuvre d'un fanatique religieux.

– Oui, c'est ce qu'ils disent tous, fit le policier, moi, j'n'en sais rien, je n'suis qu'un policier de village et nous n'avons même pas mis un vagabond au cachot depuis trois ans. Mais je peux bien vous le dire, messieurs, y a quéque chose de plus grave là-dessous qu'une simple question de religion.

– Je suppose que vous n'avez pas de suspect, en ville? demanda Ellery.

– Personne n'est assez maboul pour faire une chose pareille, m'sieur. Croyez-moi, ça doit être quéqu'un mêlé au passé de Van.

– Des étrangers sont-ils venus récemment par ici?

– Pas un seul. Donc, Matt, les garçons et moi, on a identifié le corps d'après la taille, la carrure, les vêtements, les papiers etc., puis on l'a descendu. En rentrant en ville on s'est arrêtés chez Van.

– Et qu'avez-vous trouvé?

– L'enfer, dit le constable en mâchant férocement sa chique. Les traces d'une lutte terrible, toutes les chaises renversées, du sang partout, ce grand T, dont les journaux ont tant parlé, marqué avec du sang sur la porte, et le pauvre vieux Kling parti.

– Ah, fit l'inspecteur, le domestique est parti ainsi, sans crier gare? Il a emporté ses hardes, je suppose?

– Ça, répliqua le policier en se grattant la tête, j'peux pas l'affirmer. Le coroner m'a pour ainsi dire enlevé l'affaire des mains. Je sais qu'ils recherchent Kling et, je crois, aussi quelqu'un d'autre. Mais j'peux rien vous dire là-dessus, ajouta-t-il vivement.

– On n'a pas encore trouvé trace de Kling? demanda Ellery.

– Pas que j'sache. On a envoyé son signalement partout. Le corps a été emmené au chef-lieu du comté, à Weirton – à environ dix kilomètres d'ici – et remis au coroner. Les scellés ont été posés sur la maison de Van, la police d'Etat suit l'affaire ainsi que le procureur du district.

Ellery réfléchissait. Luden semblait fasciné par son pince-nez.

– Et la tête a été tranchée, murmura Ellery. A la hache, je suppose?

– Oui, nous avons trouvé la hache dans la maison. C'est celle de Kling, elle ne portait pas d'empreintes.

– Et la tête elle-même?

– Pas retrouvée. J'imagine que ce meurtrier, complètement fou, l'a emportée en souvenir.

— Eh bien, papa, dit Ellery en mettant son chapeau, je crois que nous pouvons partir. Merci, Luden.

Il lui tendit la main et le visage du policier s'éclaira lorsqu'il sentit un billet lui chatouiller agréablement la paume. Son ravissement fut tel qu'abandonnant sa sieste il les accompagna jusqu'à la porte.

Nouvel An à Weirton

Aucune raison logique ne justifiait l'intérêt qu'Ellery Queen portait à l'affaire du maître d'école crucifié. Il aurait dû être à New York, l'inspecteur ayant été prié d'écourter ses vacances et de rentrer à Center Street, car Ellery suivait généralement son père. Mais l'atmosphère du chef-lieu de comté de Virginie, la sourde agitation qui régnait à Weirton où les rumeurs circulaient à voix basse, de bouche à oreille, le retenaient là-bas. Désespérant de faire entendre raison à son fils, l'inspecteur prit le parti de rentrer à New York. Ellery le conduisit en voiture à Pittsburgh.

— Qu'as-tu l'intention de faire, au juste? lui demanda le vieil homme au moment où Ellery l'installait dans son Pullman. Allons, raconte-moi cela. Tu as déjà trouvé la solution, j'imagine?

— Doucement, inspecteur, fit Ellery, surveillez votre pression artérielle. L'affaire m'intéresse, tout simplement. Je n'ai jamais rencontré massacre plus démentiel et je tiens à assister à l'enquête pour entendre les témoignages auxquels Luden a fait allusion.

— Tu rentreras à New York l'oreille basse, lui prédit l'inspecteur.

— Oh, probablement, dit Ellery en riant, mais je n'ai plus de sujet de roman en tête et une affaire de cette sorte offre tant de possibilités!

Ils en restèrent là. Le train partit, laissant Ellery sur le quai, en proie à un vague malaise. Il retourna en voiture à Weirton le jour même.

C'était un mardi, il avait jusqu'au samedi, lendemain

du Nouvel An, pour soutirer le plus de renseignements possible au procureur du district. Ce dernier était un vieux grincheux plein d'ambition et imbu de sa propre importance. Ellery arriva jusqu'à son antichambre, mais ni prières ni flatteries ne réussirent à le faire pénétrer plus avant. « Le procureur est occupé, le procureur ne veut voir personne. Revenez demain. De New York ? Le fils de l'inspecteur Queen ? Désolé. »

Rongeant son frein, Ellery erra dans les rues pour prêter l'oreille aux fastidieuses conversations des gens. Weirton, avec son houx, ses décorations clinquantes, ses arbres de Noël étincelants, se livrait à une véritable psychose. Les femmes n'osaient se risquer dans la rue et on ne voyait pas d'enfants, les hommes s'abordaient pour discuter des moyens d'en finir. Il fut même question de lynchage, sentence respectable, mais qui échoua, faute d'avoir quelqu'un à lyncher. La police de Weirton rôdait dans les rues avec un embarras visible, la police d'Etat faisait de fréquentes incursions en ville. De temps à autre, le visage émacié du procureur paraissait derrière les vitres de son auto, telle une image impitoyable de la vengeance.

Au milieu de ce tumulte, Ellery gardait son calme et son air interrogateur. Le mercredi, il tenta une démarche auprès du coroner du comté, Stapleton, jeune homme obèse qui transpirait perpétuellement, mais ce dernier, prudent, ne lui fournit aucun détail nouveau.

Il consacra les trois derniers jours à se renseigner du mieux possible sur Andrew Van, la victime, et fut surpris de constater que l'on savait fort peu de chose. Rares étaient ceux qui l'avaient vu en chair et en os, c'était un solitaire qui n'allait presque jamais à Weirton. On disait que les villageois d'Arroyo le considéraient comme un professeur exemplaire, très bon, presque trop faible même, avec ses élèves; le conseil municipal d'Arroyo se déclarait tout à fait satisfait de ses services. De plus, bien qu'il ne fréquentât pas l'église, il s'abstenait de toute boisson alcoolisée, et sa tempérance, semblait-il, avait consolidé sa situation dans une société vivant dans la crainte de Dieu et la sobriété.

Le jeudi, veille du Nouvel An, le principal journal de Weirton offrit ses colonnes aux six révérends chargés de pourvoir aux besoins spirituels de la ville. L'occasion était trop belle pour ne pas la saisir et chacun d'eux étala son sermon en première page. Andrew Van, disaient-ils, était un athée. Celui qui a vécu dans l'irréligion doit mourir en impie. Néanmoins, les actes de violence... Le tout, complété par un éditorial abondamment pourvu de références à Barbe-Bleue, Landru, le fou de Düsseldorf, le fantôme américain, Jack l'Eventreur et autres monstres réels ou fictifs, composait un savoureux dessert pour le dîner de Nouvel An des bonnes gens de Weirton.

La salle du tribunal où l'enquête devait avoir lieu le samedi matin était pleine à craquer bien avant l'heure. Ayant eu la sagesse d'arriver tôt, Ellery était assis au premier rang, derrière la barrière. Un peu avant 9 heures, le coroner Stapleton arriva à son tour. Ellery se précipita vers lui et, exhibant un télégramme signé du chef de la police de New York, obtint l'autorisation de pénétrer dans l'antichambre où le corps d'Andrew Van était exposé.

– Le cadavre est dans un triste état, dit le coroner, nous ne pouvions tenir l'enquête pendant la semaine de Noël et le décès remonte à plus de huit jours. C'est l'entreprise des pompes funèbres de la ville qui a gardé le corps.

Ellery fit appel à tout son courage et souleva le drap qui recouvrait le cadavre; défaillant d'horreur devant la vision épouvantable, il laissa vivement retomber l'étoffe. C'était le corps d'un homme de grande taille, mais à la place de la tête, il n'y avait qu'un trou béant...

Sur une table toute proche, des vêtements : costume gris foncé, souliers noirs, chemise, chaussettes, sous-vêtements, le tout raide de sang desséché. Quelques objets recueillis dans les poches du mort – crayon, stylo, portefeuille, trousseau de clefs, un paquet de cigarettes froissé, quelques piécettes et une vieille lettre – n'offraient aucun intérêt en dehors des initiales *A. V.* que l'on retrouvait sur plusieurs d'entre eux; la lettre était adressée à *Andrew Van, Esq.*

Stapleton se retourna pour présenter un homme âgé,

de haute taille, aux traits creusés, qui venait d'entrer et regardait Ellery d'un air soupçonneux.

– Mr Queen... le procureur du district, Mr Crumit.

– Qui, dites-vous ? fit vivement Crumit.

Ellery sourit, salua et retourna dans la salle d'audience.

Cinq minutes plus tard, le coroner Stapleton ouvrait la séance et, après avoir expédié les préliminaires habituels, appelait Michael Orkins à la barre.

Orkins descendit l'allée centrale, suivi par les regards et les chuchotements. C'était un vieux fermier courbé et noueux, si brûlé par le soleil que sa peau ressemblait à du vieil acajou. Il s'assit. Il paraissait nerveux et croisait et décroisait ses grandes mains.

– Mr Orkins, dit le coroner, veuillez nous dire comment vous avez découvert le corps du défunt.

Le fermier s'humecta les lèvres.

– Oui, monsieur. Vendredi matin, j'étais parti pour Arroyo dans ma Ford, et, juste avant d'arriver au carrefour, voilà que j'aperçois le vieux Pete de la montagne, à pied, sur la route. Naturellement je lui dis de monter, nous continuons et là, au tournant... on aperçoit un cadavre accroché au poteau. Il était cloué par les mains et les pieds...

La voix d'Orkins se brisa.

– Nous avons filé en ville, en moins de deux.

Un rire étouffé s'échappa de l'assistance. Le coroner frappa pour obtenir le silence.

– Avez-vous touché au corps ?

– Non, monsieur ! Nous ne sommes même pas descendus de voiture.

– Je vous remercie, Mr Orkins, vous pouvez vous retirer.

Le fermier poussa un gros soupir et regagna sa place en s'épongeant le front avec un mouchoir rouge.

– Pete ! appela le coroner.

Il y eut un mouvement au fond de la salle et un étrange personnage se leva. C'était un vieil homme très droit, à la barbe grise en broussaille, aux sourcils proéminents, vêtu de guenilles qui formaient le plus singulier assemblage de vieux habits déchirés, sales et rapiécés. Il s'avança d'un pas traînant jusqu'au bout de l'allée en secouant la tête et s'assit dans le fauteuil réservé aux témoins.

– Comment vous appelez-vous? demanda le coroner.

– Hein? fit le vieil homme.

– Votre nom de famille, quel est-il? Pete comment?

Le vieux Pete secoua la tête.

– J'ai pas de nom, déclara-t-il. Le vieux Pete, c'est moi. Je suis mort, il y a vingt ans que je suis mort.

Il y eut un silence horrifié. Complètement déconcerté, Stapleton considérait l'assistance. Un homme entre deux âges, de petite taille, plein de vivacité, qui était assis près du coroner, se leva.

– Vous avez quelque chose à dire, Mr Hollis? dit le coroner.

– Oui. Ne vous étonnez pas, monsieur le coroner, le vieux Pete ne jouit pas de toutes ses facultés, il est ainsi depuis des années, en fait depuis qu'il est apparu dans la montagne. Il a une cabane quelque part au-dessus d'Arroyo et descend à peu près tous les deux mois. Il braconne un peu, je crois, mais à part ça, on n'a rien à lui reprocher.

– Je comprends, merci, Mr Hollis.

Le coroner épongea la sueur qui humectait ses grosses joues et le maire d'Arroyo s'assit dans un murmure d'approbation. Le vieux Pete, ravi, agita une main sale pour remercier Matt Hollis.

Brusquement, le coroner reprit son interrogatoire. Les réponses de l'homme, bien qu'assez vagues, suffirent à confirmer les déclarations de Michael Orkins et le vieux Pete fut renvoyé à sa place.

Le maire Hollis et le policier Luden racontèrent à leur tour comment ils avaient été tirés du lit par Orkins et le vieux Pete, comment ils s'étaient rendus à la croisée des chemins pour identifier le cadavre. Ils avaient ensuite enlevé les clous, emmené le corps en s'arrêtant à la maison de Van où ils avaient trouvé un désordre indescriptible et un énorme T inscrit avec du sang sur la porte.

Le témoin suivant, un gros Allemand nommé Luther

Bernheim, sourit en découvrant une denture largement aurifiée, secoua son gros ventre et s'assit.

– Vous êtes propriétaire du magasin général d'Arroyo ?

– Oui, monsieur.

– Connaissiez-vous Andrew Van ?

– Oui, monsieur. C'était un de mes clients.

– Depuis combien de temps le connaissiez-vous ?

– *Ach!* des années. C'était un excellent client qui payait toujours comptant.

– Achetait-il lui-même son épicerie ?

– Quelquefois, mais la plupart du temps, c'était Kling, son domestique. Mais il venait toujours régler ses notes lui-même.

– Etait-il d'un abord facile, liant ?

Bernheim leva les yeux.

– Euh... oui et non.

– Vous voulez dire que tout en étant aimable il ne se livrait pas ?

– *Ja, ja.*

– A votre avis, Van était-il un original ?

– Certainement. Par exemple, il me commandait toujours du caviar.

– Du caviar ?

– *Ja,* c'était le seul client qui m'en achetait. J'en commandais spécialement pour lui, toutes sortes de caviar, du Beluga, du rouge, mais surtout du noir, le meilleur.

– Mr Bernheim, Mr Hollis et vous, Mr Luden, veuillez passer dans la pièce voisine pour identifier officiellement le corps.

Le coroner quitta la salle, suivi des trois citoyens d'Arroyo, et le murmure des conversations s'éleva crescendo jusqu'à leur retour. Le brave propriétaire du magasin général avait un visage gris cendre et de l'horreur plein les yeux.

Ellery Queen soupira. Le maître d'école d'un village de deux cents âmes qui commandait du caviar ! Luden, le policier, était peut-être plus clairvoyant qu'il ne le paraissait; Van avait évidemment un passé plus reluisant que ne l'indiquaient son emploi et son entourage.

La haute silhouette du procureur se dressa sur l'estrade, un léger frisson courut dans l'assistance, car le moment des révélations sensationnelles allait commencer.

– Monsieur le procureur, dit le coroner en se penchant en avant, avez-vous fait une enquête sur le défunt ?

– Oui !

Ellery s'enfonça dans son siège, il détestait cordialement le procureur, mais le regard glacé de Crumit semblait contenir des présages.

– Veuillez nous dire ce que vous avez découvert.

– Andrew Van est arrivé à Arroyo il y a neuf ans, en réponse à une annonce qui demandait un maître d'école. Ses références et sa culture paraissant satisfaisantes, il a été engagé par le conseil municipal. Accompagné de son domestique Kling, il a loué une maison située dans Arroyo Road, qu'il a occupée jusqu'à sa mort. Il a rempli ses fonctions de professeur à l'entière satisfaction de tous et sa conduite durant tout son séjour à Arroyo a été irréprochable.

Crumit s'interrompit pour provoquer un surcroît d'attention.

– ... Mes enquêteurs ont essayé de remonter plus avant dans la vie de Van et ont découvert qu'il avait été maître d'école à Pittsburgh avant de venir à Arroyo.

– Et avant cela ?

– Aucune trace. Mais il a été naturalisé américain après avoir reçu le titre de citoyen de Pittsburgh, il y a treize ans. Son dossier à Pittsburgh porte sa nationalité avant sa naturalisation : il était arménien, né en 1885.

« Un Arménien ! pensa Ellery, le menton appuyé sur sa main. Ce n'est pas loin de la Galilée... » Des pensées étranges lui passèrent par la tête, il les rejeta avec impatience.

– Vous êtes-vous renseigné sur Kling, monsieur le procureur ?

– Oui, c'est un enfant trouvé, élevé à l'orphelinat Saint-Vincent de Pittsburgh qui l'a employé ensuite à sa majorité comme homme à tout faire. Lorsque Andrew Van donna sa démission à l'école de Pittsburgh et accepta le poste d'Arroyo, il visita l'orphelinat et manifesta le désir d'y choisir un domestique. Kling fut agréé après que Van l'eut examiné minutieusement; les deux hommes partirent pour Arroyo où ils restèrent jusqu'à la mort de Van.

Ellery se demanda ce qui avait bien pu pousser un homme à démissionner d'un poste situé dans une métropole telle que Pittsburgh pour venir s'enterrer dans un petit village comme Arroyo. Un passé criminel et le désir d'échapper à la police? Peu probable, il est beaucoup plus facile de se cacher dans une grande ville que dans un hameau. Non, c'était quelque chose de plus profond, de plus obscur – il en avait la nette impression – qui s'était peut-être ancré dans la cervelle du mort. Certains hommes recherchent la solitude après une vie d'épreuves. Tel était peut-être le cas d'Andrew Van, amateur de caviar et maître d'école des Arroyotes.

– Quelle sorte d'homme était ce Kling? demanda Stapleton.

– L'orphelinat le considère comme un simple d'esprit, un arriéré; je crois qu'ils l'ont souvent réprimandé. Mais c'est un garçon absolument inoffensif.

– A-t-il jamais montré des tendances homicides, Mr Crumit?

– Non. On le considérait à l'orphelinat Saint-Vincent comme un doux imbécile. Il était très bon pour les orphelins, toujours de bonne humeur, et déférent envers ses supérieurs.

Le procureur s'humecta de nouveau les lèvres et parut sur le point de se lancer dans les révélations tant espérées, mais le coroner le remercia vivement et appela de nouveau le propriétaire du magasin général.

– Vous connaissiez Kling, Mr Bernheim?

– Oui, monsieur.

– Quel genre d'homme était-il?

– Très tranquille. Une bonne nature, mais bête comme une oie.

Quelqu'un rit dans la salle, ce qui agaça visiblement le coroner.

– Est-il vrai, Mr Bernheim, que Kling était réputé dans Arroyo pour sa force physique?

Ellery rit sous cape. Le coroner était un naïf.

— Ah, oui, très fort, ce Kling, il pouvait soulever un tonneau de sucre ! Mais il n'aurait pas fait de mal à une mouche, monsieur. Je me souviens qu'une fois...

— Cela suffit, dit Stapleton, excédé. Monsieur le maire, veuillez de nouveau passer à la barre des témoins.

Matt Hollis rougit de plaisir.

— Vous êtes le président du conseil municipal, Mr Hollis ?

— Oui.

— Veuillez dire au jury ce que vous savez d'Andrew Van.

— Il nous a toujours donné satisfaction et ne s'est jamais querellé avec personne. C'était un garçon studieux, qui se confinait en dehors des heures d'école dans la jolie maison que je lui avais louée. Certains le trouvaient fier, prétentieux, pas moi. Il aimait le calme, la tranquillité. S'il ne tenait pas à voisiner, c'était son affaire et si cela ne lui plaisait pas de venir pêcher avec Luden et moi, nous n'avions rien à y redire...

Hollis sourit d'un air entendu.

— ... Et il parlait parfaitement l'anglais, comme vous et moi, monsieur le coroner.

— Recevait-il parfois des visites ?

— Non, je ne le crois pas, mais je n'en suis pas certain. C'était pourtant un drôle de type, poursuivit le maire d'un ton pensif. Une ou deux fois, alors que j'allais à Pittsburgh pour affaires, il m'a demandé de lui acheter des livres, des livres bizarres que je qualifierais de pompeux, sur la philosophie, l'histoire, les étoiles...

— Oui, c'est très intéressant, Mr Hollis. Vous êtes aussi le banquier d'Arroyo, non ?

— Oui, monsieur le coroner.

Hollis rougit et baissa modestement les yeux sur ses petits pieds. Ellery comprit à son expression qu'il était l'homme universel du village.

— Andrew Van avait-il un compte chez vous ?

— Non, il recevait régulièrement son salaire en espèces, mais je ne crois pas qu'il ait jamais rien placé dans une banque car je lui ai fait une ou deux fois des propositions — vous savez ce que c'est, les affaires sont les affaires – et il m'a répondu qu'il préférait garder son argent chez lui, car il n'avait pas confiance dans les banques. Chacun son goût, je ne suis pas homme à discuter...

– Connaissait-on ce détail à Arroyo ?

Hollis hésita.

– Peut-être en ai-je parlé un peu autour de moi, et je crois que la plupart des villageois étaient au courant de cette lubie.

Le policier Luden succéda au maire. Il s'avança, raide comme un automate.

– Vous avez perquisitionné dans la maison d'Andrew Van le vendredi 25 décembre au matin ?

– C'est exact.

– Avez-vous trouvé de l'argent ?

– Non, rien.

Un sursaut d'étonnement secoua la salle. Ellery fronça les sourcils. L'affaire n'avait dans son ensemble ni rime ni raison : d'abord un crime portant les marques du fanatisme religieux le plus dément, puis un vol. Les deux choses ne concordaient pas. Il se pencha en avant : un homme apportait au coroner une boîte de fer peinte en vert et toute bosselée; le moraillon était tordu, arraché, et le cadenas pendait lamentablement. Le coroner prit la boîte, l'ouvrit et la renversa. Elle était vide.

– Reconnaissez-vous cette boîte, Luden ?

Le policier renifla.

– Pour sûr, dit-il de sa voix basse et rauque, j'lai trouvée comme ça dans la maison de Van. C'est bien la boîte où il mettait son argent.

Le coroner la tendit au jury pour qu'il pût examiner cette pièce à conviction.

– Vous pouvez disposer, Luden. Je désire entendre maintenant le témoignage du receveur des postes d'Arroyo.

Un petit vieux tout menu se précipita dans le fauteuil des témoins.

– Andrew Van recevait-il beaucoup de courrier ?

– Aucun, sauf quelques réclames pour des livres, de temps en temps.

— A-t-il reçu une lettre ou un paquet durant la semaine précédant sa mort ?

— Ni lettre ni paquet.

— Ecrivait-il souvent ?

— Presque jamais. Il n'a envoyé aucun courrier au cours des trois ou quatre derniers mois.

Puis le Dr Strang, médecin du coroner, fut appelé. En entendant son nom, les spectateurs chuchotèrent entre eux. C'était un homme fatigué, à l'air lugubre, qui prit tout son temps pour gagner son siège.

— Quand avez-vous examiné le corps du défunt ? lui demanda le coroner.

— Deux heures après sa découverte.

— Pouvez-vous fixer pour le jury l'heure approximative de sa mort ?

— Oui. J'estime que cet homme a dû mourir entre six et huit heures avant qu'on le découvre à la croisée des chemins.

— Cela situerait le crime vers minuit, la veille de Noël ?

— Exactement.

— Pouvez-vous donner au jury des détails complémentaires sur l'état du cadavre, susceptibles d'éclairer cette enquête ?

Ellery sourit. Le coroner Stapleton soignait sa forme, son langage était superbement officiel et les spectateurs l'écoutaient, bouche bée, visiblement impressionnés.

Le Dr Strang croisa les jambes et dit d'une voix excédée :

— Je n'ai relevé aucune marque sur le corps, en dehors de la blessure à vif du cou, à l'endroit où la tête a été tranchée, et des traces de clous dans les mains et les pieds.

Le coroner se souleva sur son siège et appuya son gros ventre contre la table.

— Docteur Strang, demanda-t-il, quelle conclusion tirez-vous de ce fait ?

— Que le défunt a probablement été assommé ou tué d'une balle dans la tête puisqu'il n'y a aucune trace de violence sur le corps.

Ellery inclina la tête en signe d'approbation : ce triste médecin de campagne avait le cerveau lucide.

– A mon avis, poursuivit le Dr Strang, la victime était déjà morte lorsqu'on lui a tranché la tête. D'après l'aspect de la blessure, le meurtrier a dû se servir d'un instrument acéré.

Saisissant un objet sur la table, le coroner le tint à bout de bras. C'était une hache impressionnante, à long manche, dont la lame brillait là où elle n'était pas souillée de sang.

– Croyez-vous que cette arme ait pu servir à décapiter la victime ?

– Oui.

Le coroner se tourna vers le jury.

– Cette pièce à conviction a été trouvée dans l'arrière-cuisine d'Andrew Van, par terre, là où fut commis le crime. Permettez-moi, messieurs, d'attirer votre attention sur le fait qu'il n'existe aucune empreinte sur cette arme; le meurtrier a dû, soit porter des gants, soit essuyer la hache une fois son forfait accompli. Il a été établi que cet instrument appartenait au défunt et se trouvait habituellement dans la cuisine où Kling l'utilisait pour couper son bois d'allumage. Je vous remercie, docteur. Colonel Pickett, veuillez, je vous prie, monter à la barre.

Le chef de la police de Virginie s'exécuta. C'était un homme de haute taille, à l'allure militaire.

– Qu'avez-vous à nous dire, colonel ?

– De minutieuses recherches dans le voisinage d'Arroyo ne nous ont pas permis de retrouver la tête de la victime, dit le colonel d'une voix tonitruante. Aucune trace du domestique Kling n'a pu être découverte. Nous avons envoyé son signalement à tous les Etats voisins.

– Vous avez été chargé, je crois, d'enquêter sur les derniers faits et gestes du défunt et de son domestique. Qu'avez-vous découvert ?

– Andrew Van a été aperçu pour la dernière fois le jeudi 24 décembre, tandis qu'il allait rendre visite à Mrs Rebecca Traub, habitant Arroyo, pour lui dire que son fils était en retard dans ses études. Il est ressorti de chez elle et nul ne l'a revu vivant depuis.

– Et Kling ?

– La dernière apparition de Kling a eu lieu dans l'après-midi du même jour, un peu après 4 heures. Il est allé acheter un boisseau de pommes de terre chez un fermier, Timothy Traynor, a payé comptant et a chargé le boisseau sur ses épaules.

– A-t-on retrouvé ce boisseau dans la maison de Van, colonel ? Le renseignement est important car il permettrait de savoir si Kling est rentré chez lui.

– Oui, la provision était entière et Traynor l'a identifiée comme ayant été achetée chez lui l'après-midi même.

– Avez-vous autre chose à nous dire ?

Le colonel Pickett jeta un regard circulaire sur l'auditoire avant de répondre :

– Certainement !

Un silence de mort s'ensuivit. L'heure des révélations avait sonné. Pickett se pencha pour murmurer quelques mots à l'oreille du coroner dont les yeux papillotèrent; il essuya ses grosses joues, sourit et inclina la tête. Les spectateurs, sentant venir l'événement sensationnel, s'agitèrent sur leurs sièges. Le colonel fit signe à quelqu'un au fond de la salle.

Un gendarme s'avança, traînant par le bras un étrange personnage. Un petit vieillard aux longs cheveux en désordre, à la barbe hirsute, au regard fanatique, à la peau couleur de bronze, ridée, brûlée par le soleil et le vent, comme si l'homme avait vécu toute son existence au grand air. Il était vêtu d'un short kaki et d'un vieux sweater à col roulé. Ses pieds nus, aux veines apparentes, étaient chaussés de curieuses sandales, il tenait à la main un objet étrange, sorte de baguette magique entourée d'un serpent grossièrement sculpté par un artisan maladroit.

Il y eut un éclat de rire général, et le coroner dut frapper de toutes ses forces avec son marteau pour rétablir l'ordre.

Derrière le gendarme et l'étrange bonhomme s'avançait un jeune homme très pâle, vêtu d'une salopette tachée d'huile. Il devait être connu dans la région car nombreux furent ceux qui lui tendirent furtivement la main au passage pour l'encourager.

Les trois individus franchirent la barrière et s'assirent. L'homme à la barbe brune était visiblement en proie à la plus grande terreur, ses yeux roulaient dans leurs orbites et ses mains jointes serraient convulsivement son étrange bâton.

– Caspar Croker à la barre!

Le jeune homme pâle se leva et monta sur l'estrade.

– Vous dirigez un garage et un poste d'essence dans la grande rue de Weirton? demanda le coroner.

– Pourquoi me demandez-vous cela? Vous me connaissez sûrement, monsieur...

– Répondez à la question, je vous prie, et racontez au jury ce qui s'est passé vers 11 heures du soir, la veille de Noël.

Croker prit une longue inspiration et regarda la salle comme pour y chercher un dernier regard amical.

– La veille de Noël, j'avais fermé mon garage pour passer la soirée en famille. J'habite juste derrière. Vers 11 heures du soir, alors que j'étais tranquillement assis avec ma femme, j'ai entendu des coups épouvantables, un tapage infernal en provenance du garage. Je suis descendu en courant, il faisait noir comme dans un four, et j'ai trouvé un homme qui frappait de toutes ses forces sur la porte du garage. Lorsqu'il m'a vu...

– Un instant, Mr Croker. Comment était-il habillé?

Le garçon haussa les épaules.

– Il faisait nuit, impossible de rien distinguer, d'ailleurs je n'avais aucune raison spéciale d'y faire attention.

– Avez-vous vu son visage?

– Oui, monsieur. Il était placé juste sous la lampe, et tout emmitouflé – il faisait froid, évidemment – mais il m'a semblé qu'il ne tenait pas à être reconnu. N'importe comment, j'ai vu qu'il était rasé, très brun, pas un air d'ici, bien qu'il parlât très bien l'anglais.

– Quel âge lui donneriez-vous?

– Environ trente-cinq ans, peut-être plus, peut-être moins, c'est difficile à dire.

– Que voulait-il?

– Louer une voiture pour aller à Arroyo.

Le silence était si profond dans l'auditoire qu'Ellery

entendait la respiration haletante d'un gros asthmatique assis derrière lui.

– Que s'est-il passé ensuite ? demanda le coroner.

– Eh bien, répondit Croker reprenant de l'assurance, l'idée ne me souriait guère ; il était 11 heures du soir, une veille de Noël, et ma femme était seule à la maison. Mais l'homme a tiré son portefeuille et m'a dit : « Je vous donnerai dix dollars si vous me conduisez là-bas. » Vous comprenez, monsieur, c'est une grosse somme d'argent pour un pauvre diable comme moi... alors j'ai accepté.

– Vous l'avez conduit à Arroyo ?

– Oui. Je suis rentré chercher mon manteau et ai prévenu ma femme que je m'absentais pour une demi-heure environ. Puis je l'ai fait monter dans ma vieille auto et lui ai demandé où il fallait le conduire. Il a répondu : « Il existe bien un carrefour où la route d'Arroyo rejoint la nouvelle route de New Cumberland à Pughtown ? » Je lui ai dit que oui. « Eh bien, c'est là que je veux aller », m'a-t-il dit. Je l'ai conduit à l'endroit indiqué, il m'a payé et je suis rentré dare-dare à la maison. J'avais froid et je n'étais pas rassuré.

– Avez-vous vu ce qu'il a fait après être descendu de voiture ?

– Oui, je me suis retourné et même j'ai bien failli me retrouver dans le fossé. Il a pris l'embranchement d'Arroyo et j'ai remarqué qu'il boitait assez bas.

Le vieil homme assis près du gendarme poussa un gros soupir en roulant des yeux effarés comme s'il cherchait un moyen de s'échapper.

– De quel pied boitait-il, Mr Croker ?

– Il posait à peine sa jambe gauche et portait tout son poids sur la droite.

– C'est tout ce que vous avez remarqué ?

– Oui, monsieur. Je ne l'avais jamais vu auparavant.

– Cela suffit, Mr Croker.

Le jeune homme se hâta de regagner sa place.

– Et maintenant, dit le coroner Stapleton en transperçant de son regard l'étrange petit vieillard à la barbe brune, vous, là-bas, venez à la barre.

Le gendarme se leva et poussa Barbe-Brune devant lui. Le petit homme ne résistait pas, mais une terreur sans nom se lisait dans ses yeux. Le gendarme l'assit sans cérémonie dans le fauteuil des témoins et regagna sa place.

– Comment vous appelez-vous? demanda le coroner.

Un immense éclat de rire jaillit de l'assistance qui voyait mieux l'étrange accoutrement du témoin monté sur l'estrade. Le coroner mit du temps à rétablir l'ordre, tandis que Barbe-Brune s'humectait les lèvres et se balançait de droite à gauche en marmottant des paroles inintelligibles. Ellery eut la nette impression que l'homme priait et qu'il s'adressait au serpent de bois qui entourait sa baguette.

Stapleton répéta sa question. L'homme tenait sa baguette à bout de bras, les épaules rejetées en arrière, et semblait faire appel à tout ce qui lui restait de force et de dignité. Regardant le coroner en face, il s'écria d'une voix perçante :

– Je suis celui que l'on nomme Harakht, dieu du soleil de midi. Ra-Harakht, le faucon.

Un silence stupéfait suivit cette étonnante déclaration. Le coroner cligna des yeux et frémit comme si l'on venait de proférer des menaces inintelligibles en sa présence. De l'auditoire s'éleva une sorte de soupir angoissé suivi d'un rire hystérique; l'attitude de cet homme avait quelque chose d'effrayant, de surnaturel, il émanait de lui une ferveur démente trop manifeste pour être feinte.

– Qui, dites-vous? demanda le coroner d'une voix sourde.

L'homme qui se donnait pour Harakht ne daigna pas répondre. Il croisa les bras sur sa maigre poitrine en serrant sa baguette magique contre son sein.

Stapleton épongea son front ruisselant, ne sachant plus comment poursuivre son interrogatoire.

– Et que faites-vous dans la vie, Mr... Harakht?

Ellery s'enfonça dans son siège et rougit tant il avait honte pour le coroner. La scène devenait pénible.

– Je suis le guérisseur des débiles, je rends la force aux corps malades. Je suis celui qui conduit *Manzet*, la Barque de l'Aurore, et *Mezenktet*, la Barque du Crépuscule. Certains me nomment Horus, dieu des horizons.

Je suis fils de Nut, reine du ciel, épouse de Qeb, mère d'Isis et d'Osiris. Je suis le dieu suprême de Memphis, je suis celui qui avec Etöm...

– Arrêtez ! s'écria le coroner. Colonel Pickett, pour l'amour du ciel, que veut dire cela ? Je croyais avoir compris que ce fou avait quelque chose d'important à nous révéler ! Je...

Le chef de la police se leva vivement. L'homme qui se donnait pour Harakht attendait avec calme, sa terreur avait complètement disparu comme si, tout au fond de son cerveau détraqué, il se rendait compte qu'il dominait la situation.

– Excusez-moi, monsieur le coroner, dit le colonel, j'aurais dû vous prévenir. Cet homme vit en quelque sorte en dehors de notre sphère et il vaut mieux que je vous explique ce qu'il fait pour que vous lui posiez des questions plus objectives. Il dirige une sorte de centre médical peu ordinaire, décoré de soleils et d'étoiles, de lunes et de dessins étranges de l'Egypte des Pharaons. Il croit personnifier le soleil, mais c'est un être absolument inoffensif. Il circule de ville en ville dans une roulotte traînée par un vieux cheval, comme les romanichels. Il a parcouru ainsi l'Illinois, l'Indiana, l'Ohio et la Virginie, prêchant et vendant un remède universel qui fait...

– C'est l'élixir de jouvence, dit gravement Harakht, la lumière du soleil en bouteille. Je suis l'élu qui prêche l'évangile du Soleil. Je suis Mentu et Atmu et...

– C'est tout simplement de l'huile de foie de morue, je crois, dit le colonel en souriant. Personne ne sait son véritable nom, je crois que lui-même l'a oublié.

– Je vous remercie, colonel, dit le coroner avec dignité.

Ellery frémit d'émotion contenue, car il venait de reconnaître l'emblème que le fou portait si précieusement : c'était l'*ureus*, le serpent, le sceptre de la divinité des anciens Egyptiens et de leurs rois, descendants des dieux. A première vue il avait cru, d'après la forme du serpent, que c'était un caducée, mais l'emblème de Mercure portait toujours des ailes alors que le bâton d'Harakht présentait un disque solaire grossièrement sculpté surmontant le Serpent des Serpents. L'Egypte des Pharaons! Certains noms prononcés par ce fou lui étaient familiers : Horus, Nut, Isis, Osiris. Les autres, nouveaux pour lui, avaient toutefois une consonance égyptienne. Ellery se redressa sur son siège.

– Eh bien, Harakht, puisque vous prétendez vous appeler ainsi, dit le coroner, avez-vous entendu le témoignage de Caspar Croker concernant un homme brun entièrement rasé et qui boitait?

Le regard de l'homme barbu redevint plus normal et refléta un peu de son ancienne terreur.

– Le... l'homme qui boitait, murmura-t-il, oui.

– Reconnaissez-vous quelqu'un d'après cette description?

– Oui, dit-il, après une hésitation.

– Ah? fit le coroner en poussant un soupir de soulagement, nous y arrivons enfin. Voyons, Harakht, qui est cet homme et comment le connaissez-vous?

– C'est mon prêtre.

– Votre prêtre?

De petits murmures s'élevèrent de la foule et Ellery entendit la voix du gros homme derrière lui : « Par le Dieu Tout-Puissant, c'est un blasphème! »

– C'est mon disciple, mon prêtre. Le Grand-Prêtre d'Horus.

– Oui, oui, dit vivement Stapleton. Comment s'appelle-t-il?

– Velja Krosac.

– Hum, fit le coroner en fronçant les sourcils, c'est un nom étranger, arménien, non?

– Il n'y a qu'une seule nation, l'Egypte, dit tranquillement Harakht.

– Et où est-il, ce... Velja Krosac? demanda le coroner.

Harakht haussa les épaules.

– Il est parti, dit-il.

Mais Ellery avait saisi l'éclair de frayeur dans le regard de l'homme.

– Quand?

Nouveau haussement d'épaules.

Le colonel Pickett s'interposa une seconde fois.

– Mieux vaut que je vous le dise, Mr Stapleton,

pour que vous puissiez terminer l'enquête. D'après nos renseignements, Krosac s'est toujours tenu à l'écart. Voilà deux ans qu'il est avec cet homme, c'est un individu assez mystérieux, il lui sert de manager, d'agent de publicité et laisse Harakht faire le charlatan. Harakht l'a ramassé quelque part dans l'Ouest. On a vu Krosac pour la dernière fois avec lui la veille de Noël. Ils campaient près de Holliday Cove, à quelques kilomètres de Weirton. Krosac est parti vers 10 heures du soir et c'est la dernière fois que le vieux fou prétend l'avoir vu. L'heure concorde d'ailleurs parfaitement.

– Vous n'avez pas trouvé trace de cet homme ?

Le colonel eut l'air vexé.

– Pas encore, s'écria-t-il, il a disparu comme si la terre l'avait englouti. Mais nous le trouverons, il ne peut s'échapper, nous avons envoyé son signalement partout, ainsi que celui de Kling.

– Harakht, dit le coroner, êtes-vous déjà allé à Arroyo ?

– A Arroyo ? Non.

– Ils ne sont jamais allés aussi loin dans le nord de la Virginie, dit le colonel.

– Que savez-vous de Krosac ?

– C'est un vrai croyant, affirma Harakht, il remplit avec respect les devoirs du culte, participe au *Kuphi* et écoute avec un esprit éclairé la lecture des Saintes Ecritures. Il est l'orgueil et la gloire...

– Bon, cela suffit, dit le coroner excédé. Emmenez-le.

Le gendarme sourit et, saisissant le maigre bras de Barbe-Brune, le fit descendre de l'estrade. Le coroner poussa un soupir de soulagement en voyant les deux hommes disparaître dans la foule.

A ce soupir Ellery fit écho. Son père avait raison, il devrait sans doute rentrer à New York sinon l'oreille basse, du moins sans pouvoir se vanter. Toute l'histoire était si insensée, l'affaire si incompréhensible, si dépourvue de toute logique qu'elle frôlait la farce. Et pourtant... Il y avait ce corps mutilé, crucifié.

Crucifié ! Il tressaillit et faillit pousser une exclamation. Le crucifiement! L'Egypte de l'Antiquité. Où avait-il déjà rencontré ce fait étrange?

L'enquête se poursuivait. Le colonel Pickett produisit une série d'objets trouvés dans la roulotte d'Harakht. Ce dernier affirma qu'ils appartenaient à Krosac. Mais ils n'avaient pas de valeur intrinsèque et ne pouvaient fournir aucun indice sur la personnalité de Krosac ou son identité. Aucune photographie de l'individu n'avait été trouvée et, fait de nature à augmenter les difficultés, pas le moindre spécimen de son écriture.

D'autres témoins précisèrent certains points de détail, mais pas un d'entre eux n'avait observé la maison d'Andrew Van la veille de Noël, ni aperçu Krosac après que le garagiste Croker l'eut laissé sur la route à la croisée des chemins. L'habitation de Van était la seule à proximité du carrefour et personne n'était passé devant cette nuit-là. Les clous ayant servi à crucifier le cadavre provenaient de la propre boîte à outils de Van, qu'il rangeait habituellement dans son arrière-cuisine. Kling en avait acheté une provision longtemps auparavant chez Bernheim et la plupart d'entre eux avaient servi à la construction d'un hangar.

Ellery reprit conscience de son entourage au moment où le coroner se levait pour dire :

— Messieurs du jury, vous avez assisté à la procédure de cette enquête...

Ellery se dressa d'un bond. Stapleton s'arrêta, ennuyé de l'interruption.

— Que désirez-vous, Mr Queen? Vous voulez intervenir dans cette affaire?

— Un instant, Mr Stapleton, dit vivement Ellery. Avant que vous ne vous adressiez au jury, je désirerais vous faire part d'un fait susceptible d'éclairer cette enquête.

— Comment! s'écria le procureur du district en se levant brusquement. Un fait nouveau?

— Ce n'est pas un fait nouveau, monsieur le procureur, répondit Ellery en souriant, il est au contraire fort ancien, plus ancien que la religion chrétienne.

— Où voulez-vous en venir, Mr Queen? demanda le

coroner. Qu'est-ce que le christianisme vient faire dans cette enquête ?

– Rien, je l'espère, dit Ellery en fixant le coroner à travers son pince-nez. Le trait le plus significatif de cet horrible crime, si je puis me permettre de vous le signaler, n'a pas été abordé au cours de cette enquête. Je fais allusion au fait que le meurtrier, quel qu'il soit, n'a pas craint de s'écarter de son chemin pour répandre la lettre ou le signe T tout autour de la scène du crime. Nous trouvons le T dans la forme du carrefour, celle du poteau indicateur, dans celle donnée au cadavre. Nous trouvons le T tracé avec du sang sur la porte de la victime. Tout cela a été commenté à juste titre dans la presse.

– Oui, oui, dit Crumit, nous savons tout cela. C'est votre fait qui nous intéresse.

– J'y viens, dit Ellery en fixant le procureur qui rougit et s'assit. Je n'arrive pas à trouver la corrélation, et j'avoue être complètement déconcerté, mais savez-vous que le signe T peut fort bien ne pas s'appliquer le moins du monde à la lettre de l'alphabet ?

– Que voulez-vous dire, Mr Queen ? fit le coroner.

– Je veux dire que le signe T a un sens religieux.

– Un sens religieux ? répéta Stapleton.

Un majestueux personnage portant le col des ecclésiastiques se leva au centre de la salle.

– Puis-je me permettre d'interrompre le savant orateur ? dit-il d'un ton tranchant. Je suis ministre de Dieu et n'ai jamais entendu parler d'un sens religieux attribué au signe T.

– Bravo, pasteur, voilà qui est parler ! cria quelqu'un dans la salle.

Le ministre de Dieu rougit et se rassit.

– Je regrette de contredire le savant ecclésiastique, mais je fais allusion à la signification suivante : il existe parmi les nombreux symboles religieux une croix qui affecte la forme d'un T. C'est la croix *tau,* ou *crux commissa.*

Le pasteur se leva vivement.

– Oui, s'écria-t-il, c'est vrai. Seulement, à l'origine,

ce n'était pas une croix chrétienne, mais un emblème païen.

Ellery eut un gloussement amusé.

– Exactement, monsieur le pasteur. Mais la croix grecque qui fut utilisée pendant des siècles avant l'ère chrétienne ne l'était-elle pas aussi ? Le *tau* est antérieur de plusieurs centaines d'années à cette croix grecque. Certains prétendent que c'était à l'origine un symbole phallique. Mais la question est celle-ci...

L'auditoire était suspendu à ses lèvres. Il fixa de nouveau le coroner à travers son pince-nez.

– La croix *tau* ou T n'est pas son seul nom... on l'appelle aussi la croix *égyptienne* !

CRUCIFIEMENT D'UN MILLIONNAIRE

Lorsqu'un crime est commis par un amateur, le policier doit ouvrir l'œil, car aucune des règles qu'il a apprises ne trouvera son application et les renseignements recueillis au cours de longues années d'études en observant la pègre se transformeront en bois mort inutile.

Danilo RIEKA.

Le professeur Yardley

Ce fut tout. Aussi extraordinaire, aussi incroyable que cela puisse paraître, l'affaire en resta là. Le rapport occulte qu'Ellery Queen avait signalé au peuple de Weirton ne fit qu'assombrir le mystère au lieu de l'éclairer. Quant à lui, n'entrevoyant aucune solution, il se consola en pensant qu'on ne pouvait guère faire intervenir la logique dans les divagations d'un fou.

Si le problème était trop ardu pour lui, il dépassait de beaucoup l'entendement du coroner Stapleton, du procureur Crumit, du colonel Pickett, du jury, des habitants d'Arroyo et de Weirton, et de la nuée de journalistes qui avaient envahi la ville le jour de l'enquête. Sous l'influence du coroner, qui résista à la tentation d'adopter une solution évidente, mais qui ne pouvait s'appuyer sur aucune preuve, le jury se gratta la tête en chœur et rapporta un verdict de « mort due à une ou plusieurs personnes inconnues ». Les journalistes s'attardèrent encore un jour ou deux, le colonel Pickett et le procureur Crumit ralentirent peu à peu leur action, et finalement la presse fit le silence sur l'affaire, signant ainsi son arrêt de mort.

Philosophe, Ellery haussa les épaules et rentra à New York. Plus il réfléchissait au problème, plus il inclinait à penser que l'explication était, après tout, fort simple. Il n'y avait aucune raison de douter des indications fournies par des preuves accablantes, circonstancielles, évidemment, mais positives dans leurs implications. Un certain Velja Krosac, un étranger parlant anglais, une sorte de charlatan, avait pour quelque raison obscure et personnelle conçu et enfin exécuté le projet de tuer un maître d'école de campagne, né, lui aussi, à l'étranger. La méthode employée, bien qu'intéressante, n'était pas nécessairement importante. C'était l'horrible mais compréhensible manifestation d'un cerveau détraqué. La cause profonde, motivée par quelque sordide histoire de fanatisme religieux ou de vengeance, ne serait probablement jamais connue. Krosac, sa terrible mission accomplie, disparaîtrait naturellement; peut-être se trouvait-il déjà en haute mer, en route vers son pays natal. Kling, le domestique? Probablement l'innocente victime prise entre deux feux. Il avait été tué par l'exécuteur parce qu'il avait assisté au crime ou avait aperçu le visage du meurtrier. Kling représentait un pont que Krosac était obligé de brûler derrière lui. Un homme qui avait le nerf de décapiter un être humain à seule fin d'illustrer par sa chair mutilée le symbole de sa vengeance, ne reculerait pas devant la nécessité de supprimer un danger inattendu pour assurer sa propre sécurité.

Ellery rentra donc à New York pour subir les observations ironiques de l'inspecteur Queen.

– Je ne te dirai pas : « Je te l'avais prédit », remarqua gaiement le vieil homme en dînant avec son fils le soir de son retour, mais je tiens à te faire une petite leçon de morale.

– Vas-y, fit Ellery en attaquant sa côtelette.

– Voici : le crime est le crime et quatre-vingt-dix-neuf pour cent des assassinats commis sur la surface du globe, jeune idiot que tu es, sont aussi faciles à expliquer qu'une recette de cuisine. Ils ne contiennent rien de fantaisiste, comprends-tu? J'ignore quelle prouesse tu comptais accomplir dans ce pays maudit des dieux, mais n'importe quel flic en patrouille aurait pu te donner la réponse.

Ellery posa sa fourchette.

– Mais la logique...

– Un mouton à cinq pattes! fit l'inspecteur en renâclant. Va te coucher, tu as besoin de dormir!

Six mois s'écoulèrent pendant lesquels Ellery oublia complètement les tragiques événements d'Arroyo. Il était fort occupé. New York n'est pas précisément une ville où règne l'amour fraternel. Les assassinats y sont nombreux et l'inspecteur, enchanté, se précipitait d'unc enquête à l'autre, suivi de son fils qui l'aidait de ses lumières toutes les fois que le cas l'intéressait.

Ce ne fut qu'en juin, six mois après le crucifiement d'Andrew Van en Virginie, que le crime d'Arroyo lui revint en mémoire par la force des choses.

Le mercredi 22, Ellery et l'inspecteur Queen étaient en train de déjeuner lorsqu'on sonna à la porte. Djuna, leur jeune domestique, se précipita pour ouvrir et rapporta un télégramme adressé à Ellery.

– C'est bizarre, fit celui-ci en déchirant l'enveloppe jaune. Qui diable peut bien me télégraphier à une heure aussi matinale?

– De qui est-ce? grommela son père en croquant dans un toast.

Ellery déplia le message et regarda la signature.

– C'est Yardley. Tu te souviens de lui, papa? C'est un de mes anciens professeurs de l'université.

– Certainement, il enseignait l'histoire ancienne, si j'ai bonne mémoire. Il a passé un week-end chez nous lorsqu'il est venu à New York. Un garçon très laid qui porte des favoris.

– Oui, un type extraordinaire, comme on n'en fait plus de nos jours, dit Ellery. Il y a des années que je n'ai eu de ses nouvelles, je me demande ce qu'il peut bien me vouloir...

– A ta place, fit l'inspecteur, je lirais le message, c'est le moyen qu'on emploie d'ordinaire pour savoir ce qu'une personne vous écrit. Tu es parfois complètement bouché, mon cher fils.

L'éclair malicieux de son regard s'éteignit en observant le visage d'Ellery.

– Que se passe-t-il ? demanda vivement l'inspecteur. Est-ce une mort qu'on t'annonce ?

Il avait conservé la superstition, propre à la classe moyenne, qui veut qu'un télégramme annonce toujours de mauvaises nouvelles.

Ellery lança le papier jaune à son père et, se levant d'un bond, se précipita dans sa chambre où il ôta lestement sa robe de chambre.

L'inspecteur lut ce qui suit :

SUPPOSE QU'APRÈS TANT D'ANNÉES AIMERIEZ COMBINER TRAVAIL ET AGRÉMENT. STOP. POURQUOI NE PAS ME FAIRE VISITE SI LONGTEMPS DIFFÉRÉE. STOP. TROUVERIEZ ICI CRIME SAVOUREUX, JUSTE EN FACE MA BARAQUE. STOP. ARRIVÉ CETTE NUIT MÊME, GENDARMES LOCAUX PAS ENCORE TOUS SUR PLACE. STOP. TRÈS INTÉRESSANT. STOP. VOISIN TROUVÉ CRUCIFIÉ SUR TOTEM ET DÉCAPITÉ. STOP. VOUS ATTENDS AUJOURD'HUI.

YARDLEY.

Bradwood

Qu'un événement peu ordinaire se fût produit, il était facile de s'en rendre compte bien avant l'arrivée à destination de la vieille Duesenberg. La route de Long Island que suivait Ellery à sa vitesse habituelle était pleine de gendarmes. Ceux-ci, pour une fois, ne s'intéressaient pas à l'excès de vitesse d'un imprudent jeune homme circulant à cent quatre-vingts à l'heure. Ellery regrettait presque de ne pas être arrêté en chemin pour avoir la joie de hurler « Police » aux oreilles du motard qui le poursuivrait, car il avait obtenu que son père téléphonât sur le lieu du crime pour expliquer à l'inspecteur Vaughn, du comté de Nassau, que son « célèbre fils » était en route; il espérait que Vaughn accorderait au jeune héros toutes facilités, d'autant, avait-il ajouté, que ce fils célèbre possédait un renseignement d'importance primordiale pour Vaughn et le procureur du district. Un autre coup de téléphone au procureur Isham, répétition exacte du premier, lui valut cette réponse : « N'importe quelle nouvelle sera bien accueillie, inspecteur, envoyez-nous vite ce jeune homme. » Suivait la promesse de ne rien enlever de la scène du crime avant l'arrivée d'Ellery.

Il était midi lorsque la Duesenberg, pénétrant en trombe dans une des allées privées de Long Island, fut arrêtée par un motard en uniforme.

– Est-ce le chemin de Bradwood ? cria Ellery.

– Oui, mais il est interdit d'aller par là. Faites demi-tour, monsieur.

– L'inspecteur Vaughn et le procureur du district, Mr Isham, attendent mon arrivée, dit Ellery en souriant.

– Oh ! Vous êtes Mr Queen ? Excusez-moi. Passez, monsieur.

Pas peu fier, Ellery appuya sur l'accélérateur et cinq minutes plus tard il s'engageait sur la grande route qui séparait deux propriétés. L'une d'elles, à en juger par le nombre de voitures officielles arrêtées, était incontestablement Bradwood, le lieu du crime; l'autre, par déduction puisqu'elle était située en face, devait être l'habitation de son ancien maître et ami, le Pr Yardley.

Il était là en personne, un homme de haute stature, mince, très laid, le portrait d'Abraham Lincoln, se dit-il en se précipitant à sa rencontre.

– Queen ! Quelle joie de vous revoir !

– Joie partagée, professeur, après tant d'années ! Que faites-vous à Long Island ? La dernière fois que j'ai entendu parler de vous, vous torturiez encore les pauvres « sophomores » (1).

Le professeur sourit dans sa courte barbe noire.

– J'ai loué ce Taj Mahâl que vous voyez là en face...

Ellery se retourna et aperçut des flèches et un dôme byzantin dominant les arbres.

– ... à un de mes amis, une espèce de loufoque qui a bâti cette atrocité au moment où il était piqué par la tarentule orientale. Il est allé se promener en Asie

(1) Elèves de seconde année dans les collèges américains. *(N.d.T.)*

Mineure et je passerai l'été dans cette calme retraite pour travailler à mon étude si longtemps différée sur les *Sources de la légende de l'Atlantide*. Vous vous souvenez des références platoniciennes ?

– Je me rappelle parfaitement la *Nouvelle Atlantide*, de Bacon, mais je me suis toujours plus intéressé à la littérature qu'à la science.

– Toujours le même jeune homme, à ce que je vois, grommela Yardley. Je cherchais le calme... et voilà dans quoi je suis tombé !

– Comment diable avez-vous pensé à moi ?

Ils remontaient l'allée encombrée de Bradwood, vaste demeure de style colonial aux hautes colonnes étincelant au soleil de midi.

– Une coïncidence, dit le professeur. J'ai suivi votre carrière avec un intérêt bien naturel et, comme vos exploits me fascinent toujours, j'ai lu avidement les comptes rendus de ce crime extraordinaire survenu en Virginie, il y a six mois.

Ellery embrassa d'un coup d'œil le paysage avant de répondre. Bradwood, dont le tracé avait été minutieusement étudié, était sans nul doute la propriété d'un homme riche.

– J'aurais dû me douter que rien n'échappe à des yeux qui ont examiné des centaines de *papyrus* et de *stelai*. Ainsi vous avez lu la version très romancée de mon petit séjour à Arroyo ?

– Dites la version très romancée de votre échec ! dit en riant le professeur. Mais j'ai été très sensible à votre application du principe fondamental que j'ai essayé de faire pénétrer dans votre caboche : remonter toujours à la source. La croix égyptienne, mon pauvre garçon ? Je crains que votre goût du théâtral n'ait étouffé la vérité purement scientifique... Mais nous voici arrivés.

– Que voulez-vous dire ? demanda Ellery. La croix *tau* était certainement un symbole égyptien primitif.

– Nous discuterons de cela plus tard. Vous désirez sans doute que je vous présente à Isham. Il a eu la bonté de me laisser bricoler à ma fantaisie autour de l'affaire.

Le procureur du district Isham était un homme trapu, d'âge moyen, aux yeux bleus larmoyants, aux rares cheveux gris collés; debout sur les marches du porche colonial, il conversait avec un grand gaillard en civil.

– Mr Isham, dit le Pr Yardley, voici mon protégé, Ellery Queen.

Les deux hommes se retournèrent vivement.

– Ah oui, fit Isham, l'air absent, très heureux que vous soyez venu, Mr Queen. Je ne vois pas comment vous pourrez nous aider, mais je vous présente l'inspecteur Vaughn, de la police du comté de Nassau.

Ellery leur serra la main.

– Voulez-vous me permettre de circuler un peu partout ? Je vous promets de ne pas me fourrer dans vos jambes.

L'inspecteur Vaughn sourit, découvrant ses dents jaunes.

– Nous avons précisément besoin d'avoir quelqu'un dans les jambes. Nous sommes à un point mort, Mr Queen. Voulez-vous voir le corps du délit ?

– Naturellement. Venez avec nous, professeur.

Les quatre hommes descendirent les marches du porche et s'engagèrent dans une allée recouverte de gravier qui contournait l'aile gauche de la maison. Ellery fut frappé par l'étendue de la propriété. La maison principale était située à mi-chemin entre la route où il avait laissé sa voiture et une baie dont les eaux ridées de vaguelettes ensoleillées étaient visibles de l'habitation, placée sur la hauteur. Ce bras de mer, tributaire de Long Island Sound, se nommait Ketcham's Cove. Au delà de la baie, on apercevait la silhouette d'une petite île très boisée.

– C'est Oyster Island, leur dit le professeur, elle abrite une drôle de collection de...

– Nous parlerons de cela plus tard, dit sèchement Isham.

Yardley haussa les épaules et se tut.

Suivant l'allée, ils se trouvèrent bientôt environnés de massifs d'arbres plantés à moins de dix mètres de la maison. Trente mètres plus loin, ils débouchèrent brusquement sur une clairière au milieu de laquelle se dressait un objet grotesque.

Ils s'arrêtèrent net et cessèrent de parler comme on

le fait toujours en présence d'une mort violente. Gendarmes et policiers étaient rassemblés tout autour, mais Ellery n'avait d'yeux que pour l'objet lui-même.

C'était un gros poteau sculpté, de 3 mètres de haut, qui, à en juger par ce qu'il en restait, avait dû être revêtu autrefois de couleurs éclatantes, si passées, si tachées aujourd'hui, qu'il paraissait avoir subi des siècles d'intempéries. Les sculptures étaient un aggloméerat de masques hybrides dominés par un aigle grossièrement taillé, aux ailes déployées, et qui baissait le bec. Les ailes étant assez plates, Ellery fut immédiatement frappé par le fait que le poteau ainsi couronné ressemblait à un T majuscule.

Le cadavre d'un homme décapité était attaché au poteau; les bras en croix étaient maintenus par de grosses cordes qui enserraient les ailes, les pieds étaient liés de la même façon à quelque distance du sol. Le bec aiguisé de l'aigle semblait presque fouiller le trou sanglant du cou tranché. Spectacle horrible, atroce, bouleversant : du corps mutilé émanait une impression de faiblesse désarmée, comme l'eût donnée une poupée de son sans tête.

– Quelle vision ! fit Ellery manifestement ému.

– C'est affreux, murmura Isham, je n'ai jamais rien vu de semblable, cela vous glace le sang dans les veines. Venez, il faut en finir.

Ils s'approchèrent du poteau. Ellery remarqua un peu plus loin, dans la clairière, un petit kiosque recouvert de chaume devant lequel un gendarme montait la garde. Il reporta son attention sur le cadavre. C'était celui d'un homme d'âge moyen, au ventre proéminent, aux mains noueuses. Il était vêtu d'un pantalon de flanelle grise, d'une chemise de soie à col ouvert, de souliers blancs, de chaussettes blanches et d'un veston d'intérieur en velours. Du col au bout des chaussures, le corps n'était qu'un gâchis immonde comme si on l'avait trempé dans une cuve de sang.

– C'est un totem, je pense ? demanda Ellery au Pr Yardley.

– Oui, je ne fais pas autorité en matière de totémisme, mais ce totem me semble provenir de l'ère primitive nord-américaine, à moins qu'il n'en soit une habile imitation. Je n'en ai jamais vu d'absolument semblable. L'aigle doit représenter l'emblème du clan.

– Je suppose que le corps a été identifié ?

– Oui, dit l'inspecteur Vaughn, vous avez devant vous tout ce qui reste de Thomas Brad, propriétaire de Bradwood, importateur de tapis et millionnaire.

– Mais le corps n'a pas été descendu, fit Ellery. Comment pouvez-vous être aussi affirmatif ?

Le procureur eut un haut-le-corps.

– Oh, c'est bien lui ! Les vêtements ont été reconnus, et le ventre est assez caractéristique.

– En effet. Qui l'a découvert ?

L'inspecteur Vaughn raconta que le cadavre avait été trouvé par un des domestiques de Brad, un nommé Fox, sorte de chauffeur-jardinier qui habitait une cabane dans les bois, de l'autre côté de la maison. Lorsque Fox était arrivé comme chaque matin, pour sortir la voiture du garage situé derrière la maison principale et conduire Jonah Lincoln en ville, il avait appris que celui-ci n'était pas encore prêt et il avait décidé d'aller faire un tour dans le jardin pour voir les fleurs. Et voilà ce qu'il avait trouvé. Ce spectacle lui avait « tourné les sangs », avait-il dit.

– Je l'imagine sans peine, fit le Pr Yardley qui paraissait fort peu impressionné lui-même et examinait le totem et son tragique fardeau avec le plus parfait détachement, comme s'il se fût agi d'un objet rarissime et historique.

– Fox s'est ressaisi, poursuivit l'inspecteur Vaughn, et a couru à la maison pour donner l'alarme. On n'a touché à rien. Lincoln, un garçon nerveux mais qui a de la tête, a assumé la responsabilité de la surveillance jusqu'à notre arrivée.

– Qui est Lincoln ? demanda Ellery.

– Le directeur général de l'affaire de Brad – *Brad et Mégara* –, vous savez, ces gros exportateurs de tapis. Lincoln habite ici, Brad l'aimait beaucoup, d'après ce que j'ai compris.

– Un magnat en herbe, lui aussi, non ? Et Mégara, habite-t-il également ici ?

– Oui, quand il ne voyage pas. Actuellement il est en

croisière depuis des mois. Brad était l'associé chargé du travail effectif.

– C'est sans doute Mr Mégara, grand voyageur, qui est responsable de l'installation du totem, dit Ellery. Cela n'a d'ailleurs aucune importance.

Un petit homme d'aspect revêche s'avançait dans l'allée, une trousse à la main.

– Voici le Dr Rumsen, dit Isham en poussant un soupir de soulagement, le médecin légiste du comté. Hé, docteur, jetez un coup d'œil là-dessus.

– C'est ce que je fais, fit le Dr Rumsen d'un ton désagréable. Où sommes-nous ? Aux abattoirs de Chicago ?

Ellery s'approcha du cadavre, qui était anormalement raide.

– Descendez-le, voyons, fit Rumsen. Imaginez-vous que je vais grimper sur ce poteau pour l'examiner ?

Sur un signe de l'inspecteur Vaughn, deux policiers se précipitèrent, couteau en main; l'un d'eux alla chercher une chaise dans le kiosque, la plaça près du poteau et monta dessus.

– Dois-je couper les cordes, chef ? demanda-t-il. Vous préférez peut-être les avoir d'une seule pièce ? Je puis défaire le nœud.

– Coupez, fit l'inspecteur, je tiens à voir ce nœud, il peut me fournir un indice.

D'autres volontaires se présentèrent et la triste besogne fut accomplie en silence.

– A propos, dit Ellery, comment le meurtrier a-t-il pu dresser le corps de cette façon et attacher les bras aux ailes à trois mètres du sol ?

– En employant le même moyen que le policier, répondit le procureur. Nous avons trouvé une chaise tachée de sang, pareille à celle dont il se sert en ce moment, dans le kiosque. Il devait avoir un complice, ou posséder une force extraordinaire. Ce n'est pas une petite affaire que de dresser un cadavre dans cette position, même à l'aide d'une chaise.

– ... Que vous avez découverte dans le kiosque ? dit Ellery.

– Oui, il a dû la remettre là-bas une fois sa sinistre besogne accomplie. Il y a d'ailleurs quantité d'autres choses dans ce kiosque, Mr Queen, qui valent la peine d'être examinées.

– Voici un objet qui pourrait vous intéresser, dit l'inspecteur en fouillant dans sa poche. Regardez.

C'était un pion de damier rouge, en bois ordinaire.

– Hum, fit Ellery, c'est assez commun. Où avez-vous trouvé ce pion, inspecteur?

– Sur le gravier de la clairière, ici, répondit Vaughn, à quelques pieds du poteau, à droite.

– Qu'est-ce qui vous fait supposer que cet objet a de l'importance? demanda Ellery qui retournait le pion entre ses doigts.

Vaughn sourit.

– La façon dont nous l'avons trouvé. Il n'a pas séjourné ici, son état le prouve, et sur ce gravier propre un disque rouge eût forcément attiré le regard. Fox ratisse les allées chaque jour et veille à ce que rien ne traîne. Il ne se trouvait donc pas là dans la journée, Fox est tout à fait affirmatif sur ce point. J'en conclus que ce pion est lié aux événements de la nuit dernière; dans l'obscurité, il aura passé inaperçu.

– Bravo, inspecteur! dit Ellery en souriant, voilà un raisonnement que j'apprécie. Vous êtes mon homme!

Comme il lui rendait le pion, le Dr Rumsen lâcha une série de jurons qui n'avaient rien de professionnel.

– Que se passe-t-il? demanda Isham en se précipitant vers lui. Avez-vous trouvé quelque chose?

– Voilà bien la marque la plus étrange que j'aie jamais vue! s'écria le médecin légiste. Regardez ceci.

Le cadavre de Thomas Brad, allongé sur l'herbe non loin du totem, ressemblait à une statue de marbre écroulée. Il était si anormalement raide qu'Ellery, qui avait pourtant une longue expérience de la mort, comprit que la rigidité cadavérique n'avait pas encore disparu. Couché à terre, bras étendus, il ressemblait étonnamment au cadavre d'Andrew Van qu'Ellery avait vu à Weirton six mois auparavant. Tous deux étaient des corps humains auxquels on avait donné à coups de hache la forme d'un T... Il hocha la tête et se baissa avec les autres pour voir ce qui avait tant ému le Dr Rumsen.

Soulevant la main droite du mort, le médecin désigna dans sa paume une empreinte qui paraissait avoir été faite par un coin : un cercle rouge, au dessin légèrement irrégulier.

– Que dites-vous de ça? grommela le médecin. Ce n'est pas du sang, on dirait de la peinture ou de la teinture. Mais je veux être pendu si je trouve la raison de cet étrange dessin.

– Il me semble que votre hypothèse, se vérifie, inspecteur. Le pion du damier, le côté droit du poteau, la main droite du mort.

– C'est ma foi vrai! s'écria Vaughn en tirant le pion de sa poche pour le placer sur la curieuse empreinte où il s'adapta parfaitement. Mais que diable...

Le procureur secoua la tête.

– Je ne crois pas que votre trouvaille ait beaucoup d'importance. Vous n'avez pas encore vu la bibliothèque, Vaughn, et ne pouvez donc pas savoir : il y a là-bas un jeu de dames étalé, nous l'examinerons en revenant. Brad, pour une raison que nous ignorons, tenait un pion dans la main au moment où il fut assassiné et le meurtrier ignorait ce détail. Le pion est tombé de sa main au moment où on l'a crucifié, voilà tout.

– Le crime aurait donc été commis dans la maison? dit Ellery.

– Oh non, dans le kiosque, de nombreux indices le prouvent. Mais l'explication de ce pion est simple comme bonjour : la pièce était sans doute défectueuse, la sueur et la chaleur de la main de Brad l'auront fait déteindre.

Laissant le Dr Rumsen à son examen, ils se rendirent au kiosque, situé à quelques pas du totem. Ellery en fit le tour avant de franchir la porte basse.

– On ne voit pas de fils électriques à l'extérieur. Je me demande...

– Le meurtrier devait avoir une torche électrique, si tant est que le crime ait été perpétré dans l'obscurité. Le Dr Rumsen nous renseignera sur ce point lorsqu'il pourra nous dire à quand remonte la mort.

Le policier de garde les salua et les laissa entrer.

C'était un petit kiosque circulaire construit en rondins de différentes grosseurs, dans le style rustique. Il comportait un toit pointu couvert de chaume et des murs formés dans leur partie supérieure d'un treillage de bois peint en vert. Pour tout ameublement une table et deux chaises, dont une toute barbouillée de sang.

– Il n'y a aucun doute, dit le procureur en désignant au milieu de la pièce une énorme tache brunâtre.

Pour la première fois le Pr Yardley manifesta une certaine émotion.

– Comment... ce ne peut être du sang humain ! Une boucherie pareille !

– Mais si, nous en sommes certains, répondit Vaughn, et la seule explication plausible est que la tête de Brad a été coupée ici même.

Le regard d'Ellery fut attiré par l'énorme T tracé avec du sang sur le plancher près de la table.

– Joli dessin, murmura-t-il en avalant sa salive. Mr Isham, avez-vous trouvé l'explication de ce T inscrit par terre ?

Le procureur fit un geste d'impuissance.

– Voyons, Mr Queen, je suis un vieil habitué de ce petit jeu et, d'après ce que je sais de vous, l'expérience ne vous fait pas défaut non plus. Pouvez-vous me dire si un être sensé peut douter que ce crime est l'œuvre d'un fou ?

– Bien sûr, dit Ellery. Vous avez parfaitement raison, Mr Isham. Un totem ! C'est une heureuse inspiration, n'est-ce pas, professeur ?

– Vous faites allusion à une éventuelle signification religieuse ? dit Yardley. Mais que quiconque ait pu mêler les symboles du fétichisme nord-américain à ceux du christianisme et du culte phallique des premiers âges, voilà qui ne peut sortir de l'imagination, fût-elle celle d'un fou.

Vaughn et Isham ouvraient de grands yeux mais ni Yardley ni Ellery ne se soucièrent de les éclairer. A côté du sang coagulé se trouvait une pipe de bruyère à long tuyau.

– Nous l'avons déjà examinée, dit Vaughn, elle porte les empreintes de Brad. C'est bien sa pipe, il la fumait ici. Nous l'avons laissée sur place à votre intention.

C'était une pipe d'un modèle peu banal et même remarquable. Le fourneau, finement sculpté, représentait une tête de Neptune avec son trident. Il était encore à moitié plein et par terre, tout près, se trouvait un petit tas de cendre, comme si la pipe en tombant là avait déversé une partie de son contenu.

Ellery fit mine de se baisser pour la ramasser puis il se ravisa.

– Vous êtes absolument certain, inspecteur, que cette pipe appartenait à la victime ? Vous avez interrogé à ce sujet les habitants de la maison ?

– En fait, non, répondit Vaughn avec humeur, mais je ne vois pas pourquoi nous aurions le moindre doute. Après tout, ces empreintes...

– Il portait un veston d'intérieur, dit Isham, et n'avait pas d'autre tabac sur lui, ni cigares ni cigarettes. Je ne comprends pas, Mr Queen, ce qui peut vous faire penser...

Le Pr Yardley sourit dans sa barbe. Ellery répondit négligemment :

– Mais je ne pense rien d'extraordinaire. J'ai fait cette réflexion par habitude, Mr Isham. Peut-être...

Il ramassa la pipe et vida soigneusement les cendres sur la table, puis il inspecta le fourneau et aperçut tout au fond une couche de tabac non brûlé. Tirant une enveloppe de sa poche, il gratta le tabac non fumé et le versa dedans. Les autres le regardaient faire en silence.

– Voyez-vous, dit-il en se relevant, je ne crois à l'évidence qu'après vérification. Non que je veuille insinuer par là que cette pipe n'appartient pas à Brad, mais ce tabac peut nous fournir un indice précieux. Supposez que la pipe soit à lui et qu'il ait emprunté de quoi fumer à son meurtrier. Le fait n'est pas rare. Vous remarquerez que ce tabac a été coupé en cubes, ce qui n'est pas une coupe ordinaire, comme vous le savez. Nous examinerons le pot de Brad. S'il contient du tabac semblable, nous saurons que la pipe et son contenu sont à lui, mais si sa provision est d'une coupe différente, nous pourrons supposer, à juste titre, que le tabac provient du meurtrier; il serait en ce cas un indice important... Excusez mon bavardage.

– C'est très intéressant, dit Isham.

– O minutie de la science policière ! s'écria ironiquement le Pr Yardley.

– Dites-moi, comment comprenez-vous l'affaire, au point où nous en sommes ? demanda Vaughn.

Ellery essuya soigneusement son pince-nez, et son étroit visage refléta l'intensité de la réflexion.

– Il serait ridicule, naturellement, d'en dire plus que ceci : ou le meurtrier accompagnait Brad ou il n'était pas avec lui lorsque celui-ci se rendit au kiosque. Rien ne nous permet jusqu'ici de le savoir. En tout cas, Brad, en sortant de chez lui pour venir ici, tenait le pion rouge qu'il avait ramassé pour une raison inconnue sur le damier que vous avez trouvé. Il a été attaqué et tué dans le kiosque. Peut-être fumait-il au moment où il a été assailli, et la pipe, s'échappant de ses lèvres, serait tombée à terre. Peut-être aussi ses doigts jouaient-ils distraitement dans une de ses poches avec le pion. Au moment où il est mort, il le serrait encore dans sa main et l'a gardé dans son poing crispé jusqu'au moment où le meurtrier, après avoir décapité le cadavre, l'a redressé le long du poteau et a attaché ses bras; le pion est tombé alors sur le gravier sans que le meurtrier s'en aperçût... Le motif qui lui a fait apporter le pion me semble du plus haut intérêt : il peut avoir une portée incalculable sur l'affaire. Voilà une analyse bien peu faite pour nous éclairer. Qu'en dites-vous, professeur ?

– Qui connaît la nature de la lumière ? murmura Yardley.

Le Dr Rumsen arriva dans le kiosque.

– La besogne est faite, déclara-t-il.

– Et quel est votre verdict, docteur ? demanda vivement Isham.

– Aucune trace de violence sur le corps, dit Rumsen. La conclusion s'impose : quel que fût l'instrument de sa mort, il a été dirigé sur sa tête.

Ellery tressaillit : on aurait cru entendre le Dr Strang

répéter le témoignage donné au tribunal de Weirton, quelques mois auparavant.

– Je ne puis rien dire pour le moment. L'autopsie nous éclairera, d'après l'état des poumons. Quant à la raideur du corps, elle est due à la rigidité cadavérique qui disparaîtra d'ici douze à vingt-quatre heures.

– A quand remonte la mort ? demanda l'inspecteur Vaughn.

– A quatorze heures environ.

– Donc il faisait nuit ! s'écria Isham. Le crime a dû être commis vers 10 heures hier soir.

Le Dr Rumsen haussa les épaules.

– Laissez-moi finir, voulez-vous ? J'ai envie de rentrer chez moi. Il porte une marque de naissance en forme de fraise, à quinze centimètres au-dessus du genou droit. Voilà tout ce que j'ai à vous dire.

Au moment où ils quittaient le pavillon, l'inspecteur Vaughn dit tout à coup :

– A propos, Mr Queen, votre père m'a annoncé au téléphone que vous aviez un renseignement à nous donner...

Ellery et le Pr Yardley se regardèrent.

– Oui, dit Ellery, c'est exact. Rien d'étrange ne vous a frappé dans ce crime ?

– Tout me semble étrange, grommela Vaughn. Que voulez-vous dire au juste ?

Ellery poussa du pied une pierre qui se trouvait sur son chemin. Ils passèrent en silence devant le totem tragique; le corps de Thomas Brad avait été recouvert et plusieurs hommes étaient en train de le placer sur une civière. Ils l'emportèrent vers la maison.

– Ne vous êtes-vous pas interrogé, reprit Ellery, sur le motif pour lequel on a décapité cet homme et crucifié son corps sur un totem ?

– Si, mais à quoi bon ? C'est une idée de fou, voilà tout.

– N'aviez-vous donc pas remarqué les multiples T ? dit Ellery.

– Les multiples T ?

– Le totem forme une sorte de T fantastique, avec son poteau et ses ailes déployées. Le corps, tête coupée, bras étendus, jambes serrées l'une contre l'autre, dessine un T et le meurtrier a tracé cette même lettre avec du sang sur la scène du crime.

– Evidemment, dit Isham, nous avons vu tout cela, mais...

– Et pour conclure par une note burlesque, dit Ellery en souriant, le mot même de totem commence par un T.

– Oh ! sottises que tout cela ! dit le procureur. C'est une succession de coïncidences, voilà tout, le poteau, la position du corps...

– Des coïncidences ? fit Ellery en soupirant. Continueriez-vous à les traiter de coïncidences si je vous disais qu'il y a six mois un crime analogue a été commis en Virginie ? La victime avait été crucifiée sur un poteau indicateur en forme de T, à un carrefour en T, sa tête avait été tranchée et un énorme T écrit avec du sang marquait la porte de sa maison située à moins de cent mètres de là.

Isham et Vaughn s'arrêtèrent. Le procureur avait pâli.

– Vous ne plaisantez pas, Mr Queen ?

– Je vous trouve extraordinaires, dit le Pr Yardley. Après tout, ces affaires-là vous regardent, elles font partie de votre métier. Et il n'est pas jusqu'à un pauvre profane comme moi qui ne connaisse ces détails, tous les journaux en ont parlé.

– Il me semble, en effet, avoir lu cela en son temps, murmura Isham.

– Mais mon Dieu, Mr Queen, s'écria Vaughn, c'est impossible... cela n'a pas de sens !

– Pas de sens, peut-être, murmura Ellery, mais impossible, non, puisque cela est arrivé. Un personnage assez étrange était mêlé à l'histoire, un certain Ra-Harakht, ou Harakht...

– Je désirais précisément vous parler de lui, dit le Pr Yardley.

– Harakht ! s'exclama l'inspecteur Vaughn. Une espèce de toqué du même nom dirige une colonie de nudistes sur Oyster Island, de l'autre côté de Ketcham's Cove !

En famille

Les rôles étaient inversés : Ellery, maintenant, dominait la situation. Le fanatique à la barbe brune dans le voisinage de Bradwood ! L'ancien familier de Velja Krosac reparaissant sur la scène d'un crime, réplique exacte du premier ! C'était trop beau pour être vrai.

– Je me demande si l'un des autres personnages est ici, dit Ellery en gravissant les marches du porche. Nous sommes peut-être tout simplement en présence d'une suite du premier crime, avec une distribution identique ! Harakht !

– Je n'ai pas encore trouvé le temps de vous dire, fit tristement Yardley, qu'avec vos conceptions bizarres sur cette histoire égyptienne vous auriez dû arriver à la même conclusion que moi.

– Si vite ? s'étonna Ellery. Et quelle est votre conclusion ?

Une expression amusée éclaira le visage laid mais sympathique de Yardley.

– Bien que je déteste accuser quelqu'un sans savoir, cet Harakht est... Certains crucifiements en T semblent le suivre de façon surprenante, non ?

– Vous oubliez Krosac, dit Ellery.

– Mon cher garçon, rétorqua vivement le professeur, vous devriez me connaître suffisamment pour savoir que je n'oublie rien. Mais en quoi l'existence de Krosac réduit-elle à néant ce que je viens de vous suggérer timidement ? On a déjà vu des complices, après tout. Et il y a une sorte de géant primitif...

L'inspecteur Vaughn les rejoignit, tout essoufflé, interrompant une conversation qui promettait d'être intéressante.

– Je viens de mettre Oyster Island sous surveillance, dit-il. Inutile de courir des risques. Nous nous occuperons de ces gens-là quand nous aurons fini ici.

Le procureur semblait abasourdi par la rapidité des événements.

– Vous voulez dire que c'est le manager d'Harakht

qui est soupçonné du crime? Avez-vous son signalement?

Il avait écouté avec un intérêt passionné la relation d'Ellery sur l'affaire d'Arroyo.

– On n'en a donné qu'une description sommaire, insuffisante pour pouvoir le reconnaître. On sait simplement qu'il boite. Non, Mr Isham, le problème n'est pas simple. Et l'homme qui se donne le nom d'Harakht est, pour autant que je puisse le savoir, la seule personne capable d'identifier le mystérieux Krosac. Or, si notre ami, le dieu du soleil, persiste à s'entêter...

– Entrons, dit soudain l'inspecteur Vaughn, cette discussion devient trop ardue pour moi. J'ai envie d'interroger des gens et d'entendre des faits précis.

Dans le salon de la demeure coloniale, trois personnes se levèrent à l'entrée d'Ellery et de ses compagnons. Ils avaient les yeux rouges, les traits tirés et une nervosité qui se reflétait dans leurs gestes.

– Bonjour, dit un homme d'une voix sèche, brisée. Nous vous attendions.

C'était un grand gaillard, mince et vigoureux, d'environ trente-cinq ans; ses traits accusés et son léger accent évoquaient la Nouvelle-Angleterre.

– Bonjour, répondit Isham. Mrs Brad, permettez-moi de vous présenter Ellery Queen, qui est venu de New York pour nous aider.

Ellery murmura quelques condoléances banales. Ils ne se serrèrent pas la main. Margaret Brad se mouvait comme si elle avait été en proie à un cauchemar. C'était une belle femme de quarante-cinq ans, aux chairs opulentes, dans le plein éclat de sa maturité.

– Je suis heureuse de vous voir, dit-elle d'une voix blanche. Merci, Mr Queen. Je...

Puis elle se détourna et s'assit comme si elle avait oublié ce qu'elle allait dire.

– Et voici la belle-fille de Thomas Brad, poursuivit le procureur. Miss Brad... Mr Queen.

Hélène Brad sourit tristement à Ellery, salua le Pr Yardley et, sans un mot, alla s'asseoir à côté de sa mère. C'était une très jeune fille avec de beaux yeux graves et réfléchis, une expression candide et des cheveux aux reflets cuivrés.

– Eh bien? demanda l'homme dont la voix était toujours brisée.

– Nous avançons, répondit Vaughn. Mr Queen... Mr Lincoln... Nous voudrions mettre Mr Queen au courant de certaines choses; d'ailleurs, notre première conversation est restée inachevée.

Ils inclinèrent tous gravement la tête, comme des personnages de théâtre.

– Voulez-vous diriger le débat, Mr Queen? Allez-y.

– Certainement pas, dit Ellery, j'interviendrai quand je le jugerai nécessaire. Ne faites pas attention à moi.

Debout près de la cheminée, les mains croisées derrière le dos, l'inspecteur Vaughn ne quittait pas Lincoln des yeux. Isham s'assit et s'épongea le front. Le Pr Yardley soupira et gagna discrètement une fenêtre donnant sur le jardin. La maison était silencieuse comme après une fête ou des funérailles. Il n'y avait ni pleurs ni crise de nerfs et, en dehors de Mrs Brad, sa fille et Jonah Lincoln, aucun autre membre de la maisonnée, aucun domestique n'avait paru.

– La première question à régler, à mon sens, dit le procureur, est celle des billets de théâtre, hier soir. Voulez-vous nous éclairer, Mr Lincoln?

– Les billets de théâtre? Ah, oui...

Lincoln fixait le mur, au-dessus de la tête d'Isham, avec des yeux vitreux comme ceux d'un soldat mortellement blessé.

– Hier, Tom Brad a téléphoné de son bureau à Mrs Brad pour lui dire qu'il avait pris des billets pour une représentation de Broadway et qu'il entendait que nous en profitions tous trois : Mrs Brad, Hélène et moi. Mrs Brad et Hélène devaient me retrouver en ville, tandis que Mr Brad rentrerait chez lui. Il m'a averti quelques minutes plus tard et semblait si désireux de me voir accompagner ces dames que je n'ai pu lui refuser.

– Pourquoi auriez-vous eu l'idée de refuser? demanda vivement l'inspecteur.

– Cette invitation m'avait paru bizarre, étant donné que nous avions des ennuis au bureau au sujet d'une question de comptabilité. J'avais l'intention de rester assez tard pour travailler avec notre comptable et je l'ai dit à Tom, mais il m'a répondu de ne pas m'en inquiéter.

– Je n'arrive pas à comprendre, dit Mrs Brad d'une voix sans timbre. On aurait dit qu'il voulait se débarrasser de nous.

Elle frissonna et Hélène lui tapota affectueusement l'épaule.

– Mrs Brad et Hélène m'ont retrouvé au Longchamps pour dîner, reprit Lincoln, et je les ai emmenées au Park Theater où je les ai laissées...

– Donc, fit l'inspecteur, vous aviez décidé de vérifier les comptes ?

– Oui. Je les ai priées de m'en excuser et ai promis de venir les rechercher après la représentation. Puis je suis retourné à mon bureau.

– Vous avez travaillé avec votre comptable, Mr Lincoln ? demanda doucement Vaughn.

Lincoln le fixa.

– Oui... Mon Dieu ! fit-il en poussant un soupir comme un homme qui se noie.

Personne ne dit mot. Lorsqu'il se reprit, il était aussi calme qu'auparavant.

– J'ai terminé et suis retourné au théâ...

– Le comptable est-il resté avec vous toute la soirée ? demanda l'inspecteur de la même voix douce.

Lincoln sursauta.

– Pourquoi ? Que signifie cette question ? Non, il m'a quitté à 8 heures et j'ai continué à travailler seul.

L'inspecteur se racla la gorge, son regard brillait.

– A quelle heure avez-vous rejoint ces dames au théâtre ?

– A minuit moins le quart, dit soudain Hélène d'une voix contenue qui provoqua néanmoins une réaction de sa mère. Mon cher inspecteur, votre tactique n'est pas loyale. Vous soupçonnez Jonah de Dieu sait quoi et vous essayez de le prendre en flagrant délit de mensonge... sans compter le reste.

– La vérité n'a jamais fait de mal à personne, dit froidement Vaughn. Continuez, Mr Lincoln.

– J'ai retrouvé Mrs Brad et Hélène à l'entrée du théâtre et nous sommes rentrés à la maison.

— En voiture ?

— Non, par le Long Island. En descendant du train, Fox n'étant pas à la gare, nous avons pris un taxi.

— Un taxi ? murmura Vaughn.

Il resta un instant plongé dans ses réflexions. Les deux femmes et Lincoln le regardaient d'un air terrifié.

— Continuez, dit Isham avec impatience. Avez-vous remarqué quelque chose d'anormal en rentrant ? Quelle heure était-il ?

— Je ne sais pas. Environ 1 heure, je pense...

— Plus d'1 heure, fit Hélène, vous ne vous souvenez pas, Jonah ?

— Si. Nous n'avons rien vu d'anormal. L'allée menant au pavillon...

Il frissonna.

— ... Nous n'avons pas pensé à regarder de ce côté. D'ailleurs, il faisait nuit, nous n'aurions rien vu. Nous sommes allés nous coucher.

— Comment se fait-il, Mrs Brad, demanda Isham, que vous ne vous soyez pas aperçue de l'absence de votre mari avant ce matin ?

— Nous couchons... nous couchions, veux-je dire, dans des chambres contiguës, voilà pourquoi je n'ai rien su. Hélène et moi avons appris ce qui était arrivé lorsque Fox est venu nous tirer du lit ce matin.

L'inspecteur Vaughn s'approcha d'Isham et lui glissa un mot à l'oreille. Le procureur fit un signe d'assentiment.

— Depuis combien de temps habitez-vous ici, Mr Lincoln ?

— Depuis longtemps. Combien cela fait-il d'années, Hélène ?

Lincoln se tourna vers Hélène et ils échangèrent un regard de sympathie mutuelle.

— Huit, si je ne me trompe, Jonah, dit-elle d'une voix tremblante, et pour la première fois des larmes lui montèrent aux yeux. Je n'étais encore qu'une enfant lorsque Hester et vous êtes venus.

— Hester ? répétèrent Vaughn et Isham en chœur. Qui est-ce ?

— C'est ma sœur, répondit Lincoln. Nous sommes

restés orphelins très jeunes et ne nous sommes jamais quittés.

– Où est-elle ? Pourquoi ne l'avons-nous pas vue ?

– Elle est dans l'île, répondit Lincoln tranquillement.

– Oyster Island ? fit Ellery. Comme c'est intéressant ! Ne serait-elle pas devenue, par hasard, adoratrice du soleil, Mr Lincoln ?

– Comment avez-vous su cela ? s'exclama Hélène. Jonah, vous n'avez pas...

– Ma sœur, expliqua Lincoln un peu gêné, est assez capricieuse, elle s'engoue pour des choses de ce genre. Cette espèce de fou qui se donne le nom d'Harakht a loué l'île aux Ketcham – de vieilles gens qui en sont propriétaires. Il y a instauré le culte du soleil et... le nudisme...

Sa voix s'étrangla.

– Hester a commencé à s'intéresser à la colonie et nous nous sommes querellés à ce sujet. Mais c'est une forte tête et elle a quitté Bradwood pour devenir adepte du culte. Ces maudits imposteurs ! dit-il avec rage, je ne serais pas surpris qu'ils soient mêlés à cette abominable affaire.

– Vous êtes clairvoyant, Mr Lincoln, murmura le Pr Yardley.

Ellery toussa légèrement avant de s'adresser à Mrs Brad.

– Je suis persuadé que vous répondrez volontiers à quelques questions qui vous touchent personnellement, dit-il. Si j'ai bien compris, miss Brad est votre fille et était la belle-fille de votre mari. Un second mariage, Mrs Brad ?

– Oui, répondit la belle créature.

– Mr Brad avait-il été marié auparavant ?

Elle se mordit la lèvre.

– Oui. Nous nous sommes mariés il y a douze ans. Je ne sais pas grand-chose de... de la première femme de Tom. Je crois qu'il s'était marié en Europe et qu'elle est morte très jeune.

– Dans quelle partie de l'Europe, Mrs Brad ?

Elle regarda Ellery et le sang monta lentement à ses joues.

— Je l'ignore, Mr Queen. Mon mari était roumain, je suppose qu'il l'a épousée là-bas.

Hélène Brad leva la tête et dit d'un ton indigné :

— Vraiment, vous dépassez les limites de l'absurdité ! En quoi l'origine de quelqu'un ou la personne qu'il a épousée des années auparavant peuvent-elles avoir de l'intérêt ? Pourquoi n'essayez-vous pas plutôt de découvrir le criminel ?

— Mon petit doigt me répète avec insistance, miss Brad, répondit Ellery, que le point de vue géographique peut devenir extrêmement important. Mr Mégara est-il aussi roumain ?

— Grec, dit sèchement Lincoln.

L'inspecteur Vaughn sourit.

— Grec, vraiment ? Mais vous êtes tous américains de naissance, non ?

Ils inclinèrent tous trois la tête. Les yeux d'Hélène étincelaient de colère et les reflets cuivrés de ses cheveux semblaient briller d'un éclat plus vif. Elle regarda Lincoln comme si elle s'attendait à le voir protester; mais il se contenta de regarder le bout de ses souliers sans rien dire.

— Où se trouve Mégara ? poursuivit Isham. En croisière, m'a-t-on dit ? Quel genre de croisière ? Un voyage autour du monde ?

— Non, répondit Lincoln. Pas du tout. Mr Mégara est une sorte de globe-trotter, d'explorateur amateur si vous voulez. Il a son yacht particulier et prend souvent la mer. Ses voyages durent d'ordinaire de trois à quatre mois.

— Depuis combien de temps est-il parti, cette fois-ci ? demanda Vaughn.

— Presque un an.

— Où est-il en ce moment ?

Lincoln haussa les épaules.

— Je ne sais pas. Il n'écrit jamais et revient tout à coup sans crier gare. Je ne comprends pas pourquoi il est resté absent si longtemps.

— Je crois, dit Hélène, qu'il est parti pour les mers du Sud.

Ses yeux brillaient étrangement et ses lèvres tremblaient. Ellery l'observa avec curiosité, se demandant ce qui motivait son émoi.

– Quel est le nom de son yacht ?

Hélène rougit.

– L'*Hélène.*

– C'est un yacht à vapeur ?

– Oui.

– A-t-il une radio à bord munie d'un poste émetteur ? demanda Vaughn.

– Oui.

L'inspecteur parut satisfait et inscrivit une note dans son carnet.

– Navigue-t-il seul ? demanda-t-il.

– Bien sûr que non, il a capitaine et équipage. Le capitaine Swift est avec lui depuis des années.

Ellery s'assit brusquement et étira ses longues jambes.

– Je crois... Quel est le prénom de Mégara ?

– Stephen.

Isham grommela entre ses dents.

– Seigneur ! Ne nous égarons pas. Depuis combien de temps Brad et Mégara sont-ils associés dans leur affaire d'importation ?

– Seize ans, répondit Jonah. Ils ont débuté ensemble.

– L'affaire est-elle prospère ? Pas d'ennuis financiers ?

Lincoln secoua la tête.

– Mr Brad et Mr Mégara ont fait fortune. Ils ont été touchés par la crise, comme tout le monde, mais l'affaire est solide.

Il s'interrompit et son visage prit une expression bizarre.

– Je ne crois pas que vous découvriez de difficultés financières à la base de cet abominable crime.

– Quelle autre base, à votre avis ? grommela Isham.

Lincoln serra les lèvres.

– N'avez-vous pas l'impression qu'une question de religion se cache là-dessous ? demanda Ellery.

– Quoi ? Je n'ai rien dit de semblable. Mais le crime lui-même... le crucifiement...

Ellery sourit aimablement.

— A propos, à quelle religion Mr Brad appartenait-il ?

— Il m'a dit une fois avoir été élevé dans le culte orthodoxe grec. Mais il n'était pas religieux et ne pratiquait pas; certains le considéraient même comme un athée.

— Et Mégara ?

— Oh ! celui-là, il ne croit à rien !

Ce fut dit d'un ton tel que tous les regards convergèrent sur Mrs Brad, mais son visage était sans expression.

— Orthodoxe grec, dit le Pr Yardley, cela colle assez bien avec la nationalité roumaine...

— Vous cherchez des anomalies ? murmura Ellery.

L'inspecteur toussa et Mrs Brad posa sur Ellery un regard pénétrant. Elle semblait sentir ce qui allait venir.

— Votre mari avait-il sur le corps quelque marque permettant de l'identifier, Mrs Brad ?

Un peu écœurée, Hélène détourna la tête.

— Oui, une tache de naissance en forme de fraise sur la cuisse droite.

L'inspecteur poussa un soupir de soulagement.

— Nous voilà fixés. Abordons maintenant le fond de la question. Mr Brad avait-il des ennemis ? Connaissez-vous quelqu'un susceptible d'avoir voulu le supprimer ?

— Oubliez pour l'instant le crucifiement et tout ce qui s'y rattache, ajouta le procureur. Qui pouvait avoir un mobile pour accomplir ce crime ?

Mère et fille se regardèrent et détournèrent la tête presque aussitôt. Lincoln continuait à fixer le tapis, une magnifique pièce orientale représentant un Arbre de Vie admirablement tissé. Bien fâcheuse juxtaposition de symbole et de réalité étant donné le sort de son propriétaire, songea Ellery.

— Non, répondit Mrs Brad. Tom était un homme heureux, il n'avait pas d'ennemis.

— Receviez-vous souvent des étrangers ?

— Oh non ! Nous menons une vie très retirée ici, Mr Isham.

De nouveau, le ton sur lequel elle avait prononcé ces paroles attira l'attention des enquêteurs.

— L'un de vous a-t-il souvenir d'un boiteux qui serait venu ici à titre d'invité ou simplement en passant?

Ils firent tous un signe de dénégation.

— Mon mari n'avait pas d'ennemis, répéta Mrs Brad.

— Vous oubliez quelqu'un, Margaret, dit Jonah Lincoln. Romaine.

Il fixait sur elle un regard brûlant. Les yeux d'Hélène reflétèrent une surprise horrifiée, elle se mordit la lèvre et deux larmes perlèrent à ses cils. Les quatre hommes les regardaient avec un intérêt croissant. A côté de l'action principale une autre scène se déroulait dans le clair-obscur; la vie privée des Brad devait cacher une plaie.

— Oui, Romaine, dit Mrs Brad en s'humectant les lèvres, j'oubliais. Ils se sont querellés.

— Qui diable est Romaine? demanda Vaughn.

Ce fut Lincoln qui répondit :

— Paul Romaine est le disciple préféré d'Harakht, le vieux fou d'Oyster Island.

— Ah! fit Ellery en regardant le Pr Yardley qui haussa les épaules en souriant.

— Ils ont établi une colonie de nudistes dans l'île. Des nudistes! poursuivit Lincoln d'un ton amer. Harakht est un loufoque probablement sincère, mais Romaine est un charlatan, un individu de la pire espèce. Il fait commerce de son corps qui n'est que l'enveloppe d'une âme pourrie.

— Et pourtant, murmura Ellery, Holmes n'a-t-il pas dit : « Bâtis-toi des demeures plus somptueuses, ô mon âme! »?

— Si, fit l'inspecteur Vaughn, soucieux de calmer cet étrange témoin. Nous comprenons. Mais revenons à cette querelle, Mr Lincoln.

— C'est Romaine qui est responsable de l'installation des « hôtes » dans l'île. Il a monté l'affaire en recrutant une poignée de pauvres imbéciles qui le prennent pour une sorte de dieu de pacotille ou qui sont tellement refoulés que la seule pensée de se promener tout nus...

Il s'interrompit brusquement.

— ... Excusez-moi, Hélène, et vous, Margaret. Je ne devrais pas parler... Hester... Ils n'ont causé d'ennuis à personne dans le voisinage, je l'admets. Mais Tom et le Dr Temple sont absolument du même avis que moi.

— Hum, fit le Pr Yardley. Je n'ai pas été consulté.

— Le Dr Temple ?

— Notre voisin de gauche. On les voit gambader dans l'île, nus comme des vers... Alors, vous comprenez, nous sommes des gens convenables...

« Ah ! pensa Ellery, ainsi parlaient les puritains. »

— ... Tom, qui possède cette propriété en bordure de Ketcham's Cove, a estimé de son devoir d'intervenir et a eu un accrochage sérieux avec Romaine et Harakht. Je crois qu'il avait l'intention de prendre des mesures pour les chasser de l'île; il les en a avertis.

Vaughn et Isham se regardèrent puis se tournèrent vers Ellery. Les Brad, mère et fille, semblaient figées. Lincoln, ayant exhalé son amertume, paraissait gêné et un peu honteux.

— Bien. Nous approfondirons cela plus tard, dit Vaughn. Le Dr Temple possède la propriété adjacente du côté est, m'avez-vous dit ?

— Il n'en est pas propriétaire, mais seulement locataire. Il la loue depuis des années à un médecin militaire de ses amis, Thomas.

— Qui habite la maison au bout de la propriété, du côté ouest ?

— Un couple anglais, les Lynn... Percy et Elisabeth, répondit Mrs Brad.

— Je les ai rencontrés à Rome l'automne dernier et nous nous sommes très vite liés, ajouta Hélène. Comme ils manifestaient l'intention de visiter les Etats-Unis, je leur ai proposé de revenir avec moi et d'accepter mon hospitalité pendant leur séjour.

— Quand êtes-vous revenue, miss Brad ? demanda Ellery.

— Pour le *Thanksgiving Day.* Les Lynn ont fait la traversée avec moi, mais nous nous sommes séparés à New York, ils ont circulé un peu et sont arrivés ici en janvier. Ce pays les a enthousiasmés...

Lincoln grommela et Hélène rougit.

— ... Mais si, Jonah. je vous assure, tellement enthousiasmés que, désireux de ne pas abuser de notre hospitalité — c'était ridicule, mais vous savez à quel point les Anglais peuvent être obstinés parfois –, ils ont insisté pour louer la maison de droite qui appartenait aussi à mon père. Ils ne l'ont pas quittée depuis.

– Nous les verrons aussi, dit Isham. Revenons au Dr Temple. C'était un ami de votre mari, m'avez-vous dit, Mrs Brad ? Ils étaient en excellents termes, je suppose ?

– Ne cherchez pas dans cette direction, Mr Isham, dit Mrs Brad d'un ton catégorique. Le Dr Temple ne m'a jamais été exagérément sympathique, mais c'est un homme très droit, et Tom, qui savait juger les êtres, avait la plus grande estime pour lui. Ils jouaient souvent aux dames ensemble le soir.

Le Pr Yardley soupira d'ennui. Cet étalage des vices ou des vertus dc voisins dont il aurait pu faire une analyse beaucoup plus clairvoyante l'excédait.

– Aux dames ! s'écria Vaughn, voilà enfin quelque chose ! Mr Brad avait-il d'autres partenaire ou jouait-il seulement avec le docteur ?

– Mais non, nous jouions tous avec lui à l'occasion.

Vaughn était visiblement déçu. Le Pr Yardley caressa sa barbiche noire.

– Je crains que vous ne vous engagiez sur un terrain stérile, inspecteur, dit-il. Brad était de première force aux dames et se mesurait avec tous ceux qui venaient ici. S'ils ne savaient pas jouer, il insistait pour leur apprendre le jeu. J'ai été le seul visiteur à résister à ses cajoleries.

– Tom était un joueur remarquable, dit Mrs Brad avec une triste fierté, c'est le champion national lui-même qui me l'a dit; il était notre hôte à Noël dernier, mon mari et lui ont fait d'innombrables parties et ils étaient de force égale.

Ellery se leva brusquement.

– Je crois que nous abusons de ces gens, dit-il. Encore quelques questions et nous ne vous ennuierons plus, Mrs Brad. Avez-vous jamais entendu prononcer le nom de Velja Krosac ?

Mrs Brad parut sincèrement surprise.

– Vel... quel drôle de nom ! Non, Mr Queen, jamais.

– Et vous, miss Brad ?

– Moi non plus.

— Vous, Mr Lincoln ?
— Pas davantage.
— Et le nom de Kling ?
Ils secouèrent tous la tête.
— Andrew Van ?
Même mimique.
— Arroyo, en Virginie ?
— Qu'est-ce que cela ? murmura Lincoln. Un jeu ?
Ellery sourit.
— En quelque sorte. Vous ne connaissez pas ces noms ?
— Non.
— Voici maintenant une question à laquelle vous allez pouvoir répondre. A quelle date exacte Harakht, ce fanatique, est-il arrivé à Oyster Island ?
— En mars, dit Lincoln.
— Paul Romaine était-il avec lui ?
Le visage de Lincoln s'assombrit.
— Oui.
Ellery essuya son pince-nez et le replaça délicatement.
— La lettre T a-t-elle une signification particulière pour vous ?
Ils le regardèrent, ahuris.
— La lettre T ? répéta Hélène. De quoi parlez-vous ?
— Evidemment, cela ne vous dit rien, remarqua Ellery comme le Pr Yardley lui murmurait en riant quelque chose à l'oreille. Bien. Votre mari vous a-t-il souvent parlé de sa vie en Roumanie, Mrs Brad ?
— Non, jamais. Tout ce que je sais, c'est qu'il est arrivé aux Etats-Unis, de Roumanie, il y a dix-huit ans, avec Mégara. Je crois qu'ils étaient amis ou associés dans leur pays.
— Comment le savez-vous ?
— Mais... c'est mon mari qui me l'a dit.
Les yeux d'Ellery jetèrent un éclair.
— Excusez ma curiosité, mais cela peut avoir de l'importance. Votre mari était-il riche lorsqu'il a émigré ?
Mrs Brad rougit.
— Je l'ignore. Il l'était quand nous nous sommes mariés.

Ellery réfléchit un long moment.

– Si je pouvais avoir un atlas, Mr Isham, dit-il, je ne vous ennuierais plus de longtemps.

– Un atlas ! s'écrièrent simultanément le procureur et l'inspecteur.

– Je vais en chercher un dans la bibliothèque, dit Lincoln en se levant.

Ellery marchait de long en large, l'air absent.

– Mrs Brad, dit-il soudain, parlez-vous le grec ou le roumain ?

Elle fit un signe de dénégation. Lincoln revenait avec un grand livre à couverture bleue.

– Et vous, Mr Lincoln ? dit Ellery. L'affaire dont vous vous occupez a des ramifications en Europe et en Asie. Parlez-vous ou comprenez-vous le grec ou le roumain ?

– Non, nous n'avons jamais l'occasion d'utiliser ces langues. Toute notre correspondance commerciale se fait en anglais.

Ellery prit l'atlas des mains de Lincoln.

– J'ai terminé pour l'instant, Mr Isham, dit-il.

Le procureur eut un geste de découragement.

– Je ne vous retiendrai pas davantage. Soyez persuadée, Mrs Brad, que nous ferons notre possible, bien qu'à la vérité cet affreux mystère me paraisse insoluble. Veuillez ne pas quitter la propriété pour l'instant; cette recommandation vaut pour vous, Mr Lincoln, et pour vous aussi, miss Brad.

Après un instant d'hésitation, les Brad et Jonah se levèrent et quittèrent la pièce.

Aussitôt la porte fermée, Ellery se jeta dans un fauteuil et ouvrit l'atlas. Il regarda avec attention trois cartes différentes et les examina pendant quelques minutes. Soudain son visage s'éclaira. Il posa le livre sur le bras du fauteuil et se leva.

– Pardieu, fit-il, je m'attendais à ce qu'il en fût ainsi... (Il se tourna vers le professeur.) Une coïncidence stupéfiante à supposer que ce soit une coïncidence. Je vous en laisse juge. Professeur, n'avez-vous pas été frappé par une particularité des noms de nos différents personnages ?

– Quels noms, Queen ? fit Yardley, surpris.

– Brad... Mégara. Brad, Roumain, Mégara, Grec. Cela ne vous dit rien ?

Yardley fit un signe de dénégation, Vaughn et Isham haussèrent les épaules.

– Ce sont de petites choses de ce genre qui donnent un intérêt à la vie, dit Ellery en allumant une cigarette. Chacun a sa manie : un de mes amis est féru de ce petit jeu enfantin qui s'appelle « Géographie ». Brad aimait les dames, d'autres préfèrent le golf. Mais l'ami en question s'en tient au jeu géographique et il est arrivé à savoir des milliers de noms...

– Vous nous faites venir l'eau à la bouche, dit Yardley, venez-en au fait.

Ellery sourit.

– Thomas Brad était roumain... or, une ville de Roumanie se nomme Brad. Cela ne vous dit toujours rien ?

– Rien du tout, grommela Vaughn.

Dames et pipes

Ils quittèrent le salon, l'air pensif. Isham les conduisit jusqu'au bureau de Thomas Brad situé dans l'aile droite de la maison. Un policier montait la garde devant la porte close de la bibliothèque. Comme ils allaient entrer, une grosse femme à l'air maternel arriva dans un frou-frou de soie noire.

– Je suis Mrs Baxter, dit-elle. Puis-je vous offrir à déjeuner, messieurs ?

Les yeux de l'inspecteur brillèrent.

– Vous êtes un ange déguisé ! J'oubliais totalement ce problème. La gouvernante, je pense ?

– Oui, monsieur. Les autres messieurs veulent-ils aussi prendre quelque chose ?

– Pas moi, fit Yardley, je n'ai pas le droit de m'imposer ainsi. D'ailleurs, j'habite en face et la vieille Nanny doit être furieuse de mon retard... Queen, n'oubliez pas que vous êtes mon hôte.

– Etes-vous obligé de partir? demanda Ellery. Je me réjouissais d'avoir une longue conversation avec vous.

–Nous nous verrons ce soir, dit le professeur en faisant un signe d'adieu. Je prendrai soin de vos bagages et rangerai dans mon garage le vieux clou qui vous a amené ici.

Le déjeuner, solennellement servi par Mrs Baxter en personne, se passa en silence. Les trois hommes étaient seuls à table dans ce cadre agréable. Ellery mangeait d'un air absent, roulant dans sa tête les pensées les plus extraordinaires, tout en s'efforçant de les écarter. La maison était étonnamment calme.

Il était 2 heures lorsqu'ils se rendirent à la bibliothèque, vaste pièce qui représentait bien la retraite d'un homme cultivé. Carrée de forme, le plancher était couvert, sauf sur les bords, d'un mètre environ, d'un épais tapis chinois. Des rayonnages encastrés dans le mur, remplis de livres, couvraient deux côtés, du sol au plafond à poutres apparentes. Dans une alcôve ménagée dans un angle se trouvait un piano crapaud; clavier et dessus étaient ouverts : Thomas Brad l'avait évidemment laissé ainsi la veille. Une table basse et ronde placée au centre de la pièce était chargée de revues illustrées et d'accessoires de fumeur; appuyé à un mur, un grand divan dont les pieds de devant reposaient sur le tapis, en face un secrétaire au battant rabattu sur lequel étaient posées deux bouteilles d'encre, une rouge et une noire. Ellery observa machinalement qu'elles étaient presque pleines.

– J'ai déjà examiné ce secrétaire à la loupe, dit Isham en se jetant sur le divan. Il va sans dire que si ce meuble était le bureau personnel de Brad il pouvait contenir des papiers importants. Recherches vaines, tout ce que j'ai trouvé est aussi innocent qu'un agenda de nonne. Quant au reste de la pièce... Voyez vous-mêmes, elle ne contient rien de personnel. D'ailleurs, le meurtre a été commis dans le kiosque. Il n'y a que ce damier d'intéressant, depuis que nous avons trouvé le pion rouge près du totem.

Ellery circulait dans la pièce.

— Vous avez visité le reste de la maison, je suppose ? dit-il.

— Oui, la perquisition habituelle dans la chambre à coucher de Brad et dans les autres. Il n'y a absolument rien d'intéressant.

Ellery s'approcha de la table ronde et, tirant de sa poche l'enveloppe contenant le culot de pipe récolté avec soin dans le kiosque, il ouvrit un gros pot à tabac et compara son contenu avec l'échantillon qu'il avait en main.

— Aucun doute, fit-il en riant, si ce pot appartient à Brad, c'est bien son tabac qu'il fumait. Encore un indice qui s'envole en fumée !

Ellery tira un petit tiroir placé sous la table. Il était rempli d'une collection de pipes d'excellente qualité, toutes ayant servi, toutes de modèle courant, avec le fourneau habituel et le tuyau droit ou incurvé. Pipes d'écume, de bruyère, de bakélite, deux très minces et très longues, en terre, des pipes anglaises.

— Hum, dit-il. Mr Brad appartient à la secte des amateurs de dames et de tabac... l'un va toujours avec l'autre. Je suis surpris de ne pas voir un chien couché devant la cheminée. Il n'y a rien d'intéressant là-dedans.

— Aucune de pareille à celle-ci ? demanda Vaughn en montrant la pipe à tête de Neptune.

Ellery secoua la tête.

— Vous ne vous y attendiez pas, je pense ? On n'a pas deux pipes comme cela. Pas d'étui, non plus. J'aurais mal à la mâchoire si je devais tenir semblable monstruosité dans ma bouche. Ce devait être un cadeau.

Ellery reporta son attention sur la pièce la plus intéressante : le damier, placé à gauche du secrétaire ouvert, sur le même côté, face à celui où était accoté le divan. C'était une invention ingénieuse, une table pliante, fixée au mur par des charnières et se rabattant dans la niche ménagée à cet effet. Un couvercle à glissière qui, pour l'instant, était relevé au-dessus de la niche, dissimulait complètement l'appareil en retombant. Deux sièges fixés au mur de la même façon, de chaque côté de la table, pouvaient être rabattus comme des strapontins.

– Brad devait être un joueur fanatique pour avoir fait une installation pareille. Hum ! Je suppose que tout est resté comme il l'a laissé. On n'y a pas touché ?

– Pas nous, en tout cas, dit Isham. Voyez ce que vous pouvez en tirer.

La table de marqueterie, aux soixante-quatre cases blanches et noires, était incrustée d'une bordure de nacre. De chaque côté, une marge assez large permettait aux joueurs de ranger les pions inutilisés. Sur celle placée près du secrétaire, neuf pions rouges étaient éparpillés, neuf pions rouges pris par le camp des noirs. Du côté de l'autre joueur se trouvaient trois pions noirs gagnés par le camp rouge. Sur le damier lui-même, en position de jeu : trois « dames » noires – formées en plaçant deux pions l'un sur l'autre –, plus trois pions noirs ordinaires et deux rouges, l'un d'eux étant situé sur la première rangée du camp adverse ou rangée de départ, côté noir.

Ellery examina attentivement le tout.

– Où est la boîte où il rangeait ses pions ?

Isham indiqua une boîte en carton très ordinaire, posée sur le secrétaire; elle était vide.

– Onze pions rouges, dit Ellery. Le jeu en comporte douze, il faut sans doute ajouter celui que nous avons trouvé près du totem.

– Oui, dit Isham, j'ai interrogé toute la maisonnée, il n'y a pas d'autres pions de dames dans la maison, celui que nous avons trouvé là-bas provient donc certainement d'ici.

– C'est intéressant, très intéressant, fit Ellery en se penchant sur le jeu.

– Vous croyez ? dit Isham. D'ici une minute vous déchanterez. Je sais ce que vous avez en tête, mais ce n'est pas cela, attendez que le maître d'hôtel de Brad vienne ici.

Il ouvrit la porte et dit au policier de garde :

– Amenez-nous de nouveau Stallings, le maître d'hôtel.

Ellery haussa les sourcils, mais ne dit rien. Il prit la

boîte de carton posée sur le secrétaire et il la retourna négligemment. Isham le regardait en ricanant.

– Et cela aussi, dit-il.

– Oui, cette boîte m'a intrigué dès l'instant où je suis entré ici. Comment se fait-il qu'un joueur invétéré, ayant installé à gros frais ce luxueux damier, consente à jouer avec ces pions ordinaires ?

– Vous serez renseigné dans une minute; ne vous attendez pas à quelque chose de sensationnel.

Le policier ouvrit la porte pour introduire un homme grand et mince, au teint blafard, à l'air obséquieux, vêtu de noir.

– Stallings, dit Isham sans autre préliminaire, voulez-vous répéter devant ces messieurs les renseignements que vous m'avez donnés ce matin ?

– Volontiers, monsieur, dit le maître d'hôtel d'une voix douce au timbre agréable.

– Expliquez-nous d'abord pourquoi Mr Brad jouait aux dames avec des pions de bois si ordinaires ?

– C'est très simple, monsieur. Comme je vous l'ai déjà dit, Mr Brad... (il soupira en levant les yeux au ciel) ...ne se servait jamais que des objets les plus luxueux. Il a fait faire spécialement cette table et creuser le mur pour l'ajuster. A la même époque il s'est procuré un magnifique jeu de pions d'ivoire merveilleusement sculptés dont il s'est servi pendant des années. Dernièrement, le Dr Temple s'était tellement extasié devant ces pions que Mr Brad m'avait fait part de son intention de lui faire cadeau d'un jeu exactement semblable. Il y a quinze jours, il a envoyé les vingt-quatre pions à un sculpteur sur ivoire de Brooklyn pour les faire copier et ils ne sont pas encore revenus. N'ayant réussi à se procurer que ces pions à bon marché, Mr Brad s'en servait en attendant.

– Veuillez nous dire maintenant ce qui s'est passé hier soir, dit le procureur.

– Oui, monsieur, répondit Stallings qui se passa la langue sur les lèvres. Immédiatement avant de quitter la maison hier soir, comme Mr Brad me l'avait ordonné...

– Un instant ! fit Ellery. Vous aviez reçu l'ordre de quitter la maison hier soir ?

– Oui, monsieur. Hier soir, en revenant de la ville, Mr Brad nous a appelés, Fox, Mrs Baxter et moi, ici même. Mrs Brad et miss Hélène étaient déjà sorties pour aller au théâtre, je crois, et Mr Lincoln n'était pas rentré dîner. Mr Brad paraissait très fatigué. Il m'a tendu un billet de dix dollars et m'a dit de l'employer à nous distraire, car il nous donnait congé après dîner. Lui-même désirait rester seul; il a dit à Fox qu'il l'autorisait à prendre la petite voiture. Nous sommes donc sortis tous les trois.

– Je comprends, murmura Ellery.

– Racontez-nous l'histoire des dames, Stallings, dit Isham.

– Avant de quitter la maison – Fox et Mrs Baxter étaient déjà dans la voiture –, je suis allé dans la bibliothèque pour voir si Mr Brad n'avait besoin de rien. Je lui ai posé la question et il m'a répondu que non, d'un ton un peu agacé m'a-t-il semblé. Il m'a dit de sortir avec les autres.

– Vous êtes observateur, dit Ellery en souriant.

Stallings parut satisfait.

– J'essaie de l'être, monsieur. De toute façon, comme je l'ai dit à Mr Isham ce matin, Mr Brad était assis devant le damier et jouait sa partie tout seul, si on peut dire.

– Il n'avait donc pas de partenaire? murmura l'inspecteur. Pourquoi diable ne me l'avez-vous pas dit, Isham?

Le procureur fit un geste vague.

– Que voulez-vous dire exactement, Stallings? fit Ellery.

– Mr Brad avait placé tous les pions, les noirs et les rouges, et il jouait pour les deux camps. C'était le commencement de la partie, il a avancé un pion du camp adverse. Je n'ai vu que deux coups.

– De quel côté était-il assis? demanda Ellery.

– Sur ce siège, près du secrétaire. Mais quand il a voulu manœuvrer le pion rouge, il s'est levé et est venu s'asseoir en face en considérant longuement le damier, comme il le faisait toujours. Mr Brad était un très bon joueur, il s'exerçait très souvent seul.

– Et voilà! Le damier ne signifie rien... soupira

Isham. Donnez-nous maintenant l'emploi de votre soirée, Stallings.

– Oui, monsieur. Nous sommes partis tous en voiture, Fox nous a déposés, Mrs Baxter et moi, au Roxy Theater en nous disant qu'il viendrait nous chercher après la représentation. Je ne sais pas où il est allé.

– Est-il venu vous chercher? demanda l'inspecteur Vaughn, soudain intéressé.

– Non, monsieur. Nous l'avons attendu une bonne demi-heure mais, pensant qu'il avait eu un accident ou une panne, nous avons pris le train et sommes rentrés en taxi de la gare.

– En taxi! s'exclama l'inspecteur. Décidément, les chauffeurs de la station ont eu de l'ouvrage, hier soir. A quelle heure êtes-vous rentrés?

– Vers minuit, monsieur, peut-être un peu plus tard, je ne sais pas exactement.

– Fox était-il rentré?

– Je ne puis malheureusement pas vous le dire, monsieur. Fox habite une petite cabane dans les bois, près de Ketcham's Cove, et même s'il y avait eu de la lumière, les arbres nous auraient empêchés de la voir.

– Nous vérifierons cela. Vous n'avez pas encore causé avec Fox, Isham?

– Non, je n'en ai pas eu le temps.

– Un instant, Stallings! fit Ellery. Mr Brad vous a-t-il donné à entendre qu'il attendait quelqu'un hier soir?

– Non, monsieur. Il m'a simplement dit qu'il désirait rester seul toute la soirée.

– Vous donnait-il souvent congé à tous trois ensemble?

– Non, monsieur, c'était la première fois.

– Encore une question, dit Ellery qui s'était rapproché de la table et qui désignait le pot à tabac. Savez-vous s'il existe d'autre tabac pour la pipe dans la maison?

– Il n'y en a pas d'autre, monsieur. Mr Brad était très difficile pour son tabac et faisait venir d'Angleterre ce mélange spécial. En fait, Mr Brad répétait souvent qu'il n'y a aucune bonne marque de tabac américaine.

Une idée incongrue se présenta à l'esprit d'Ellery. Andrew Van et son caviar; Thomas Brad et son tabac importé...

– Autre chose, Stallings. Auriez-vous l'obligeance, inspecteur, de montrer la pipe au Neptune à Stallings?

Vaughn produisit la pipe sculptée que Stallings considéra un moment.

– Oui, monsieur, j'ai déjà vu cette pipe ici.

Les trois hommes soupirèrent à l'unisson. La chance semblait favoriser le crime.

– Et voilà, c'est toujours comme cela... cette pipe appartenait à Brad, n'est-ce pas? grommela Isham.

– Oui, j'en suis certain, affirma le maître d'hôtel. Mr Brad ne fumait jamais la même très longtemps, il prétendait qu'une pipe, comme un être humain, a besoin de prendre des vacances de temps à autre. Son tiroir est plein d'excellentes pipes, monsieur, mais je reconnais celle-ci, je l'ai déjà vue souvent; pas dernièrement, maintenant que j'y pense.

– Bien, bien, dit Isham, visiblement énervé, vous pouvez disposer.

Stallings, redevenu le correct serviteur, sortit de la pièce.

– Voilà qui règle l'affaire du damier, comme celle de la pipe et celle du tabac. Que de temps perdu! Cela nous a néanmoins donné une indication précieuse sur Fox.

Il se frotta les mains.

– Ce n'est déjà pas si mal et, avec la bande d'Oyster Island à interroger, notre journée de demain promet d'être bien occupée.

– Elle ne sera pas seule de son espèce, dit Ellery en souriant. Nous voilà revenus au bon vieux temps.

On frappait à la porte; l'inspecteur alla ouvrir. Un homme à l'aspect taciturne se pencha vers Vaughn et lui murmura quelques mots à l'oreille. L'inspecteur fit un signe d'approbation. Puis il referma la porte et revint auprès de ses compagnons.

– Que se passe-t-il? demanda Isham.

– Rien d'extraordinaire. Encore un coup d'épée dans l'eau. Mes hommes n'ont absolument rien trouvé dans la propriété. Rien, vous entendez. C'est inconcevable !

– Que cherchez-vous donc ? demanda Ellery.

– La tête, mon garçon, la tête !

Il y eut un long silence, et un souffle glacé plein d'épouvante passa sur la pièce. En regardant les jardins ensoleillés, on avait peine à croire que le maître de cette paix, de cette beauté, de ce luxe, n'était qu'un corps décapité gisant dans la morgue du comté, comme n'importe quel vagabond repêché dans Long Island Sound.

– Qu'avez-vous appris encore ? dit enfin Isham.

– Mes hommes ont passé au crible tout le personnel de la gare et tous les habitants à cinq lieues à la ronde, dit Vaughn. Ils recherchaient un éventuel visiteur, venu la nuit dernière, Mr Queen. D'après ce qu'ont raconté Lincoln et Stallings, il semble évident que Brad attendait quelqu'un hier soir : un homme n'éloigne pas sa femme, sa belle-fille, son associé et ses domestiques sans avoir une raison secrète de désirer la solitude. Il ne l'avait d'ailleurs jamais fait auparavant, vous comprenez ?

– Je ne comprends que trop clairement, répondit Ellery. Certes, vous êtes parfaitement fondé à supposer que Brad attendait quelqu'un hier soir. Cela ne fait aucun doute.

– Nous n'avons pas pu découvrir une seule personne capable de nous fournir un indice. Les conducteurs de trains et les employés ne se souviennent d'aucun étranger arrivant à la gare aux environs de 9 heures, hier soir.

– Les voisins ?

L'inspecteur haussa les épaules.

– On n'a rien à obtenir de ce côté, je suppose. N'importe lequel aurait pu venir sans laisser de trace.

– En fait, je crois que vous tentez l'impossible, Vaughn, dit le procureur. Aucun visiteur venant ici dans un dessein criminel n'aurait la sottise d'arriver par la gare la plus proche. Il descendrait un ou deux arrêts avant et ferait le reste de la route à pied.

– Avez-vous envisagé la possibilité de son arrivée par la route ? demanda Ellery.

Vaughn opina.

– Nous nous en sommes inquiétés ce matin à la première heure, mais les allées de la propriété sont couvertes de fin gravier, les routes de macadam et il n'a pas plu... rien à espérer Mr. Queen, mais la possibilité existe, naturellement.

Ellery réfléchit longuement.

– Et le Sound, inspecteur, y avez-vous pensé ?

– Comment donc ! dit-il avec un sarcastique petit rire. Quelle tâche aisée à accomplir ! Louer un bateau sur la côte de New York ou du Connecticut, une chaloupe à moteur... Deux de mes hommes ont entrepris ce genre de recherches.

Ellery sourit.

– *Quod fugit, usque sequor,* n'est-cc pas inspecteur ?

– Hum !

Isham se leva.

– Sortons d'ici. Nous avons du travail.

Fox et les Anglais

Ils s'enfonçaient de plus en plus dans le brouillard. Aucune lueur n'apparaissait à l'horizon.

On ne pouvait s'attendre, par exemple, à ce que Mrs Baxter pût fournir de renseignement important; il était néanmoins nécessaire, pour ne rien négliger, de l'interroger. Ils retournèrent au salon et se mirent à l'œuvre. Mrs Baxter ne fit que confirmer les dires de Stallings sur l'emploi de leur soirée, la veille. Non. Mr Brad ne lui avait pas parlé de visiteurs. Non, pendant qu'elle lui servait son dîner solitaire dans la salle à manger, il ne lui avait paru ni soucieux ni nerveux, un peu distrait, peut-être. Oui, Fox les avait déposés au Roxy. Oui, Stallings et elle avaient pris le train, puis un taxi pour rentrer à Bradwood, où ils étaient arrivés un peu après minuit. Non, elle ne croyait pas que Mrs Brad ou les autres fussent déjà rentrés, mais elle ne pouvait rien affirmer. Si la maison était obscure? Oui. Rien d'anormal? Non, rien.

– Je vous remercie, Mrs Baxter.

La gouvernante sortit rapidement et l'inspecteur lança une véritable bordée de jurons.

Ellery, préoccupé, considérait ses ongles. Le nom d'Andrew Van ne cessait de circuler dans les méandres de son cerveau.

– Venez, fit Isham, allons interroger ce Fox, le chauffeur.

Il sortit avec Vaughn. Ellery les suivit et respira avec délice l'odeur enivrante des roses de juin, tout en se demandant quand ses collègues, cessant de tourner en rond, se décideraient à traverser le Sound pour visiter Oyster Island.

Isham, qui leur servait de guide, contourna l'aile gauche de la maison et suivit une allée étroite, recouverte de gravier, qui pénétrait très vite dans un petit bois dont l'aspect sauvage avait été soigneusement respecté. Ils arrivèrent bientôt dans une clairière, au centre de laquelle se trouvait une jolie cabane de rondins. Un gendarme déambulait au soleil.

Isham frappa à la porte.

– Entrez, répondit une voix grave.

L'homme était debout, planté comme un chêne, les poings serrés, le visage bizarrement pointillé de taches pâles. Très grand, très droit, mince et solide, il ressemblait à une tige de bambou. En reconnaissant ses visiteurs, il desserra les poings, ses épaules se courbèrent légèrement et il s'appuya au fauteuil rustique placé devant lui.

– Fox, lui dit Isham d'un ton péremptoire, je n'ai pas eu l'occasion de causer avec vous ce matin.

– Non, monsieur, dit Fox.

Ellery s'aperçut, non sans surprise, que sa pâleur n'était pas momentanée, mais faisait partie de son teint naturel.

– Nous savons que vous avez découvert le corps, poursuivit le procureur en se laissant tomber sur le seul siège disponible.

– Oui, monsieur, murmura Fox, c'était un horrible spectacle...

– Nous désirons savoir, dit Isham, la raison pour laquelle vous avez quitté Stallings et Mrs Baxter, où vous êtes allé, et à quelle heure vous êtes rentré.

Assez bizarrement, l'homme ne se troubla pas et son expression demeura inchangée.

– Je me suis simplement promené en auto dans la ville, dit-il, et suis rentré à Bradwood un peu avant minuit.

L'inspecteur Vaughn saisit le bras mince de Fox.

– Ecoutez, lui dit-il presque aimablement, nous n'essayons ni de vous tendre un piège ni de vous faire du mal, comprenez-moi bien. Si vous êtes régulier, on vous laissera tranquille.

– Je suis parfaitement régulier, répondit Fox.

Ellery crut discerner certaines traces d'éducation dans son accent et ses intonations. Il l'observa avec un intérêt croissant.

– Tant mieux, dit Vaughn. Alors, oubliez le conte à dormir debout que vous venez de nous raconter et donnez-nous l'emploi de votre soirée. Où êtes-vous allé?

– Je vous ai dit la vérité, répondit Fox d'une voix blanche. Après avoir longé Fifth Avenue, j'ai traversé le Park et me suis promené longtemps au bord de l'eau. Il faisait bon dehors et l'air me faisait du bien.

L'inspecteur lâcha le bras de l'homme et regarda Isham en riant.

– L'air lui faisait du bien! Pourquoi n'êtes-vous pas allé chercher Stallings et Mrs Baxter à la sortie du cinéma?

Les larges épaules de Fox esquissèrent un léger mouvement.

– Personne ne me l'avait demandé.

Isham et Vaughn échangèrent un regard. Ellery, qui observait Fox, fut surpris de voir ses yeux – cela semblait impossible – se remplir de larmes.

– O.K., dit Isham. Si vous voulez vous en tenir à cette version, c'est votre affaire, mais gare à vous si elle est inexacte. Depuis combien de temps travaillez-vous ici?

– Depuis le 1er janvier, monsieur.

– Vous aviez des références?

– Oui, monsieur.

Il se dirigea vers un vieux buffet, ouvrit un tiroir et en tira une enveloppe.

Le procureur parcourut les lettres qu'elle contenait et les tendit à Vaughn. L'inspecteur les lut avec plus d'attention, puis il les posa sur la table et, sans autre explication, sortit de la cabane.

– Elles paraissent en règle, fit Isham en se levant. A propos, Stallings, Mrs Baxter et vous êtes les seuls domestiques de la maison, je crois ?

– Oui, monsieur, répondit Fox sans lever les yeux.

Il ramassa ses références et se mit à les retourner entre ses doigts.

– Fox, dit Ellery, quand vous êtes rentré hier soir, n'avez-vous rien remarqué d'anormal ?

– Non, monsieur.

– Ne vous éloignez pas d'ici, dit Isham en sortant de la cabane.

Tandis qu'il rejoignait l'inspecteur, Ellery s'attarda sur le seuil. A l'intérieur, Fox n'avait pas bougé.

– Il ment comme un arracheur de dents sur l'emploi de sa soirée, dit Vaughn à haute voix, de manière à être entendu de Fox. Nous allons vérifier cela immédiatement.

Ellery frémit. La tactique des deux hommes avait quelque chose d'implacable et il ne pouvait oublier les larmes de Fox.

En silence, ils coupèrent à travers la clairière en direction de l'ouest. La cabane de Fox n'était pas loin de Ketcham's Cove; ils apercevaient le scintillement des eaux à travers les arbres. Ils rejoignirent bientôt un chemin étroit que nulle barrière ne défendait.

– Nous sommes toujours sur la propriété de Brad, dit Isham, c'est pourquoi il n'y a pas de clôture. La maison louée par les Lynn doit se trouver de l'autre côté de ce sentier.

Ils traversèrent le chemin et pénétrèrent dans une forêt de haute futaie. Vaughn mit cinq bonnes minutes à découvrir un étroit sentier ménagé dans la végétation touffue. Bientôt le sentier s'élargit, les arbres s'espacèrent, et ils aperçurent une maison basse, construite en pierre, au cœur même de la forêt. Un couple était assis sous le porche. L'homme se leva vivement en apercevant les trois arrivants.

– Mr et Mrs Lynn ? demanda le procureur en s'arrêtant au bas du perron.

– En chair et en os, dit l'homme. Je suis Percy Lynn et voici ma femme. Vous venez sans doute de Bradwood, messieurs ?

Lynn, un Anglais de haute taille, aux traits accusés, avait des cheveux noirs, coupés très ras et des yeux intelligents. Elisabeth Lynn, une grosse blonde, arborait un sourire stéréotypé.

– Entrez donc, dit Lynn.

– Nous ne resterons qu'un instant, dit aimablement l'inspecteur Vaughn. Etes-vous au courant de ce qui s'est passé ?

L'Anglais inclina la tête d'un air grave, mais le sourire de sa femme ne s'effaça pas pour autant.

– Quelle horrible fin ! fit Lynn. Je n'ai su l'événement qu'en me promenant ce matin; j'ai rencontré un flic sur le chemin, il m'a raconté le drame.

– Et naturellement, s'écria Mrs Lynn d'une voix perçante, pour rien au monde nous n'aurions voulu aller là-bas !

– Naturellement, dit son mari.

Il y eut un petit silence pendant lequel Isham et Vaughn échangèrent des regards éloquents. Les Lynn ne bougeaient pas, l'homme tenait une pipe allumée d'une main que nul tremblement n'agitait.

– Voyons, messieurs, dit-il soudain, je comprends parfaitement combien la situation est embarrassante. Vous êtes de la police, je suppose ?

– En effet, dit Isham qui semblait désireux de laisser l'initiative à Lynn.

Vaughn se tenait à l'arrière-plan. Quant à Ellery, il était littéralement fasciné par l'horrible sourire de la femme; soudain il se moqua de lui-même quand il comprit que le rictus était provoqué par des fausses dents.

– Vous désirez sans doute voir nos passeports, poursuivit Lynn d'une voix grave. On se renseigne sur les voisins et les amis, c'est l'habitude.

Les passeports étaient en règle.

– Si vous voulez savoir comment Mrs Lynn et moi sommes venus habiter ici...

– Inutile, nous avons appris tout cela par miss Brad.

Isham gravit deux marches. Les Lynn se raidirent.

– Où étiez-vous tous deux la nuit dernière ?

Lynn se racla la gorge.

– Ah oui, évidemment ! Eh bien, voilà, nous étions en ville.

– A New York ?

– Oui, nous y sommes allés pour dîner, après quoi nous avons passé la soirée au théâtre.

– A quelle heure êtes-vous rentrés ?

Mrs Lynn intervint d'une voix aigre :

– Nous ne sommes pas rentrés, nous avons couché à l'hôtel. Il était trop tard pour...

– A quel hôtel ? demanda l'inspecteur.

– Au Roosevelt.

– Quelle heure était-il donc ? dit Isham en souriant.

– Oh, passé minuit, répliqua l'Anglais, nous avons soupé après le théâtre et...

– C'est bien, dit l'inspecteur. Connaissez-vous beaucoup de monde par ici ?

Ils secouèrent la tête simultanément.

– Presque personne, dit Lynn, sauf les Brad, le Pr Yardley, qui est si intéressant, et le Dr Temple.

– Avez-vous, par hasard, déjà visité Oyster Island ? leur demanda Ellery avec son sourire le plus aimable.

– Ne cherchez pas de ce côté, mon vieux, dit l'Anglais en souriant à son tour. Le nudisme n'est pas nouveau pour nous. Nous en avons eu une indigestion en Allemagne.

– D'ailleurs, reprit Mrs Lynn, les gens qui vivent sur cette île... (Elle frissonna délicatement.) Je suis tout à fait d'accord avec ce pauvre Mr Brad. On devrait les renvoyer.

– Hum ! fit Isham. Avez-vous une explication à nous proposer au sujet de ce drame affreux ?

– Nous y perdons notre latin, monsieur. Impossible de rien imaginer. C'est terrible, sauvage, dit Lynn, un de ces crimes atroces qui jettent un voile sombre sur votre magnifique pays.

– Oui, évidemment, dit sèchement Isham. Je vous remercie. Venez, vous autres.

Oyster Island

Ketcham's Cove, petite baie semi-circulaire, semblait une déchirure dans les terres de Thomas Brad. Au centre de l'arc de cercle pointait un vaste embarcadère auquel plusieurs canots automobiles et un bateau à fond plat étaient amarrés. Ellery, qui avait rejoint ses compagnons sur le chemin et poussé jusqu'au bord de l'eau, arriva sur un ponton plus petit situé à plusieurs centaines de mètres du mouillage principal. De l'autre côté de l'eau, à moins d'un kilomètre, s'étendait Oyster Island. Son aspect laissait supposer qu'elle avait été arrachée violemment de la rive et étirée dans le sens de la longueur. Ellery ne pouvait voir l'autre côté de l'île mais supposait que celle-ci devait avoir dans l'ensemble la forme d'une huître, comme l'indiquait son nom(1).

Oyster Island, sertie comme une gemme d'émeraude dans l'entourage bleu turquoise de Long Island Sound, semblait n'être qu'un enchevêtrement de bois touffus. La végétation descendait presque jusqu'au bord de l'eau. Il y avait un petit ponton flottant. En clignant les yeux il pouvait apercevoir sa silhouette grise; aucune autre construction n'était en vue.

Isham s'avança sur l'embarcadère et héla un policier qui croisait entre l'île et le continent. Ellery aperçut la poupe d'un autre canot de police qui patrouillait près du rivage et disparut derrière l'île.

Le premier canot aborda. Vaughn s'y précipita.

– Venez, Mr Queen, dit-il, nous allons peut-être toucher au but.

Ellery et Isham embarquèrent. En traversant Ketcham's Cove, on obtenait peu à peu une meilleure vue d'ensemble sur l'île et la côte. Non loin du petit embar-

(1) *Oyster* : huître. *(N.d.T.)*

cadère qui leur avait servi s'en trouvait un similaire du côté ouest, celui des Lynn, évidemment. Une barque à rames s'y trouvait en plein soleil et de l'autre côté de la baie, côté est, un autre ponton, réplique exacte de celui des Lynn, mais sans embarcation.

– C'est là qu'habite le Dr Temple, n'est-ce pas? demanda Ellery.

– Oui, répondit Isham.

Ils approchaient de l'île et l'observaient en silence. Soudain l'inspecteur Vaughn se leva d'un bond et cria :

– Il se passe quelque chose là-bas!

Un homme, portant dans ses bras une femme qui criait et se débattait, avait jailli des bois et sautait dans un minuscule canot automobile amarré au dock flottant. Il jeta sans façon la femme sur la banquette avant, mit le moteur en marche et fonça directement sur l'embarcation de la police qui arrivait sur l'île. La femme, comme frappée de stupeur, ne bougeait pas. Ils purent apercevoir le visage de l'homme qui se détourna pour regarder l'île.

Moins de dix secondes après cet enlèvement – si tant est que ce fût un enlèvement – une étonnante apparition surgit des bois, par le sentier qu'avaient emprunté les fugitifs.

C'était un homme entièrement nu, grand, large d'épaules, bâti en force, avec une véritable crinière noire ébouriffée par le vent de la course. Tarzan, songea Ellery, qui s'attendait presque à voir surgir des broussailles son monstrueux compagnon. Mais où était le pagne en peau de bête? Ils entendirent son juron lorsqu'il s'arrêta net sur le dock, fixant de ses yeux exorbités le canot qui s'éloignait. Il resta un moment immobile, totalement inconscient de sa nudité, n'ayant d'yeux que pour les fugitifs. L'homme du bateau regardait en arrière sans se soucier de ce qui pouvait se trouver sur le passage de son embarcation.

Soudain, et ce fut si brusque qu'Ellery n'en crut pas ses yeux, l'homme nu disparut. Il avait plongé de l'embarcadère, fendant l'eau comme un harpon. Il reparut presque aussitôt et nagea un crawl ultrarapide en direction des fugitifs.

– L'imbécile ! s'écria Isham. Comme s'il pouvait rattraper un canot automobile !

– Le canot est arrêté, dit sèchement Ellery.

En effet, le moteur était en panne et son pilote tentait frénétiquement de le remettre en marche.

– Foncez ! cria l'inspecteur Vaughn au pilote de la police, ce gaillard a le meurtre dans les yeux.

La chaloupe ronfla et sa sirène réveilla les échos qui dormaient dans l'île. Comme s'ils s'avisaient pour la première fois de sa présence, l'homme du canot et le nageur à sa poursuite s'immobilisèrent pour chercher d'où provenait cet avertissement. Le nageur regarda, puis secouant violemment sa crinière noire, il plongea. Lorsqu'il reparut, il se dirigeait cette fois à toute vitesse en direction de l'île, comme si tous les diables de l'enfer étaient à ses trousses.

La jeune fille, à demi étendue dans le canot, s'assit, regardant de tous ses yeux. D'un signe, l'homme appela la chaloupe.

Celle-ci vint se ranger le long du canot au moment où l'homme nu prenait pied sur le rivage. Il s'enfonça dans les bois sans un regard en arrière.

Lorsque l'embarcation de la police accrocha le canot, à la surprise générale, l'homme renversa la tête en arrière et éclata d'un rire joyeux.

C'était un individu mince, nerveux, d'âge indéterminé, aux cheveux châtains, dont le visage était tellement cuit par le soleil équatorial qu'il avait pris un ton acajou. Ses yeux bleus, brûlés par la lumière, étaient presque décolorés. Sa bouche ressemblait à une trappe et l'armature de sa mâchoire tendait ses joues comme des traverses d'acier. Un homme redoutable, en somme, en dépit de sa fuite, conclut Ellery qui observait son explosion de joie.

La femme que cet homme étonnant avait enlevée de force ne pouvait être, d'après sa ressemblance avec Jonah Lincoln, que la rebelle Hester. Sans être très jolie, elle était fort bien faite, ainsi que pouvaient le constater les policiers, assez gênés, bien qu'un veston d'homme eût été jeté sur ses épaules – celui de son ravisseur, évidemment. Plus bas, sa nudité n'était cachée que par un lambeau de toile sale, comme si on l'avait enroulée de force dans le premier chiffon venu.

Elle se troubla sous les regards qui convergeaient sur elle, baissa la tête et rougit. Ses mains remontèrent insensiblement en un geste de pudeur retrouvée.

– Pourquoi diable riez-vous ? Et pourquoi avez-vous enlevé cette femme ?

L'homme essuya les larmes qui lui coulaient des yeux.

– Je ne vous en veux pas, dit-il, mais par Dieu, il y a de quoi rire ! (Il s'efforça de reprendre son sérieux et se leva.) Excusez-moi. Je suis le Dr Temple et voici miss Hester Lincoln. Merci de nous avoir sauvés.

– Montez à bord, grommela Vaughn.

Isham et Ellery aidèrent la jeune femme à passer dans la chaloupe.

– Un instant, dit soudain le Dr Temple, soupçonneux. Dites-moi d'abord qui vous êtes.

– La police. Allons ! Venez !

– La police ?

L'homme ferma à demi les paupières et monta lentement à bord de la chaloupe.

– C'est bizarre ! Qu'est-il arrivé ?

Le procureur Isham lui raconta le crime. Il pâlit atrocement et une horreur sans nom parut dans le regard de Hester Lincoln.

– Brad ! murmura le Dr Temple. Assassiné ! Cela ne me semble pas possible ! Pas plus tard qu'hier matin, je l'ai vu, et...

– Et Jonah ? balbutia Hester qui tremblait. Ne lui est-il rien arrivé ?

Personne ne répondit. Le Dr Temple se mordait la lèvre, l'air préoccupé.

– Avez-vous vu les Lynn ? demanda-t-il d'une voix étrange.

– Pourquoi ?

Il ne répondit pas, puis sourit et haussa les épaules.

– Oh, pour rien. Une simple question. Pauvre Tom !

Il s'assit brusquement et tourna son regard vers l'île.

– Ramenez-nous à Bradwood, ordonna Vaughn.

La chaloupe se remit en marche en direction de la côte. Ellery aperçut la haute silhouette du Pr Yardley, debout sur l'embarcadère principal. Il lui fit signe de la main.

– Et maintenant, docteur Temple, dit le procureur, allez-y de votre petite histoire. Expliquez-nous cet enlèvement théâtral et dites-nous le nom de cette espèce de fou en costume d'Adam qui vous poursuivait.

– Je suis désolé... mais il vaut mieux sans doute dévoiler la vérité... pardonnez-moi, Hester.

La jeune fille ne répondit pas, elle semblait assommée par la nouvelle de l'assassinat de Thomas Brad.

– Miss Lincoln, poursuivit le docteur, a été... mettons, un peu impulsive. Elle est jeune et certaines choses font perdre la tête à la jeunesse.

– Oh, Victor! dit Hester d'une voix lasse.

– Jonah Lincoln, reprit le Dr Temple, n'a pas pris – comment dirais-je – n'a pas rempli son devoir vis-à-vis de sa sœur.

– C'est vous qui le dites, répondit amèrement la jeune fille.

– Oui, parce que c'est mon sentiment profond. En tout cas lorsqu'une semaine se fut écoulée sans que Hester fût revenue de cette île maudite, j'ai estimé qu'il était grand temps de la ramener à la raison. Et puisque personne ne semblait capable d'intervenir, j'en ai pris l'initiative. Le nudisme!

Il ricana.

– Une simple perversion, tel que le pratiquent ces gens-là. On ne trompe pas un médecin. C'est une bande d'imposteurs qui exploitent les inhibitions des gens convenables.

– Victor Temple! Avez-vous conscience de ce que vous dites? s'écria la jeune fille.

– Pardonnez mon indiscrétion, dit l'inspecteur, mais en quoi la fantaisie de miss Lincoln, si elle désire se promener toute nue, vous regarde-t-elle? Elle est majeure, ce me semble?

Le Dr Temple serra les mâchoires.

– Si vous voulez le savoir, dit-il avec colère, j'estime avoir le droit d'intervenir : au point de vue émotionnel, Hester n'est qu'une enfant, une adolescente. Elle peut être entraînée par un beau physique et de douces paroles.

– C'est de Paul Romaine qu'il s'agit ? dit Ellery.

Le médecin fit un signe d'assentiment.

– Oui, ce drôle est la vivante marque de fabrique de cet absurde culte du soleil. Le soleil est très bien dans le ciel... J'ai abordé sur l'île, ce matin de bonne heure, et suis parti à sa recherche. Après une altercation, nous nous sommes bagarrés, Paul Romaine et moi, comme des hommes des cavernes ! C'était ridicule et voilà pourquoi je riais il y a un instant. Mais sur le moment, il ne s'agissait pas de rire, il est beaucoup plus fort que moi et lorsque j'ai compris que je n'aurais pas le dessus, je me suis emparé de miss Lincoln et l'ai emportée en courant...

Il sourit tristement.

– Si ce Romaine n'avait pas trébuché et heurté un rocher de la tête, j'aurais sans doute été proprement assommé. Voilà l'histoire du grand enlèvement.

Hester le regardait en frissonnant.

– Mais je ne vois pas de quel droit vous avez... commença Isham.

Le Dr Temple se leva et un éclair farouche passa dans son regard.

– Sacrebleu ! Cela ne vous regarde pas, qui que vous soyez, mais j'espère épouser un jour cette jeune fille. Voilà pourquoi je me suis arrogé le droit de la sauver... Elle m'aime, sans le savoir, et, par Dieu, j'arriverai à le lui faire comprendre.

Il la regarda et, l'espace d'une seconde, une même émotion brilla dans leurs yeux.

– Regardez, murmura Ellery à Isham, c'est l'extase de l'amour véritable.

– Quoi ? fit Isham.

Un gendarme saisit la corde de l'embarcation; le Pr Yardley s'écria :

– Hello, Queen ! Je suis revenu voir où vous en étiez. Hello, Temple ! Rien de grave ?

– Je viens de kidnapper Hester et ces messieurs veulent me pendre, dit le médecin.

Le sourire de Yardley s'effaça.

– Excusez-moi...

– Venez avec nous, professeur, cria Ellery, nous aurons besoin de vous dans l'île.

– Excellente idée, dit Isham. Vous nous avez dit, docteur, que vous aviez vu Brad hier matin ?

– Un instant seulement. Il partait en ville. Je l'ai vu lundi soir aussi, c'est-à-dire avant-hier. Il m'a paru parfaitement normal. Je ne comprends pas ce qui a pu se produire. Avez-vous des soupçons ?

– Ce que je voudrais savoir, dit Vaughn, c'est comment vous avez passé la nuit dernière, docteur ?

Temple sourit.

– Vous n'allez pas commencer avec moi ? J'ai passé toute la soirée à la maison. J'habite seul, comme vous le savez. Une femme vient chaque jour faire ma cuisine et le ménage.

– Simple formalité, dit Isham, nous désirerions en savoir un peu plus sur votre compte.

Temple eut un geste excédé.

– Tout ce que vous voudrez.

– Depuis combien de temps habitez-vous ici ?

– Depuis 1921. Je suis médecin militaire en retraite. Me trouvant en Italie à la déclaration de guerre, je me suis engagé spontanément dans le Corps de Santé italien, j'ai été blessé une ou deux fois. J'ai pris part à la campagne des Balkans et ai été fait prisonnier, ce qui n'avait rien de drôle. Cela a mis un terme à ma carrière militaire. J'ai été interné par les Autrichiens à Gratz pour la durée de la guerre.

– Vous êtes venu aux Etats-Unis ensuite ?

– Après avoir roulé ma bosse pendant plusieurs années. J'avais fait un héritage assez important pendant la guerre. Ensuite je suis rentré au pays, mais vous savez ce qui attendait la plupart d'entre nous : les vieux amis dispersés, pas de famille. Je me suis installé ici et j'y suis resté.

– Merci, docteur, dit Isham d'un ton plus cordial. Nous allons vous laisser ici et... vous feriez mieux de rentrer chez les Brad, miss Lincoln. Il y aura peut-être des étincelles sur l'île. Je vous renverrai vos affaires.

Hester Lincoln ne leva pas les yeux, mais on eut la mesure de son entêtement lorsqu'elle répondit :

– Je ne resterai pas ici, j'entends retourner là-bas.

Le Dr Temple cessa de sourire.

— Retourner là-bas ! Avez-vous perdu la tête, Hester ? Après tout ce qui est arrivé...

Elle arracha son veston de ses épaules; le soleil darda ses rayons sur ses épaules brunies, elle reçut sa caresse avec une joie visible.

— Je n'obéirai ni à vous ni à personne, docteur Temple ! J'entends agir à ma guise et retourner là-bas. Vous ne m'empêcherez pas. Vous n'oseriez pas !

Vaughn regarda Isham. Le procureur était en proie à une colère muette.

— Oh, venez, dit Ellery. Allons-y. Je crois que nous allons nous amuser.

Ce fut ainsi que la chaloupe retraversa Ketcham's Cove et aborda au dock flottant sans incident. Refusant toute aide, Hester sauta à terre. Les autres tressaillirent, saisis par une apparition fantomatique.

C'était un petit vieillard sordide à la barbe brune, au regard fanatique. Enveloppé d'une robe d'un blanc immaculé, chaussé de curieuses sandales, il tenait à la main une baguette surmontée d'un serpent grossièrement sculpté. En sortant du bois, il bomba sa maigre poitrine et les regarda d'un air hautain.

Derrière lui se dressait le nageur nu qui avait passé dans l'intervalle un pantalon blanc et un maillot. Il était nu-pieds.

Les deux camps se dévisagèrent un instant.

— Ma parole ! fit soudain Ellery, si ce n'est pas Harakht en personne !

Le Pr Yardley sourit dans sa barbe. Le petit gnome tressaillit et se tourna vers Ellery; mais aucune lueur de reconnaissance ne passa dans son regard.

— C'est mon nom, en effet, dit-il d'une voix perçante. Etes-vous adorateur du culte ?

— Je vais vous faire voir ce que j'adore, espèce de singe déguisé ! s'écria l'inspecteur Vaughn en saisissant le bras d'Harakht. Vous êtes le chef de cette mascarade, hein ? Où est votre hutte ? Nous voulons vous parler.

Incapable de réagir, Harakht se tourna vers son compagnon.

— Paul, vous voyez ? Paul !

– Le nom a dû lui plaire, murmura le Pr Yardley. Un disciple de qualité!

Paul Romaine continuait à fixer de ses yeux flamboyants le Dr Temple, lequel soutenait son regard. Hester avait disparu dans les buissons.

Harakht se retourna.

– Qui êtes-vous? Quelle est votre mission? Nous sommes des gens paisibles.

Isham ricana et Vaughn grommela :

– On dirait le vieux Moïse en personne. Ecoutez, grand-père, nous sommes de la police et nous cherchons un meurtrier. Compris?

Le petit vieillard recula comme si Vaughn l'avait frappé. Ses lèvres se mirent à trembler.

– Encore! Encore! Encore! fit-il.

Revenant à lui, Paul Romaine repoussa durement Harakht et s'avança pour affronter l'inspecteur.

– C'est à moi qu'il faut vous adresser. Le vieux est un peu loufoque. Vous cherchez un meurtrier, eh bien, allez-y, fouillez partout. Mais en quoi diable cela nous concerne-t-il?

Ellery ne put s'empêcher de l'admirer. L'homme était un splendide animal, d'une beauté rare, un mâle dans toute l'acception du mot, exerçant une sorte d'attirance magnétique qui expliquait le fol engouement des femmes refoulées ou exagérément sentimentales.

– Où étiez-vous tous deux, ce fou et vous, la nuit dernière? demanda posément Isham.

– Ici, dans l'île. Qui a été tué?

– Vous ne le savez pas?

– Non. Qui?

– Thomas Brad.

Les paupières de Romaine battirent.

– Brad! Cela devait lui arriver... Et après? Nous n'avons rien à nous reprocher, rien à voir avec les larmoyantes pécores qui habitent la côte. Nous ne demandons qu'une chose : qu'on nous laisse tranquilles!

L'inspecteur écarta doucement Isham. Vaughn n'était pas une quantité négligeable et son regard affronta celui de Romaine, d'égal à égal.

– Dites donc, mon garçon, fit-il en lui saisissant le poignet, tâchez de vous exprimer poliment. Vous parlez au procureur du district de ce comté, au patron des flics. Répondez à ses questions en bon petit garçon. Compris ?

Romaine essaya de libérer son bras, mais Vaughn avait une poigne de fer.

– Bon, bon, fit-il, si vous le prenez de cette façon... C'est simplement parce qu'on ne nous laisse jamais en paix. Que désirez-vous savoir ?

– Quand êtes-vous sorti de l'île pour la dernière fois avec votre grand prophète ?

– Paul, venez ! Ce sont des infidèles ! clama Harakht.

– Taisez-vous ! Ce vieillard n'a pas quitté l'île depuis notre arrivée ici. Je suis allé au village il y a huit jours pour faire des provisions.

– Voilà qui est parler, dit l'inspecteur en lâchant Romaine. Allez, nous voulons voir votre quartier général, ou votre temple, ou le diable sait comment vous l'appelez.

En file indienne, ils s'engagèrent derrière Harakht, le long du sentier qui menait du rivage au centre de l'île; celle-ci était étonnamment silencieuse; presque aucun oiseau ou insecte, et aucune vie humaine ne semblait l'animer. Romaine paraissait avoir oublié la présence du Dr Temple qui le suivait sans le quitter des yeux.

De toute évidence, Romaine avait sonné l'alarme avant leur arrivée, car lorsqu'ils émergèrent des bois dans la grande clairière où se trouvait la maison – immense construction de bois, grossièrement bâtie – tous les adeptes d'Harakht les attendaient, dûment habillés. L'alerte avait été vive, car les néophytes, une vingtaine d'hommes et de femmes de tous âges, étaient vêtus de lambeaux d'étoffe. Romaine grommela quelques mots inintelligibles et, telle une tribu de troglodytes, ils se dispersèrent dans toutes les directions.

L'inspecteur ne fit aucune réflexion, l'infraction aux lois sur la décence ne l'intéressant pas pour l'instant.

Harakht glissait comme une ombre en brandissant devant lui son *ureus* grossièrement taillé; ses lèvres marmottaient sans doute une prière. Il monta les marches du bâtiment central où se trouvait apparemment le « sanctuaire », salle étonnante, de vastes dimensions, surchargée de cartes astronomiques, de statues de plâtre représentant Horus, le dieu égyptien à la tête de faucon, de cornes de vaches; il s'y trouvait aussi un sistre, un disque allégorique supportant un trône et une sorte de curieuse chaire entourée de pièces de bois brut dont Ellery ne s'expliquait pas l'usage. La salle étant à ciel ouvert, le soleil déclinant de l'après-midi projetait de longues ombres sur les murs.

Harakht monta directement à l'autel comme si sa sécurité se trouvait là et, sans s'inquiéter de ses visiteurs, il leva ses bras squelettiques vers le ciel en murmurant d'étranges paroles dans une langue inconnue.

Ellery regarda le Pr Yardley, qui écoutait de toutes ses oreilles.

– Extraordinaire, murmura celui-ci, cet homme est un véritable anachronisme. Entendre au XXe siècle un être humain s'exprimer dans la langue de l'ancienne Egypte...

– Vous croyez que cet homme connaît le sens des paroles qu'il prononce? fit Ellery, stupéfait.

Yardley sourit tristement.

– L'homme est fou, murmura-t-il, mais il avait de bonnes raisons pour perdre la tête. Quant à l'authenticité de ses paroles... Il se donne pour Ra-Harakht, il est en fait – ou plutôt il était – l'un des plus grands égyptologues du monde.

Ellery hocha la tête.

– Je voulais vous le dire, reprit le professeur, mais nous n'avons pas pu causer seuls un instant. Je l'ai reconnu immédiatement lorsque j'ai fait une excursion dans l'île, il y a quelques semaines, par pure curiosité. C'est une histoire bizarre. Son vrai nom est Stryker, il a été victime d'un terrible coup de soleil en faisant des fouilles dans la Vallée des Rois, il y a des années, et il ne s'en est jamais remis. Pauvre diable!

– Mais de là à parler l'égyptien ancien! dit Ellery.

– Il vient d'entonner la prière du grand prêtre à Horus, en langage hiératique

» Cet homme était un érudit, comprenez-le bien. Naturellement, il n'a plus les idées claires et sa mémoire lui joue des tours. Sa folie a estompé tout ce qu'il savait autrefois; par exemple, cette salle n'a aucun sens égyptologique, ce n'est qu'un conglomérat : le sistre et les cornes de vaches sont consacrés à Isis, l'*ureus* est le symbole du dieu suprême et Horus est également présent. Quant aux pièces de bois entourant la chaire, elles représentent, j'imagine, des sièges réservés aux adorateurs, pendant le service du culte. Pour ce qui est du langage biblique...

Le professeur haussa les épaules.

– Tout cela a jailli pêle-mêle de son imagination et de son cerveau détraqué.

Harakht baissa les bras, prit dans une niche un vieil encensoir et descendit tranquillement de l'autel. Il souriait et paraissait plus raisonnable.

Ellery le considéra avec des yeux nouveaux. Qu'il fût fou ou non, l'homme, étant une personnalité authentique, devenait un élément totalement différent. Le nom de Stryker éveillait maintenant un souvenir très vague dans sa mémoire. Autrefois, lorsqu'il était dans une école préparatoire... Oui, c'était bien l'auteur qu'il avait étudié, l'égyptologue Stryker, qui marmottait une langue morte depuis des siècles !

Ellery se retourna et vit Hester Lincoln, vêtue d'une jupe courte et d'un sweater, debout dans l'embrasure d'une porte basse située de l'autre côté de la salle, face à l'autel. Son visage ouvert, bien que fort pâle, exprimait une volonté farouche. Sans un regard pour le Dr Temple, elle traversa la salle, se planta ostensiblement à côté de Paul Romaine et lui prit la main. Fait surprenant, ce dernier devint cramoisi et recula d'un pas.

Le Dr Temple sourit.

L'inspecteur Vaughn, qu'on ne leurrait pas avec des simagrées, s'avança vers Stryker.

– Pouvez-vous répondre à quelques questions très simples ? lui demanda-t-il.

– Posez-les, répondit le vieux fou.

– Quand avez-vous quitté Weirton, en Virginie ?

Ses paupières battirent.

– Après la cérémonie du *Kuphi*, il y a cinq mois.

– Quand ? hurla Vaughn.

Le Pr Yardley intervint.

– Je crois pouvoir vous expliquer ce qu'il essaie de vous dire, inspecteur. La cérémonie du *Kuphi*, comme il l'appelle, était célébrée par les anciens prêtres égyptiens au coucher du soleil. Le *Kuphi*, un mélange de quelque seize ingrédients : miel, vin, résine, myrrhe, etc., était versé dans un encensoir de bronze pendant la lecture des Saintes Ecritures. Naturellement, il fait allusion à une cérémonie similaire qui a eu lieu il y a cinq mois, au soleil couchant, en janvier par conséquent.

Stryker sourit à Yardley d'un air grave.

– *Krosac!* s'écria soudain Ellery d'une voix de stentor.

Il fixait intensément le dieu du soleil et son manager.

Le sourire de Stryker s'effaça et ses lèvres se mirent à trembler. Il recula vers l'autel. Romaine n'avait pas bougé et paraissait surpris.

– Excusez-moi, dit Ellery. Je commets parfois des incartades de ce genre. Continuez, inspecteur.

– Ce n'est pas si bête, dit Vaughn en souriant. Harakht, où est Velja Krosac?

Stryker passa sa langue sur ses lèvres.

– Krosac? Non, non! Je ne sais pas, il a déserté le temple, il s'est sauvé.

– Quand vous êtes-vous lié avec ce scélérat? demanda Isham en pointant un index menaçant vers Romaine.

– Qu'est-ce que c'est que cette histoire Krosac? grommela Romaine. Tout ce que je sais c'est que j'ai fait la connaissance de ce vieillard en février. Il semblait avoir une idée intéressante.

– Où l'avez-vous connu?

– A Pittsburgh. L'occasion m'avait paru bonne à saisir, poursuivit Romaine en haussant ses larges épaules. Naturellement, ajouta-t-il en baissant la voix, tout ce fatras de dieu du soleil, etc., c'est bon pour les gogos. La seule chose qui m'intéresse, c'est le nudisme : amener les gens à quitter leurs sales vêtements pour livrer leurs corps au soleil. Regardez-moi!

Il prit une grande inspiration et sa magnifique poitrine se gonfla comme un ballon.

— Je n'ai pas l'air malade, hein? C'est grâce aux rayons bienfaisants du soleil qui pénètrent profondément sous mon épiderme.

— Vous croyez? dit l'inspecteur. Je connais l'antienne, mais moi qui porte des vêtements depuis ma sortie du berceau, je pourrais vous enrouler comme une paille autour de mon petit doigt. Comment êtes-vous venu à Oyster Island?

— Pas possible! fit Romaine, vous vous croyez plus fort que moi? Eh bien, nous nous mesurerons un de ces jours, si vous voulez, je...

— Cela fut arrangé, cria Stryker d'une voix angoissée.

— Arrangé par qui? demanda Isham.

Stryker fit machine arrière.

— Arrangé, voilà tout.

— Oh, ne l'écoutez pas! s'écria Romaine. Quand il s'entête, on ne peut plus tirer de lui une parole sensée. Lorsque je l'ai rejoint, il m'a dit la même chose. Notre départ pour Oyster Island était préparé.

— Avant que vous ne deveniez son... dieu vivant, hein? demanda Ellery.

— Oui.

Ils semblaient avoir atteint un point mort. De toute évidence, qu'il fût fou ou non, l'égyptologue victime jadis d'un coup de soleil n'était plus capable d'exprimer de pensées cohérentes. Romaine ignorait, ou prétendait ignorer les événements survenus six mois auparavant. L'enquête révéla que la colonie comprenait vingt-trois nudistes attirés dans cette Arcadie douteuse par des annonces habilement rédigées et la propagande personnelle du « missionnaire » Romaine. Leur transport avait été effectué en taxi de la gare à un embarcadère situé de l'autre côté de la propriété habitée par le Dr Temple. Ensuite Ketcham, le propriétaire de l'île, les avait passés à peu de frais dans un vieux bateau à fond plat.

Le vieux Ketcham habitait avec sa femme à l'extrémité est de « l'huître ».

L'inspecteur Vaughn réunit les vingt-trois néophytes du dieu du soleil, terrifiés, dont la plupart, maintenant que leur incursion dans les voluptés interdites du nudisme était étalée au grand jour, semblaient sincèrement honteux de leur conduite. Plusieurs s'étaient habillés complètement et tenaient leurs bagages à la main. Mais l'inspecteur secoua sévèrement la tête; personne ne devait quitter l'île sans sa permission. Il inscrivit leurs noms et leurs adresses, amusé par la quantité de Smith, de Jones et de Brown qui se succédaient dans son carnet.

– L'un de vous a-t-il quitté l'île hier? demanda Isham.

Un non général fut la réponse. Personne n'avait mis les pieds sur la côte depuis plusieurs jours.

Les enquêteurs prirent le chemin du retour. Hester Lincoln ne quittait pas Romaine. Le Dr Temple, qui avait attendu patiemment sans proférer un mot jusqu'alors, lui dit :

– Venez, Hester.

Elle secoua obstinément la tête.

– C'est de l'entêtement, pas autre chose, dit-il. Soyez raisonnable, ne restez pas ici avec cette bande d'imposteurs, de charlatans et de crétins refoulés.

Romaine bondit.

– Qu'avez-vous dit? De quels noms me traitez-vous?

– Vous m'avez parfaitement entendu, espèce de sale individu!

Tout le venin accumulé et la colère contenue dans le cœur de l'excellent docteur se déchargeant soudain, il envoya un magnifique direct dans la mâchoire de Romaine.

Hester se sauva dans les bois en sanglotant.

L'inspecteur Vaughn bondit, mais Romaine, d'abord stupéfait, rejeta ses épaules en arrière et éclata de rire.

– C'est là tout ce que vous savez faire, espèce de petit avorton! Je vous avertis, Temple, ne revenez pas ici. Si je vous trouve de nouveau sur l'île, je vous casserai les os jusqu'au dernier, sale fouineur! Et maintenant, filez!

Ellery poussa un soupir.

Le mandat

Brouillard de plus en plus dense. La visite « importante » était terminée.

Ils quittèrent l'île, assez découragés. Un fou réunissant le mélange habituel de malice et d'incohérence; une piste conduisant au néant, l'homme ayant disparu : le mystère était plus profond que jamais. Tous sentaient que la présence d'Harakht dans le voisinage de Bradwood avait une signification; ce ne pouvait être une coïncidence. Et pourtant, quel rapport pouvait-il exister entre le meurtre d'un maître d'école de campagne et celui d'un millionnaire, perpétrés à des centaines de kilomètres l'un de l'autre?

La chaloupe de la police, longeant le rivage d'Oyster Island, se dirigea vers l'extrême pointe est. Ils aperçurent bientôt un petit ponton flottant.

– Ce doit être l'embarcadère des Ketcham, dit Vaughn. Allez-y.

Ce côté de l'île était encore plus désert que l'autre. Du ponton de bois où ils avaient débarqué, ils avaient une vue dégagée du Sound et de la côte nord en direction de New York. Un vent chargé de sel leur fouettait le visage.

Le Dr Temple, très abattu, et le Pr Yardley restèrent dans la chaloupe. Quittant le ponton, Isham, Vaughn et Ellery s'engagèrent dans un sentier sinueux qui s'enfonçait dans les bois. Il faisait frais, et n'eût été le sentier qui paraissait avoir été piétiné par des Indiens, ils auraient pu se croire dans une forêt vierge. A cent mètres de là, cependant, ils tombèrent sur une cabane rustique, construite en troncs d'arbres mal équarris et visiblement soumise aux intempéries depuis de longues années. Un vieillard assis sur le seuil fumait tranquillement de la barbe de maïs. Il se leva vivement en apercevant les visiteurs et ses sourcils en broussaille se haussèrent sur des yeux étonnamment clairs.

– Que faites-vous là? demanda-t-il d'un ton rogue. C't'île est une propriété privée. Vous l'savez pas?

– Police, répondit brièvement l'inspecteur Vaughn. Vous êtes Mr Ketcham ?

L'homme fit un signe affirmatif.

– P'lice, hein ? A cause des nudistes, j'parie. En tout cas, vous n'avez rien à dire contre Mrs Ketcham et moi, messieurs. J'nai que c'te pelletée de terrain. Si mes locataires ont fait quéque chose de mal, tant pis pour eux. J'suis pas responsable.

– Personne ne vous fait de reproches, dit Isham. Ignorez-vous qu'un crime a été commis sur la côte, à Bradwood ?

– Ça, par exemple !

Le visage de Ketcham s'allongea et sa pipe faillit lui échapper de la bouche.

– T'entends ça, m'man ?

Il tourna la tête vers l'intérieur de la baraque et ils purent discerner un vieux visage ridé appuyé au chambranle de la porte.

– Y a eu un crime à Bradwood... Ben, c'est malheureux, mais quéque ça à voir avec nous ?

– Rien, je l'espère, dit Isham. Thomas Brad a été assassiné.

– Pas Mr Brad ! s'écria une voix féminine, et Mrs Ketcham avança la tête. C'est-y pas horrible ! Ben, j'ai toujours dit...

– Rentre dans la chambre, m'man, dit le vieux Ketcham dont le regard s'était durci.

La vieille femme obéit.

– Eh ben ! Messieurs, j'suis pas tant surpris de c'que vous m'dites.

– Tiens donc ! dit Vaughn. Et pourquoi ?

– Y a eu des histoires.

– Que voulez-vous dire ? Quelles histoires ?

Le vieux Ketcham cligna de l'œil.

– Entre Mr Brad et l'vieux fou. Y a eu des raisons, depuis que ces gens m'ont loué Oyster Island pour l'été. J'suis propriétaire de l'île, ma famille y habite depuis plus d'quatre générations.

– Oui, nous sommes au courant, dit Vaughn avec impatience. Ainsi, Mr Brad n'était pas content de voir Harakht et sa bande s'installer si près de lui ? Avez-vous...

– Permettez, inspecteur, dit Ellery dont les yeux brillaient. Qui vous a loué l'île, Mr Ketcham ?

Le vieillard cracha un jet de salive noirâtre.

– Pas l'vieux toqué. Un homme qu'avait un drôle de nom, un nom étranger : Krosac.

Les trois hommes se regardèrent. Krosac ! Une piste enfin ! Le mystérieux boiteux du crime d'Arroyo !

– Boitait-il ? demanda Ellery.

– J'l'ai jamais vu. Attendez donc, j'ai p't'ête quéque chose qui vous intéressera.

Il disparut dans l'obscurité de la cabane.

– Eh bien, Mr Queen, dit le procureur, il me semble que vous avez trouvé le joint. Krosac ! Avec Van, arménien, Brad, roumain, peut-être pas de ces pays-là mais sûrement originaires de l'Europe centrale, et Krosac dans le décor, qui a été vu pour la dernière fois sur le théâtre du premier crime... nous brûlons, Vaughn !

– On le dirait, murmura l'inspecteur.

Le vieux Ketcham revenait, tout rouge de sueur, agitant une feuille de papier crasseux qui avait passé par de multiples mains sales.

– V'là la lettre de Krosac, dit-il. Lisez vous-mêmes.

Vaughn la lui arracha des mains. Ellery et Isham se penchèrent sur son épaule. C'était une lettre écrite à la machine sur papier ordinaire, datée du 30 octobre de l'année précédente. Elle répondait, disait-elle, à une annonce parue dans un journal de New York proposant la location d'Oyster Island pour l'été. L'auteur de la lettre y joignait un mandat-poste de cent dollars à titre d'arrhes en attendant l'arrivée des preneurs qui aurait lieu le 1er mars suivant. La lettre était signée, à la machine, Velja Krosac.

– Le mandat était-il inclus ?

– Oui.

– Parfait ! s'écria Isham en se frottant les mains. Nous retrouverons trace de la fiche que Krosac a dû rédiger dans le bureau de poste d'où il a envoyé le mandat. La fiche portera sa signature, et c'est déjà beaucoup.

– Je crains bien, dit Ellery, que si Mr Krosac, cet insaisissable personnage, est aussi malin que ses récents agissements semblent le prouver, il n'ait fait signer la demande de mandat par l'ami Harakht. On n'a jamais trouvé d'échantillon de son écriture dans l'enquête d'Arroyo.

– Ce Krosac est-il venu en personne le 1er mars? demanda le procureur.

– Non, m'sieur. Personne de ce nom n'a jamais paru ici. Mais l'vieux sorcier Harakht est arrivé avec Romaine, ils m'ont payé le reste du loyer en espèces et ont occupé les lieux.

D'un commun accord, Vaughn et Isham laissèrent tomber la question Krosac. De toute évidence, le vieux Ketcham ne pouvait fournir aucune indication supplémentaire dans cette direction. L'inspecteur glissa la lettre dans sa poche et l'interrogea sur la querelle Brad-Harakht. Il apprit que dès le début, lorsqu'il était devenu évident que le nudisme intégral était pratiqué sur l'île, Brad en personne s'était rendu sur les lieux pour leur apporter verbalement les protestations des habitants de la côte. Mais Harakht avait été insensible aux cajoleries comme aux menaces et Romaine avait montré les dents. Brad, en désespoir de cause, avait offert une somme considérable pour leur reprendre le bail.

– Qui avait signé ce bail?

– Le vieux sorcier, répondit Ketcham.

Harakht et Romaine ayant refusé l'offre, Brad les avait menacés de déposer une plainte contre eux, fondée sur le fait que les deux hommes troublaient l'ordre public. Romaine avait rétorqué qu'ils ne faisaient de mal à personne, que l'île était en dehors de tout passage et leur appartenait virtuellement pendant la durée de leur bail. Ne se tenant pas pour battu, Brad avait entrepris de persuader Ketcham de leur intenter un procès, appuyé sur le même fait, pour les chasser de l'île.

– Mais y m'faisaient pas de mal, ni à Mrs Ketcham non plus, dit le vieux. Mr Brad m'a proposé mille dollars si je voulais marcher. Non, m'sieur, que je lui ai dit, le vieux Ketcham ne mange pas de c'pain-là, y poursuit personne.

» La dernière dispute, et de beaucoup la plus violente, a eu lieu il y a trois jours, le dimanche. Brad et Stryker se sont rencontrés dans les bois et une altercation des plus vives avait eu lieu entre eux. Le vieux toqué semblait pris de frénésie.

» J'croyais qu'il allait piquer une crise, poursuivit placidement Ketcham, mais c'te grande brute de Romaine est arrivé et il a ordonné à Mr Brad de quitter l'île. J'regardais tout ça du bois, mais c'étaient pas mes oignons, j'avais pas à m'en mêler. Mr Brad ayant refusé d'partir, Romaine l'a empoigné par son col de veste et a hurlé : « Que le diable vous emporte, vous allez filer tout de suite, ou je vous démolis tellement le portrait que votre propre mère ne pourra pas vous reconnaître ! » Mr Brad est parti en criant qu'il les ferait déguerpir, quitte à dépenser jusqu'à son dernier *cent*.

Isham se frotta de nouveau les mains.

– Vos renseignements nous sont précieux, Mr Ketcham. Je voudrais qu'il y ait davantage de gens comme vous dans les environs. Savez-vous si d'autres riverains ont eu des discussions avec Harakht et Romaine ?

Flatté du compliment, Ketcham eut un large sourire.

– Ben, y a ce garçon, Jonah Lincoln, qui habite Bradwood. Il s'est battu avec Romaine pas plus tard que la semaine dernière. Bon Dieu, quelle bataille ! Une vraie lutte de champions. Lincoln était venu chercher sa sœur.

– Ah oui ?

Le vieux Ketcham devint éloquent.

– Une sacrée belle fille, sa sœur ! Elle est arrivée en courant et que je sois pendu si elle n'a pas arraché ses vêtements devant eux ! De voir intervenir son frère, ça l'avait rendue folle. Elle a crié qu'il l'avait toujours dominée et menée par le bout du nez depuis qu'elle était toute gosse et qu'elle était assez vieille maintenant pour agir comme bon lui semblait... Une vraie comédie, j'vous l'dis. Je regardais à travers les arbres.

– Ketcham, vieux saligaud ! cria une voix de femme à l'intérieur de la cabane. Tu devrais avoir honte !

– Hum ! fit Ketcham soudain calmé. N'importe comment, quand Lincoln a entendu sa sœur refuser de le suivre et qu'il l'a vue là, nue comme au jour de sa naissance, devant Romaine qui se rinçait l'œil, il a sauté sur le bonhomme et y se sont battus comme deux possédés. Lincoln a encaissé de rudes coups; j'peux vous l'dire, c'est un homme, foi de Ketcham. Romaine a fini par le jeter dans la flotte, c'est un gars qu'a de la force, ce Romaine.

N'ayant rien à tirer de plus de ce bavard, ils retournèrent à la chaloupe. Yardley fumait tranquillement cependant que le Dr Temple arpentait le pont, le visage cramoisi de fureur.

– Avez-vous appris quelque chose ? demanda timidement Yardley.

– Certaines indications.

La chaloupe s'éloigna de la rive, emportant cinq personnages plongés dans leurs réflexions.

Les aventures du Dr Temple

L'après-midi s'éternisa. Après le départ du procureur, l'inspecteur donna des ordres et reçut des rapports à un rythme ininterrompu. Oyster Island semblait tranquille. Mrs Brad, malade, s'était retirée dans sa chambre et sa fille la soignait. Jonah Lincoln calmait ses nerfs en se promenant dans la propriété. Gendarmes et policiers, répandus partout, bâillaient à qui mieux mieux, les reporters allaient et venaient et l'atmosphère sentait le magnésium brûlé.

Ellery, guidé par le Pr Yardley, traversa la route et pénétra dans la propriété de son hôte. Les deux hommes, assez abattus, suivaient chacun leurs pensées.

La nuit arriva, une nuit sombre sans étoiles. Oyster Island à la tombée du jour semblait s'être enfoncée dans le Sound.

D'un commun accord, ni Ellery ni Yardley ne parlèrent de l'étrange problème qui occupait leurs esprits. La conversation roula sur leurs souvenirs d'université, sur les premiers pas d'Ellery en matière de recherches criminelles, sur la carrière paisible de Yardley depuis leur séparation. A 11 heures, Ellery revêtit avec délices son pyjama et se mit au lit. Le professeur écrivit quelques lettres en fumant tranquillement et monta se coucher à son tour.

Minuit allait sonner lorsque le Dr Temple, tout de noir vêtu, se glissa silencieusement hors de chez lui après avoir pris soin d'éteindre sa pipe. Il s'enfonça sous les arbres sombres qui séparaient sa propriété de Bradwood.

Seule la stridulation des grillons troublait le silence de la campagne endormie.

Sur le fond noir des arbres il était invisible : la couleur foncée de sa peau ne le trahissait même pas. Arrivé près de la route, il s'immobilisa sous un arbre. Quelqu'un venait dans sa direction et bientôt le médecin aperçut la silhouette imprécise d'un gendarme en uniforme, évidemment en patrouille. L'homme passa, se dirigeant vers Ketcham's Cove.

Lorsque le bruit de ses pas se fut effacé dans la nuit, le Dr Temple, léger comme un sylphe, traversa la route en courant et, gagnant le couvert des arbres, se dirigea silencieusement vers l'ouest. Il mit une demi-heure à traverser Bradwood sans éveiller les soupçons des policiers de garde. Il dépassa le kiosque et le totem tragique, longea le haut grillage qui délimitait le court de tennis, contourna la maison principale jusqu'à l'allée centrale qui menait à l'embarcadère et la cabane de Fox et atteignit le chemin qui séparait Bradwood proprement dit de la propriété occupée par les Lynn.

Là, redoublant de précaution, le Dr Temple se faufila sous les arbres, tel un fantôme, et aperçut enfin la masse sombre de la maison se silhouetter sur le ciel obscur. A tâtons, il se fraya un chemin pour l'aborder du côté nord, là où les arbres plus denses arrivaient presque jusqu'aux murs.

Une lumière brillait à la fenêtre la plus proche de lui, à moins de deux mètres du vieux sycomore derrière lequel il était tapi. Le store était presque entièrement baissé.

On entendait des pas dans la chambre. L'ombre de la grosse Mrs Lynn se dessina même une fois sur l'écran du store. Le Dr Temple, à quatre pattes, rampa jusque sous la fenêtre.

Presque aussitôt il entendit le bruit d'une porte que l'on refermait et la voix de Mrs Lynn, encore plus perçante que d'ordinaire :

– Percy ! L'as-tu enterré ?

Le Dr Temple serra les dents, la sueur coulait sur son visage, mais il ne fit aucun bruit.

– Oui, oui. Pour l'amour du ciel, Beth, ne crie pas si fort ! L'endroit est plein de flics.

Des pas, près de la fenêtre. Le Dr Temple s'aplatit au pied du mur, retenant son souffle. Le store fut relevé, Lynn jeta un regard à l'extérieur et rabaissa le store.

– Où ? murmura Elisabeth, s'adressant à son mari.

Le Dr Temple tendit l'oreille si fort que ses muscles tremblèrent, mais il lui fut impossible de saisir les premiers mots tant Lynn parlait à voix basse.

– Ils ne trouveront jamais, poursuivit-il d'un ton plus normal. Nous sommes sauvés si nous nous tenons tranquilles.

– Mais le Dr Temple ? J'ai peur, Percy !

Lynn jura.

– Je me souviens parfaitement. C'était à Budapest, après la guerre. L'affaire Bündelein. Que le diable l'emporte ! C'est bien le même individu, j'en jurerais !

– Il n'a rien dit, murmura Mrs Lynn. Peut-être a-t-il oublié ?

– Lui ? Jamais de la vie ! La semaine dernière, chez les Brad, il ne me quittait pas des yeux. Attention, Beth, sois prudente, nous sommes dans de mauvais draps !

La lumière s'éteignit, un ressort de sommier grinça et les voix ne furent plus qu'un murmure indistinct.

Le Dr Temple attendit longtemps mais, n'entendant plus aucun bruit, il se redressa, écouta encore un instant et regagna le couvert du bois, glissant d'arbre en arbre. Tout en se faufilant dans les bois qui bordaient la baie semi-circulaire de Ketcham, il entendait le battement des flots contre l'embarcadère de Bradwood.

De nouveau, il dut s'immobiliser derrière un arbre. Un léger bruit de voix provenait de l'embarcadère. Il se glissa avec d'infinies précautions plus près du rivage et s'arrêta soudain : l'eau noire clapotait presque sous ses pieds. Il tendit l'oreille, perçut le bruit d'une barque à rames et finit par distinguer la silhouette d'une embarcation dans laquelle se trouvaient un homme et une femme. Cette dernière entourait son compagnon de ses bras et le suppliait passionnément.

– Pourquoi es-tu si froid? Emmène-moi dans l'île. Nous y serons beaucoup plus en sécurité.

Plus circonspect, l'homme parlait très bas.

– Tu agis comme une folle. C'est dangereux, crois-moi, surtout cette nuit! On s'apercevra de ton absence et nous paierons cher ton imprudence. Je t'ai dit qu'il fallait nous tenir à l'écart l'un de l'autre, au moins jusqu'à ce que le scandale soit apaisé.

La femme, laissant retomber ses bras, s'écria d'un ton désespéré :

– Je le savais! Tu ne m'aimes plus! Oh, c'est...

Il lui mit vivement la main sur la bouche.

– Chut! Il y a des policiers partout!

Elle se détendit d'abord puis, le repoussant soudain, elle s'assit très droite :

– Non, tu ne l'auras pas, dit-elle. J'en fais mon affaire!

L'homme ne répondit pas et rama jusqu'au rivage. La femme se leva, il la poussa rudement hors de la barque et s'éloigna à toutes rames en direction d'Oyster Island.

La lune se leva et le Dr Temple reconnut Paul Romaine.

La femme au pâle visage qui le regardait s'éloigner en tremblant de tous ses membres était Mrs Brad.

Le Dr Temple proféra un juron et disparut dans les bois.

Taïaut !

En revenant à Bradwood le lendemain matin, Ellery aperçut la voiture du procureur dans l'allée principale. L'expression des policiers de garde donnant à supposer qu'il se passait un événement important, il grimpa quatre à quatre les marches du porche et pénétra dans la maison.

Passant devant un Stallings fort pâle, il entra dans le salon où Isham et l'inspecteur Vaughn, l'air menaçant, étaient aux prises avec Fox, le jardinier-chauffeur. Ce dernier, silencieux, poings serrés, ne trahissait son émoi que par l'expression de son regard. Mrs Brad, Hélène et Jonah Lincoln, un peu en arrière, semblaient tenir le rôle des trois Parques.

– Entrez, Mr Queen, dit Isham. Vous arrivez à point. Fox, vous êtes fait comme un rat. Pourquoi ne pas parler ?

L'interpellé n'eut pas un frémissement.

– Je ne comprends pas, dit-il.

Mais il était visible qu'il comprenait parfaitement et qu'il se préparait pour le coup dur.

– Assez tergiversé, dit Vaughn. Vous êtes allé chez Patsy Malone, mardi soir, la nuit où Brad a été assassiné !

– Le soir où vous avez déposé Stallings et Mrs Baxter devant le Roxy, à 8 heures, Fox, ajouta Isham d'un ton plein de sous-entendus.

Pétrifié, Fox avait pâli.

– Eh bien, demanda l'inspecteur, qu'avez-vous à dire pour votre défense, espèce de crétin ? Pourquoi un innocent chauffeur irait-il se fourvoyer au quartier général d'un des pires gangsters de New York ?

Les paupières de Fox battirent, mais il ne répondit pas.

– Vous ne voulez pas parler, hein ?

L'inspecteur alla ouvrir la porte.

– ... Mike, apportez le tampon à empreintes !

Un homme en civil entra avec l'objet demandé. Fox

poussa un cri étranglé et se précipita vers la porte. Le policier le saisit au passage, l'inspecteur lui décocha un croc-en-jambe et le fit tomber. Maîtrisé, Fox cessa de lutter et Vaughn le remit sur pied sans qu'il opposât de résistance.

Hélène regardait la scène, les yeux dilatés d'horreur. Mrs Brad ne semblait plus émue. Lincoln avait tourné le dos.

— Prenez ses empreintes, ordonna l'inspecteur.

Le policier saisit la main droite de Fox et appuya ses doigts d'abord sur le tampon, puis sur le papier. Il recommença avec la main gauche. Fox semblait souffrir les affres de l'agonie.

— Vérifiez ces empreintes immédiatement, dit Vaughn au policier. Et maintenant, Fox, mon garçon — si tant est que ce soit votre nom, ce qui n'est pas le cas, j'en suis certain — tâchez de reprendre un peu de bon sens et répondez à mes questions. Pourquoi êtes-vous allé voir Malone ?

Pas de réponse.

— Quelle est votre identité ? D'où sortez-vous ?

Pas de réponse. L'inspecteur alla de nouveau ouvrir la porte et appela deux policiers.

— Ramenez-le dans sa cabane et enfermez-le à double tour. Nous nous occuperons de lui plus tard...

Fox, dont le regard semblait jeter du feu, s'éloigna entre ses deux gardes en évitant Mrs Brad et Hélène.

— Eh bien ! dit l'inspecteur en s'épongeant le front. Je suis navré, Mrs Brad, d'avoir provoqué une scène pareille dans votre salon. Mais l'homme est un bien mauvais acteur.

— Je n'y comprends rien, dit Mrs Brad, il a toujours été si convenable, si poli, si travailleur ! Vous ne supposez pas qu'il soit...

— Si c'est lui, que Dieu lui vienne en aide !

— Je suis certaine de son innocence, dit Hélène. Fox ne peut être ni un meurtrier ni un gangster, j'en jurerais. Il a toujours été assez réservé, c'est un fait, mais ne s'est jamais enivré et nous n'avons rien à lui reprocher. Il est cultivé et je l'ai souvent surpris à lire de bons livres ou de la poésie.

– Ces gaillards-là sont souvent assez secrets, miss Brad. Il a pu jouer un rôle depuis son arrivée ici. Nous allons vérifier ses références, mais il n'a travaillé que trois mois dans sa place.

– Il a pu s'engager uniquement pour obtenir des références, dit Vaughn. Le cas est fréquent.

Il se tourna vers Ellery.

– C'est l'inspecteur Queen qui nous a passé le tuyau, lui dit-il. Votre père a su s'assurer le concours de plus d'indicateurs de police que n'importe quel flic de New York.

– Je savais bien qu'il ne pourrait s'empêcher d'intervenir, murmura Ellery. Votre renseignement est-il donc si précis ?

– L'indicateur en question a vu Fox entrer chez Malone. C'est tout, mais cela suffit.

Ellery haussa les épaules.

– Ce qu'il y a de malheureux avec vous autres policiers, dit Hélène, c'est que vous êtes toujours disposés à admettre le pire et à considérer les gens sous leur plus mauvais jour.

Lincoln s'assit et alluma une cigarette.

– Nous ferions peut-être mieux, Hélène, de ne pas nous mêler de ceci.

– Et vous feriez peut-être mieux, Jonah, de vous mêler de ce qui vous regarde !

– Mes enfants ! fit Mrs Brad.

Ellery soupira.

– Quelles sont les nouvelles, Mr Isham ? Je brûle d'apprendre ce qui s'est passé.

L'inspecteur sourit et tira de sa poche une liasse de papiers tapés à la machine qu'il tendit à Ellery.

– Si vous pouvez trouver quelque chose d'intéressant là-dedans, vous êtes un génie... Non, ne partez pas encore, Mr Lincoln. J'ai une question à vous poser.

C'était dit fort à propos, et Ellery admira l'habile stratégie de l'inspecteur. Lincoln, qui se disposait à quitter la pièce, s'arrêta aussitôt et rougit. Immédiatement, l'atmosphère qui s'était détendue redevint oppressante.

– Pourquoi, reprit Vaughn d'un ton léger, m'avez-vous menti hier en me disant que vous étiez rentré avec miss Brad et sa mère mardi soir ?

— Je... pourquoi ? Que voulez-vous dire ?

— On croirait, fit Isham que vous faites tout votre possible pour contrarier notre enquête sur le meurtre de votre mari, Mrs Brad, au lieu de nous aider. Nos hommes ont découvert le chauffeur de taxi qui a ramené deux d'entre vous à Bradwood, mardi soir.

— Deux ? fit Ellery.

— Mr Lincoln et miss Brad se trouvaient seuls dans le taxi, Mrs Brad.

Hélène se leva d'un bond; Mrs Brad semblait pétrifiée.

— Ne réponds pas, mère, c'est infâme ! Osez-vous suggérer que l'un de nous est impliqué dans le crime, Mr Isham ?

— Ecoutez, Hélène, murmura Lincoln, nous ferions peut-être mieux...

— Jonah ! Si vous osez ouvrir la bouche je... je ne vous connaîtrai plus !

Il se mordit la lèvre, évita son regard et sortit de la pièce. Mrs Brad poussa un cri étouffé. Hélène se plaça devant elle comme pour la protéger.

— Voilà ! fit Isham en levant les bras, vous voyez où nous en sommes, Mr Queen ? C'est de cela que doivent se contenter les enquêteurs officiels... A votre aise, miss Brad, mais je tiens à vous déclarer qu'à partir de maintenant tout le monde — je dis tout le monde, vous entendez — est soupçonné du meurtre de Thomas Brad !

Le professeur parle

Ellery Queen, assez troublé par la tournure des événements, retourna chez son hôte, avec l'entrain d'un chien qui rapporte un os, pour lui faire part des derniers progrès de l'enquête. Le soleil de midi dardait des rayons si brûlants qu'Ellery poussa un soupir de soulagement en pénétrant dans l'ombre fraîche de la maison. Il trouva le Pr Yardley dans un patio revêtu de mosaïques qui semblait sortir d'un conte des *Mille et Une Nuits.* On eût dit la cour intérieure d'un *zenana*, dont le principal agrément consistait en un bassin rempli jusqu'au bord d'une eau transparente. Le digne professeur, en short ajusté, trempait ses longues jambes dans l'eau en fumant paisiblement sa pipe.

– Ouf ! fit Ellery. Votre petit harem m'enchante, professeur.

– Votre choix d'expressions est, comme d'habitude, déplorable, dit le professeur sévèrement. Ignorez-vous donc que les appartements des hommes se nomment *selamlik* ? Allez enlever vos vêtements, Queen, et venez me rejoindre. Que m'apportez-vous là ?

– Un message. Ne bougez pas, nous le lirons ensemble. Je reviens tout de suite.

Il reparut bientôt en slip, le torse brillant de sueur, et plongea avec délice dans la piscine en provoquant une vague qui inonda le professeur et éteignit sa pipe.

– Quel piètre nageur vous faites ! grommela Yardley. Allez, sortez de là avant de m'avoir noyé.

Ellery sourit et, émergeant de l'eau, s'étendit de tout son long sur le marbre; il prit la liasse de papiers donnée par l'inspecteur Vaughn.

– Voyons un peu ce qu'il y a là-dedans. Hum, pas grand-chose, dit-il en parcourant le premier feuillet. Notre admirable inspecteur n'est pas resté inactif. Il s'est mis en rapport avec les autorités de Virginie.

– Oh ! dit le professeur, et quels renseignements a-t-il obtenus ?

Ellery soupira.

– D'abord le résultat de l'autopsie d'Andrew Van : absolument sans intérêt. Si vous aviez lu autant de rapports de ce genre que moi, vous apprécieriez ! Un résumé complet de l'enquête initiale. Rien que je ne sache déjà ou que vous n'ayez lu dans les journaux à l'époque. Ah ! qu'est ceci ? « Comme suite » – admirez le style, je vous prie, si ce n'est pas du Crumit tout pur : « Comme suite à la requête du procureur Isham, concernant une parenté ou des rapports possibles existant entre Andrew Van, maître d'école à Arroyo, et

Thomas Brad, le millionnaire de Long Island récemment assassiné, nous avons le regret de déclarer que de tels rapports n'existent pas; du moins pour autant que nous puissions en juger après l'examen minutieux de la correspondance du défunt maître d'école. » C'est assez joli, non ?

– Un modèle de rhétorique ! dit le professeur en riant.

– Et c'est tout. Alors, abandonnons Arroyo pour revenir à Ketcham's Cove.

Ellery tourna la quatrième page.

– Le rapport d'autopsie du Dr Rumsen ne fournit aucun éclaircissement sur la mort de Thomas Brad. Aucune trace de violence sur le corps, rien dans les viscères qui pût indiquer l'empoisonnement, etc. Les banalités habituelles.

– Je me souviens de vous avoir entendu demander au Dr Rumsen si Brad n'aurait pas été étranglé. Donne-t-il une indication à ce sujet ?

– Oui. Pas d'indice de suffocation dans les poumons. *Ergo*, il n'a pas été étranglé.

– Mais pourquoi aviez-vous posé la question ?

– Oh ! sans motif sérieux. Mais puisque le corps décapité ne portait ni blessure ni contusion, il pouvait être important de savoir exactement comment l'homme avait été tué. C'était la tête évidemment qui avait subi l'assaut, ce qui suggérait la strangulation. Mais le rapport de Rumsen précise qu'il ne peut s'agir que d'un coup assené sur le crâne avec un instrument contondant, ou peut-être d'un coup de revolver, une balle dans la tête. Tout bien considéré, je penche pour la première hypothèse.

Le professeur, plongeant un pied dans le bassin, fit jaillir une colonne d'eau.

– Vous avez probablement raison. Y a-t-il autre chose dans ces papiers ?

– Rapport sur les recherches effectuées pour savoir quelle route emprunta le meurtrier. Sans intérêt. Impossible de se procurer la liste des personnes ayant séjourné ou des voyageurs arrivés par chemin de fer, dans les environs de Ketcham's Cove durant la période du crime. Ni la police de la route, ni les gendarmes, ni les habitants n'ont pu donner le moindre renseignement. Une tentative pour découvrir qui se trouvait dans le voisinage de Ketcham's Cove le mardi soir a complètement échoué; aucun bateau étranger au pays susceptible d'avoir débarqué le meurtrier sur la côte n'a été signalé.

– Absolument sans intérêt, comme vous le dites.

Le professeur soupira.

– ... Il a pu arriver par chemin de fer, en automobile ou en bateau, et il est probable que nous ne le saurons jamais. Il aurait même pu venir en hydroplane, pour pousser les possibilités jusqu'à l'absurde.

– C'est une idée, fit Ellery en souriant, toutefois ne tombez pas dans l'erreur de confondre improbabilité avec absurdité, professeur. J'ai vu des choses étranges se produire... mais continuons notre lecture. Echec sur toute la ligne : la corde qui a servi à attacher les bras et les jambes de Brad au poteau n'est qu'une corde à linge très ordinaire que l'on peut se procurer chez n'importe quel épicier ou quincaillier. Aucun commerçant à dix kilomètres à la ronde n'a pu fournir une piste possible. Isham annonce néanmoins que les recherches continuent sur une plus grande étendue.

– Ce sont des gens consciencieux, dit le professeur.

– Je suis obligé d'avouer, bien malgré moi, que c'est cette conscience professionnelle routinière qui permet de résoudre les problèmes criminels. Quant au nœud cher à Vaughn, résultat zéro. Un nœud d'amateur, assez maladroit, d'après l'expert, comme vous ou moi pourrions en faire.

– Pas moi, dit Yardley, je suis un vieux marin et n'ignore ni le nœud de bouline ni la demi-clef.

– Vous êtes la science universelle! Ah! Paul Romaine! Un personnage intéressant. Le mâle plein d'assurance, pourvu d'une bonne dose de sens pratique. D'après le rapport de l'inspecteur Vaughn, son passé demeure obscur. En dehors du fait qu'il a rejoint notre égyptologue à Pittsburgh, en février, comme il l'a déclaré lui-même, on n'a rien découvert.

– Et les Lynn?

Ellery posa les papiers.

– Oui, les Lynn, murmura-t-il. Que savez-vous d'eux ?

Le professeur caressa sa barbe.

– Vous les trouvez suspects ? J'aurais dû savoir que cela n'échapperait pas à votre perspicacité. Ils ont quelque chose de vaguement louche, de frelaté, si je puis dire. Bien que leur conduite, pour autant que je sache, ait été irréprochable.

Ellery reprit ses feuilles.

– Scotland Yard, sans l'avoir écrit noir sur blanc, n'est pas de votre avis, je parierais. Isham leur a câblé et ils ont affirmé n'avoir aucun renseignement sur le couple Percy et Elisabeth Lynn dont le signalement leur a été donné. Leurs passeports sont naturellement en règle, comme il fallait s'y attendre. Nous avons peut-être été malveillants. Scotland Yard continue néanmoins ses recherches dans les dossiers civils comme dans les criminels, espérant découvrir un renseignement sur les agissements des Lynn en Angleterre, puisqu'ils prétendent être sujets anglais.

– Seigneur, quel sac de nœuds !

– Vous vous en apercevez seulement ? J'ai travaillé sur des affaires compliquées au cours de ma brève et brillante carrière, mais je n'en ai jamais vu d'aussi embrouillée que celle-ci. Vous ne savez, bien entendu, rien des dernières découvertes au sujet de l'ami Fox, le chauffeur, et de Mrs Brad ?

Le professeur haussa les sourcils et Ellery lui raconta ce qui venait de se passer dans le salon des Brad.

– C'est clair, n'est-ce pas ?

– Comme les eaux du Gange, grommela Yardley. Je commence à me demander...

– Quoi donc ?

Le professeur haussa les épaules.

– Ne concluons pas trop vite. Que renferme encore votre encyclopédie ?

– Un gros et rapide travail de Vaughn. Le portier du Park Theater certifie qu'une femme répondant au signalement de Mrs Brad a quitté le théâtre mardi soir au milieu du premier acte, vers 9 heures.

– Seule ?

– Oui. Autre chose. Les services de Vaughn ont découvert la demande de mandat de cent dollars, envoyé à Ketcham à titre d'arrhes pour la location de son île. La fiche a été rédigée au bureau de poste de Peoria, en Illinois, au nom de Velja Krosac.

– Non ! s'écria le professeur. Ainsi, ils ont un spécimen de son écriture !

Ellery soupira.

– Comme vous concluez vite ! Je croyais que vous vous en défendiez ? Le nom a été écrit en majuscules d'imprimerie et l'adresse portait simplement « Peoria ». Evidemment, le bienfaiteur de Stryker s'est arrêté dans cette ville pour ses petites affaires. Autre chose encore. Des experts sont en train de vérifier la comptabilité de la maison *Brad et Mégara,* comme il se doit. Mais jusqu'ici tout semble parfaitement en règle. Soit dit en passant, notre ami Stephen Mégara, qui vogue quelque part en haute mer, ne joue pas un rôle actif dans l'affaire, depuis quelque cinq ans. Brad continuait à la diriger de loin, mais c'est le jeune Jonah Lincoln qui la fait marcher presque à lui tout seul. Je me demande quel souci le tenaille.

– Celui des ennuis que peut lui donner dans un avenir prochain sa future belle-mère, dit sèchement le professeur.

Ellery reposa brusquement le dossier sur la mosaïque. Une feuille s'en détacha qu'il se pencha pour ramasser.

– Qu'est ceci ? Ah ! enfin voici quelque chose d'intéressant !

La pipe de Yardley resta en suspension.

– Dites vite !

– Des renseignements sur Krosac ! Un rapport postérieur, d'après la date. Evidemment, le procureur Crumit n'en avait pas soufflé mot dans sa première réponse, mais il a décidé par la suite de se laver les mains de toute l'affaire et de rejeter la responsabilité sur le pauvre Isham. Six mois d'enquête, des renseignements à foison : Velja Krosac est monténégrin.

– Monténégrin ? De naissance, c'est possible, mais le Monténégro n'existe plus de nos jours, vous le savez, dit Yardley. Il fait maintenant partie de la Yougoslavie. Serbes, Croates et Slovènes ont été absorbés en 1922.

– Hum! Le rapport de Crumit stipule que Krosac fut l'un des premiers émigrants du Monténégro arrivés après la déclaration de paix en 1918. Son passeport à l'arrivée aux Etats-Unis le déclare monténégrin de naissance mais ne contient aucune autre donnée intéressante. Par le sarcophage de Tut, l'homme sort des ténèbres!

– Crumit a-t-il découvert quelque chose sur sa carrière en Amérique?

– Oui, grosso modo, mais c'est suffisant. Il paraît avoir voyagé de ville en ville, sans doute pour se familiariser avec son pays d'adoption et apprendre la langue. Il se fit d'abord colporteur et vendit pendant plusieurs années – en tout bien tout honneur, semble-t-il – des travaux à l'aiguille, des nattes, de petits tapis, etc.

– Ils font tous cela.

Ellery lut attentivement le paragraphe suivant.

– Il y a quatre ans, Krosac rencontra l'ami Harakht, ou Stryker, à Chattanooga, dans le Tennessee, et les deux hommes unirent leurs efforts. Stryker, à l'époque, vendait du « soleil en bouteille », médicament composé d'huile de foie de morue et vendu dans des flacons munis d'une étiquette de sa façon. Krosac devint son directeur commercial et tout en se faisant passer pour son disciple vis-à-vis du public, il aida le vieux fou à monter le culte du soleil et à prêcher sur la santé du corps pendant leur vie nomade.

– Sait-on ce qu'il est devenu, après le crime d'Arroyo?

Le visage d'Ellery s'allongea.

– Non. Il a totalement disparu, et cette disparition a été habilement combinée.

– Et Kling, le domestique de Van?

– Aucune trace. On dirait que la terre les a engloutis tous les deux. L'élément Kling me trouble. Où diable peut-il être? Si Krosac a expédié son âme dans l'autre monde, qu'a-t-il fait de son corps? Croyez-moi, professeur, tant que nous ne connaîtrons pas le destin de Kling, il sera impossible de voir clair dans cette affaire. Crumit a fait de louables efforts pour trouver un lien entre Kling et Krosac car il les soupçonne probablement de complicité. Mais il n'a rien découvert.

– Ce qui ne signifie pas nécessairement que le lien n'existe pas, dit Yardley.

– Evidemment. Et, bien entendu, nous n'avons aucun moyen de savoir si Krosac a été ou non en communication avec Stryker.

– Stryker ! Voilà un exemple de la vengeance de Dieu, murmura Yardley. Pauvre diable !

Ellery sourit.

– Pas d'attendrissement, professeur, il s'agit de crimes. Incidemment, d'après leur dernier rapport, les policiers de Virginie ont fini par remonter la piste d'Harakht jusqu'à son repaire. D'après Crumit, ce serait un certain Alva Stryker, célèbre égyptologue qui, comme vous nous l'aviez dit, a perdu la tête à la suite d'un coup de soleil dans la Vallée des Rois. Il n'a aucune famille et a toujours semblé parfaitement inoffensif dans sa folie. Ecoutez ce que dit Crumit à son sujet : « Le procureur du district du comté de Hancock est persuadé que le nommé Alva Stryker, qui prétend s'appeler Harakht ou Ra-Harakht, est absolument innocent du meurtre d'Andrew Van, mais il est depuis des années la proie d'opportunistes sans scrupules qui utilisent son aspect étrange et sa folie douce pour des desseins inavouables. A notre avis, c'est un homme de ce genre, possédant un mobile demeuré secret pour se débarrasser de Van, qui est responsable de la mort de la victime. Tous les faits semblent indiquer que Velja Krosac est cet homme-là. » C'est net !

– On dirait presque un acte d'accusation contre Krosac, basé sur des preuves circonstancielles.

Ellery secoua la tête.

– Circonstancielles ou non, en choisissant Krosac comme meurtrier probable de Van, Crumit a saisi l'essentiel.

– Qu'est-ce qui vous fait supposer cela ?

– Les faits. Mais que Krosac ait tué Andrew Van n'est point la clef de voûte de l'accusation que nous essayons de dresser. La quintessence du problème est de savoir *qui est Krosac.*

— Que voulez-vous dire ? demanda le professeur.

— Je veux dire que le véritable visage de Velja Krosac n'est connu que d'une seule personne, Stryker, lequel est incapable de donner un témoignage digne de foi. C'est pourquoi, je le répète, qui est Krosac ? Qui est Krosac aujourd'hui ? Ce peut être n'importe quel homme autour de nous.

— Allons donc ! fit le professeur, vous déraillez. Un Monténégrin doté probablement d'un accent croate, un boiteux...

— Je ne déraille pas, professeur. Les nationalités s'estompent facilement dans ce pays et, quand Krosac a parlé à Croker, le garagiste de Weirton, il employait un anglais courant, sans accent. Quant au fait de la présence possible de Krosac au milieu de nous, je ne crois pas que vous ayez complètement analysé les éléments de l'assassinat de Brad.

— Croyez-vous ? C'est possible. Mais laissez-moi vous avertir, jeune homme, que vous allez un peu vite en besogne.

— Cela m'est déjà arrivé...

Ellery se leva et plongea de nouveau dans la piscine. En émergeant de l'eau il souriait d'un air railleur.

— Je ne mentionnerai pas le fait, dit-il, que ce fut Krosac qui prit ses dispositions pour installer le culte du soleil à proximité de Bradwood. Avant le meurtre de Van, songez-y bien. N'est-ce pas significatif ? Il pourrait donc fort bien se trouver par ici... Allons, aidez-moi ! dit-il brusquement en sortant de l'eau pour s'étendre sur la mosaïque. Essayons d'assembler les pièces du puzzle. Commençons par Krosac, un Monténégrin, qui, dirons-nous, tua un individu d'Europe centrale assumant la nationalité roumaine et un autre de la même région se prétendant de nationalité arménienne. Trois individus originaires de l'Europe centrale, peut-être du même pays, car je suis convaincu, d'après le déroulement des faits, que Van et Brad ne venaient ni d'Arménie ni de Roumanie.

Le professeur grommela et brûla deux allumettes avant de pouvoir allumer sa pipe. Ellery prit une cigarette et ferma les yeux.

– Envisagez maintenant cette situation à la lumière d'un mobile possible. L'Europe centrale ? Les Balkans ? Berceau de la superstition et de la violence. Cela ne vous dit rien ?

– Je suis très ignorant au sujet des Balkans, dit le professeur avec indifférence. La seule association d'idées qui me revient en mémoire en entendant ce nom est que cette partie du monde est depuis des siècles la source d'un étrange et fantastique folklore. Résultat probable du niveau très bas des intelligences et du territoire montagneux peu peuplé et si souvent saccagé.

– Tiens, c'est une idée ! fit Ellery en gloussant joyeusement. Le vampirisme ! Vous souvenez-vous de *Dracula*, l'immortelle contribution de T. Browning aux affreux cauchemars d'innocents citoyens ? L'histoire d'un vampire de l'Europe centrale. Des têtes coupées !

– Balivernes que tout cela ! fit Yardley qui paraissait mal à l'aise.

– Si vous voulez, dit Ellery, mais seulement en raison du fait qu'aucun pieu ne fut planté dans le cœur de Van ou de Brad. Aucun « vampiriste » qui se respecte n'oublie cette agréable petite cérémonie. Si nous avions trouvé ces pieux, je serais presque convaincu que nous avons affaire à un fanatique décidé à anéantir ceux qu'il considère comme des vampires humains.

– Vous n'êtes pas sérieux, protesta Yardley.

Ellery lança quelques bouffées.

– Du diable si je le sais moi-même. Nous pouvons nous moquer des contes à dormir debout où fleurit le vampirisme, mais, après tout, si Mr Krosac croit aux vampires et décapite tous les gens à la ronde, on ne peut guère fermer les yeux et nier l'existence de sa croyance. C'est presque un principe de la philosophie pragmatiste. Si elle existe pour lui...

– Parlez-moi un peu de votre fameuse croix égyptienne, dit le professeur en s'installant plus confortablement, comme s'il se préparait à écouter un long discours.

– C'est à vous que je vais poser la question, repartit Ellery. Vous avez une idée derrière la tête, vous y avez fait allusion hier. Ai-je, pour m'exprimer en langage académique, mis dans le mille?

Yardley posa sa pipe et prit un ton sentencieux.

— Mon fils, dit-il, vous avez fait l'imbécile.

Ellery fronça les sourcils.

— Vous voulez dire que le *tau* n'est pas une croix égyptienne?

— Précisément.

— Devant votre autorité... Hum! Vous ne consentiriez pas à faire un petit pari avec moi, professeur?

— Je ne joue jamais, mes revenus ne me le permettent pas. Où avez-vous pris l'idée que la *crux commissa* est appelée aussi croix égyptienne?

— Dans *l'Encyclopædia Britannica.* J'ai eu l'occasion, il y a un an, de me renseigner sur les différentes croix à propos d'un roman que j'avais en chantier. Si mes souvenirs sont exacts, le *tau* ou croix en T, y est décrit comme un symbole égyptien courant, désigné fréquemment sous le nom de croix égyptienne. La citation n'est peut-être pas rigoureusement exacte, mais je me souviens parfaitement que les mots *tau* et *égyptien* avaient un rapport avec la croix. Voulez-vous que nous regardions le texte?

Le professeur eut un gloussement amusé.

— Je m'en rapporte à vous. J'ignore qui a écrit cet article, il est peut-être dû à un érudit. Mais *l'Encyclopædia Britannica* est faillible, comme toutes les œuvres humaines, et on ne doit pas toujours considérer ses explications comme définitives. Je ne fais pas autorité moi-même en matière d'art égyptien, comprenez-le-bien, mais il fait partie de mon travail, et je vous déclare sans ambages que je n'ai jamais rencontré la désignation « croix égyptienne ». C'est certainement une erreur. Mais il existe un objet égyptien en forme de T...

Ellery releva la tête.

— Alors pourquoi dites-vous que le *tau* n'est pas...

— Parce que j'en suis sûr, dit Yardley en souriant. Certain instrument sacré, utilisé dans l'ancienne Egypte, avait la forme du *tau* grec. On le retrouve fréquemment dans les hiéroglyphes, mais cela n'en fait pas une croix *tau* qui est un vieil emblème chrétien.

Ces hasards ne sont pas rares. Prenez la croix de saint Antoine, par exemple, c'est un nom également appliqué à la croix *tau,* simplement parce qu'elle ressemble à la béquille avec laquelle on représente souvent ce saint. Elle n'est pas plus la croix de saint Antoine, strictement parlant, que la vôtre ou la mienne.

– Alors le T n'est pas une croix égyptienne, murmura Ellery, dépité. Maudite soit ma fichue confusion !

– La croix semble, en effet, avoir été prise universellement pour symbole depuis les premiers âges. Je pourrais vous citer de nombreuses variations de cet emblème, chez les Indiens de l'hémisphère Ouest avant la venue des Espagnols, par exemple. Mais cela n'a pas de rapport avec ce qui nous intéresse. Le point essentiel est celui-ci : s'il existe un symbole en forme de croix que vous pourriez par extension appeler croix égyptienne, c'est l'*ankh.*

– L'*ankh ?* fit Ellery, songeur. C'est peut-être ce que j'avais réellement dans l'esprit. N'est-ce point une croix surmontée d'un cercle ?

Yardley secoua la tête.

– Pas un cercle, mon ami, mais une goutte en forme de poire. L'*ankh* proprement dit ressemble un peu à une clef, il est appelé *crux ansata*; on le retrouve fréquemment dans les inscriptions égyptiennes où il signifiait la divinité ou la royauté et caractérisait son possesseur comme un générateur de vie.

– Un générateur de vie ?

Le visage d'Ellery s'éclaira.

– Mon Dieu ! s'écria-t-il, j'y suis ! C'est la croix égyptienne, après tout ! Quelque chose me dit que nous sommes maintenant sur la bonne piste.

– Expliquez-vous, jeune homme.

– Ne comprenez-vous pas ? Mais c'est clair comme de l'Hérodote ! s'écria Ellery. L'*ankh* : symbole de vie. La barre du T : les bras. Le montant : le corps. L'ornement en forme de poire : la tête. Et celle-ci a été coupée ! Cela signifie quelque chose. Je vous le déclare, Krosac a volontairement transformé le symbole de vie en symbole de mort !

Le professeur le considéra un instant sans mot dire, puis il éclata de rire.

– Très ingénieux, mon cher garçon, ingénieux comme le diable, mais à un million de parasanges (1) de la vérité.

Ellery était toujours fort excité.

– Qu'est-ce qui ne colle pas maintenant ?

– Votre interprétation inspirée du mobile qui poussa Mr Krosac à décapiter sa victime pourrait être soutenable si l'*ankh* ou *crux ansata* symbolisait une forme humaine. Mais ce n'est pas le cas, Queen. Il a une origine beaucoup plus prosaïque. Vous vous souvenez des sandales de Stryker ? Elles imitent les anciennes chaussures égyptiennes. Notez que je ne voudrais pas être cité à ce propos, car, après tout, je ne suis pas plus anthropologiste qu'égyptologue, mais l'*ankh* est généralement considéré par les érudits comme représentant une sandale à lanières, semblable à celles de Stryker. La boucle supérieure serait la courroie qui passe autour de la cheville et la lanière perpendiculaire, sous la boucle, la partie qui, passant sur le cou-de-pied, va s'accrocher à la semelle entre le gros orteil et les autres doigts. Les lanières plus courtes, horizontales, passant sur le côté du pied, rejoignaient la semelle.

Ellery était médusé.

– Mais je ne vois toujours pas comment ce symbole, si son origine est une sandale, peut représenter la création de la vie, fût-ce au sens figuré.

Le professeur haussa les épaules.

– L'origine des mots ou des idées est parfois incompréhensible pour les cerveaux modernes. La signification reste obscure au point de vue scientifique. Mais comme le signe de l'*ankh* fut fréquemment employé pour écrire des mots indiquant « la vie », il devint finalement lui-même symbole de vie. Tant et si bien qu'en dépit du fait que le matériel d'origine était souple – la sandale était généralement faite de papyrus apprêté – les Egyptiens finirent par employer ce signe sous une forme rigide et en firent des amulettes de bois, de faïence, etc. Mais le symbole lui-même n'a jamais représenté une forme humaine.

(1) Mesure des anciens Perses. *(N.d.T.)*

Ellery essuya pensivement son pince-nez.

– Bon, alors laissons de côté l'hypothèse suggérée par l'*ankh*. Dites-moi, professeur, les anciens Egyptiens pratiquaient-ils le crucifiement ?

Le professeur sourit.

– Vous refusez de capituler? Non, pas à ma connaissance.

– Alors, abandonnons, dans l'ensemble, la théorie égyptienne! Du moins, en ce qui me concerne! Décidément, je dois me rouiller.

– Un peu de savoir, mon cher garçon, est chose dangereuse, a dit Pope.

– Citation pour citation : *Faciunt ne intelligendo, ut nihil intelligant,* rétorqua Ellery. Trop de science finit par démontrer qu'on ne sait rien. Cela sans aucune intention personnelle, naturellement.

– Naturellement, répéta Yardley avec le plus grand sérieux, et Térence n'a pas eu cette mauvaise intention non plus. En tout cas, j'ai estimé que vous vous penchiez dangereusement en arrière en essayant de donner aux faits une interprétation égyptologique. Vous avez toujours été enclin à romancer, même lorsque vous étiez écolier. Je me souviens d'une discussion sur la légende de l'Atlantide, transmise par Platon, Hérodote, et...

– Puis-je me permettre d'interrompre le savant gentleman? dit vivement Ellery. J'essaie de trouver mon chemin pour échapper à l'enlisement dans un lac de boue et vous ne cessez de souiller le terrain devant moi avec votre classicisme sans objet. Excusez-moi... Si Krosac, en décapitant ses victimes et en semant des T sur la scène de ses crimes, a voulu laisser une croix symbolique, ce n'était certainement pas l'*ankh,* mais bien plutôt la croix *tau*. Et puisque cette croix-là n'existait pas dans le pays des Pharaons, il est probable que Krosac n'avait aucune pensée de ce genre en tête, en dépit du fait qu'il s'était associé avec un fou vivant dans l'obsession des rites de l'ancienne Egypte. Il vous faut une confirmation? Voici : Thomas Brad fut pendu sur un totem, autre symbole religieux, mais fort éloigné de l'hiératisme. Seconde confirmation : si Krosac avait voulu imiter une croix *ankh,* il aurait laissé les têtes... Nous avons jeté le doute sur l'hypothèse égyptienne et nous n'avons aucune preuve étayant l'hypothèse du totem américain, sauf le fait fortuit de l'emplacement choisi pour le crucifiement de Brad; ce choix fut apparemment déterminé par la forme du T bien plus que par une signification religieuse quelconque. Et nous ne pouvons persister à suivre l'hypothèse cruciforme : la croix *tau* du christianisme, puisque la décapitation, si mes connaissances sont exactes, n'a jamais joué un rôle dans la mort des martyrs. *Ergo,* nous abandonnons toutes les hypothèses religieuses.

– Votre credo ressemble fort à la religion de Rabelais, dit le professeur en riant. Ce n'est qu'un immense « peut-être ».

– Et j'en reviens à ce qui me trottait dans la tête depuis le commencement, conclut Ellery.

– Quoi donc?

– Au fait que le T ne signifie pas autre chose que T, au sens alphabétique, T...

Il s'arrêta brusquement. Le professeur l'observait avec curiosité. Ellery fixait la piscine avec des yeux qui ne voyaient certainement rien d'aussi innocent qu'une eau transparente où dansait un rayon de soleil.

– Que se passe-t-il? dit Yardley.

– C'est possible, murmura Ellery. Non... cela cadre trop bien, et rien pour le confirmer. Cette idée m'a déjà traversé l'esprit une fois...

Il n'avait même pas entendu la question du professeur. Ce dernier soupira et reprit sa pipe. Les deux hommes gardèrent le silence un long moment.

Ils étaient assis de cette façon, tous deux presque nus, lorsqu'une vieille négresse pénétra dans le patio et dit d'un air dégoûté :

– Missieu Ya'dley, quelqu'un est en t'ain d'essayer de casser la po'te pou' ent'er.

– Ah, fit le professeur brusquement tiré de sa rêverie. Qui est-ce?

– Cet inspecteu'. Il est tout en sueu'.

– Très bien, Nanny. Faites-le entrer.

Vaughn arriva en trombe un instant après, brandissant une feuille de papier. Il avait le visage congestionné par l'émotion.

– Queen ! cria-t-il. Grande nouvelle ! Lisez ceci.

L'inspecteur jeta la feuille de papier sur le marbre et s'assit sur le bord de la piscine en soufflant comme un phoque.

Ellery et le professeur échangèrent un regard et se penchèrent sur le papier. C'était un radiogramme de la Jamaïque ainsi conçu :

ENTRÉ PORT AUJOURD'HUI. APPRENDS MORT BRAD. RENTRE NEW YORK IMMÉDIATEMENT.

STEPHEN MÉGARA.

CRUCIFIEMENT D'UN GENTLEMAN

J'ai découvert, comme officier judiciaire principal près le parquet de Bruxelles, que le fonctionnement du cerveau criminel est dirigé par des motifs souvent incompréhensibles au citoyen qui observe la loi.

Félix BROUWAGE.

Le secret de Neptune

L'*Hélène*, le yacht de Stephen Mégara, mit un temps record à franchir la distance de la Jamaïque aux Bahamas, mais arrivé près de l'île de la Nouvelle-Providence, une panne de moteur obligea le capitaine Swift, maître d'équipage, à faire escale au port de Nassau où il dut s'arrêter plusieurs jours avant que le bateau fût en état de reprendre la mer.

En conséquence, c'est le 1er juillet, huit jours après la réception du radiogramme par l'inspecteur Vaughn, que l'*Hélène* arriva en vue de Long Island. Par dispositions spéciales, le yacht fut autorisé à continuer sa route dans Long Island Sound, accompagné d'une chaloupe de la police et de toute une flottille d'embarcations louées à grand peine par d'entreprenants journalistes.

Huit jours... huit jours de tranquillité, sans autre événement que les funérailles, célébrées dans l'intimité. Brad avait été enterré sans cérémonie dans un cimetière de Long Island et Mrs Brad – les journalistes l'avaient remarqué – avait subi l'épreuve avec un courage admirable. Sa fille, bien que n'ayant pas de liens de sang avec le défunt, avait paru beaucoup plus affectée par l'enterrement que la veuve.

La poursuite de Velja Krosac avait pris les proportions d'une chasse à l'homme nationale. Son signalement avait été envoyé à tous les postes de police des Etats-Unis et aux autorités des ports; la police des quarante-huit Etats, celles du Canada et du Mexique guettaient son arrivée. En dépit de l'élargissement du filet tendu, aucun poisson monténégrin ne s'y jeta. L'homme avait disparu aussi totalement que s'il s'était envolé à travers l'espace. De Kling non plus on ne trouvait pas trace.

Le chauffeur Fox était toujours gardé à vue dans sa cabane; sans être officiellement arrêté, il était aussi prisonnier que derrière les barreaux de Sing-Sing. L'enquête sur son compte se poursuivait, mais au moment de l'arrivée de Mégara ses empreintes n'avaient pas encore donné lieu à identification dans les différents services criminels de l'Est. L'inspecteur se décida à envoyer une copie de ses empreintes plus à l'ouest. Quant à Fox, il se confinait dans son mutisme et subissait sans se plaindre son emprisonnement arbitraire, mais l'éclair désespéré de son regard obligea l'inspecteur à renforcer la surveillance. La tactique de Vaughn consistait à ignorer l'homme totalement; Fox n'était ni interrogé ni maltraité, on le laissait strictement seul. En dépit de cette tension sur ses nerfs, l'homme ne faiblissait pas. Assis paisiblement dans sa hutte, jour après jour, il touchait à peine la nourriture qu'on lui apportait et restait là, presque sans bouger, presque sans respirer.

Tout était prêt, le vendredi 1er juillet, lorsque l'*Hélène* pénétra dans Ketcham's Cove et vint s'ancrer dans les eaux profondes qui séparaient Oyster Island de la côte. L'embarcadère de Bradwood était noir de monde : journalistes, policiers, gendarmes guettaient les lentes manœuvres du yacht. L'élégant bateau se détachait dans son étincelante blancheur, l'atmosphère limpide de la matinée permettait de voir ses cuivres briller au soleil et de suivre de menues silhouettes qui s'agitaient sur le pont. De petites barques se balançaient autour de la coque.

L'inspecteur Vaughn, le procureur Isham, Ellery Queen et le Pr Yardley, debout sur le ponton, attendaient en silence. Une chaloupe fendit les flots. Bientôt, plusieurs personnes descendirent l'échelle de fer et mirent pied dans la chaloupe; une embarcation de la police se détacha et la chaloupe, obéissante, suivit son sillage. Ils se dirigeaient vers le ponton. La foule frémit.

Très grand, bronzé, bâti en force, Stephen Mégara avait une petite moustache noire et un nez qui avait dû être irrémédiablement écrasé dans une rixe. Dans l'ensemble, c'était un être plein de vitalité, mais à l'aspect quelque peu inquiétant. Il sauta avec légèreté et précision de la chaloupe sur le ponton; tous ses mouvements reflétaient la décision. Pour Ellery qui l'étudiait avec intérêt, c'était un homme d'action, bien différent du personnage pansu, trop bien nourri et prématurément vieilli qu'avait été Thomas Brad.

– Je suis Stephen Mégara, dit-il brusquement avec un léger accent d'Eton. C'est un vrai comité de réception ! Hélène !

Il l'avait distinguée dans la foule – les principaux acteurs se tenaient timidement à l'arrière-plan : Hélène, sa mère, Jonah, le Dr Temple. Mégara, ignorant les autres, saisit les mains d'Hélène et la regarda avec une tendresse passionnée. La jeune fille rougit et retira lentement ses mains. Mégara eut un bref sourire qui souleva sa petite moustache, il murmura un mot à Mrs Brad, gratifia le Dr Temple d'un signe de tête et se retourna.

– Ainsi, Tom a été assassiné ? Je suis à la disposition de quiconque désire se faire connaître.

– Vraiment ? grommela le procureur. Je suis le procureur Isham, du comté, et voici l'inspecteur Vaughn, du bureau central de police du comté de Nassau. Mr Ellery Queen, qui suit l'affaire à titre privé, le Pr Yardley, un de vos voisins nouvellement installé dans le pays.

Mégara distribua des poignées de main pour la

forme et, indiquant du doigt un vieil homme à cheveux blancs, au visage dur, vêtu d'un uniforme bleu, qui l'avait accompagné dans la chaloupe :

– Le capitaine Swift, mon maître d'équipage, dit-il.

Swift avait des yeux comme les lentilles d'un télescope, clairs comme du cristal, dans un visage aussi boucané que celui du Juif errant.

– Très heureux, dit le capitaine Swift en portant à sa casquette une main où manquaient trois doigts.

Lorsque, d'un commun accord, tout le monde se mit en route pour remonter vers la maison, Ellery observa que le maître d'équipage avait en marchant le balancement particulier aux gens de mer.

– C'est vraiment malheureux que je ne l'aie pas appris plus tôt, dit Mégara à Isham.

Les Brad, Lincoln et le Dr Temple marchaient derrière. Leurs visages semblaient pétrifiés.

– Il y a des mois que je bourlingue en haute mer, on n'a jamais de nouvelles. Cela m'a fait un choc d'apprendre la mort de Tom.

Mais son ton n'indiquait guère qu'il eût été particulièrement touché; il parla de l'assassinat de son associé avec autant d'indifférence que s'il se fût agi de traiter une nouvelle affaire de tapis.

– Nous vous attendions, Mr Mégara, dit l'inspecteur Vaughn. Connaissez-vous quelqu'un qui aurait pu tuer Mr Brad ?

– Hum ! dit Mégara en tournant la tête un instant pour regarder Mrs Brad et Hélène. Je préfère ne pas répondre à cette question pour le moment. Dites-moi d'abord exactement ce qui s'est passé.

Isham ouvrait la bouche pour répondre lorsque Ellery demanda à brûle-pourpoint :

– Avez-vous jamais entendu parler d'un individu du nom d'Andrew Van ?

Une fraction de seconde, le pas rythmé de Mégara brisa sa cadence, mais son visage était impénétrable lorsqu'il répondit :

– Andrew Van ? Quel rapport a-t-il avec cela ?

– Vous le connaissez donc ! s'écria Isham.

– Il a été assassiné dans des circonstances similaires à celles qui ont entouré la mort de votre associé, Mr Mégara, dit Ellery.

– Van assassiné... lui aussi !

Le yachtsman sembla perdre un peu de sa superbe et un certain malaise perça dans son regard.

– Décapité et son cadavre crucifié en forme de T, poursuivit Ellery.

Mégara, cette fois, s'arrêta net, immobilisant tout le cortège. Sous le hâle, son visage avait pris une teinte violette.

– Un T ! murmura-t-il. Pourquoi ? Allons à la maison, messieurs.

Il frissonna, ses épaules se voûtèrent. Il parut subitement vieilli de plusieurs années.

– Pouvez-vous expliquer ce que veut dire ce T ? demanda Ellery.

– J'ai une idée...

Mégara serra les dents et repartit à grandes enjambées. Le reste du trajet s'effectua en silence.

La porte s'ouvrit et Stallings parut, un large sourire sur le visage.

– Mr Mégara ! Je suis heureux de vous souhaiter la bien...

Mégara passa devant lui sans un regard et entra dans le salon, suivi par les autres. Il se mit à arpenter la pièce de long en large en proie à ses réflexions. Mrs Brad lui posa une main potelée sur le bras.

– Stephen... si vous pouviez éclaircir ce terrible...

– Stephen, vous savez ! cria Hélène.

– Si vous savez, Mégara, pour l'amour du ciel, parlez, et faites cesser cette horrible attente ! dit Lincoln. C'est un cauchemar affreux pour nous tous.

Mégara soupira et fourra les mains dans ses poches.

– Calmez-vous. Asseyez-vous, capitaine, je suis navré de vous mêler à une si vilaine affaire.

Le capitaine, visiblement gêné, resta debout et chercha à se rapprocher de la porte.

– Messieurs, poursuivit brusquement Mégara, je crois savoir qui a assassiné mon... qui a assassiné Brad.

– Qui est-ce ? s'écrièrent Vaughn et Isham d'une seule voix.

– Un certain Velja Krosac, Krosac... Il n'y a pas le moindre doute dans mon esprit. Un T, avez-vous dit ? Si cela signifie ce que je crois, il est le seul homme au monde qui puisse avoir laissé cette marque. Un T, c'est une sorte de signe vivant... Dites-moi exactement ce qui s'est passé, aussi bien pour l'assassinat de Van que pour celui de Brad.

Vaughn regarda Isham qui lui fit signe de parler. L'inspecteur résuma clairement tout ce qui était arrivé en commençant par la découverte du cadavre du maître d'école, au carrefour proche d'Arroyo, par le vieux Pete et Michael Orkins. Lorsque Vaughn relata le témoignage du garagiste Croker concernant le boiteux qui lui avait demandé à être conduit à la croisée des chemins, Mégara fit un signe de tête.

– C'est bien lui, dit-il, comme si ce détail dissipait son dernier doute.

Le récit terminé, Mégara sourit sans gaieté.

– Tout est clair, maintenant...

Il avait recouvré son calme et son courage.

– Dites-moi seulement ce que vous avez trouvé dans le kiosque. Il y a là quelque chose de bizarre.

– Mais, Mr Mégara, protesta Isham, je ne vois pas...

– Conduisez-moi tout de suite là-bas, dit Mégara.

Isham semblait indécis, mais Ellery lui fit signe d'accepter. Tous se précipitèrent vers le kiosque à la suite du yachtsman.

En chemin, Yardley murmura :

– Eh bien, Queen, on dirait que nous jouons le dernier acte, que vous en semble ?

Ellery haussa les épaules.

– Je ne vois pas pourquoi. Ce que j'ai dit de Krosac tient toujours. Où diable se cache-t-il ? A moins que Mégara puisse l'identifier sous sa personnalité actuelle...

– C'est beaucoup présumer, dit le professeur. Comment savez-vous qu'il est par ici ?

– Je ne sais rien de précis, mais c'est possible.

Le kiosque avait été recouvert d'une bâche, et un gendarme y montait la garde. Vaughn souleva la toile pour laisser entrer Mégara. L'intérieur était resté tel que les enquêteurs l'avaient trouvé au matin du crime, précaution utile qui semblait destinée à porter ses fruits.

Mégara n'eut d'yeux que pour un seul objet : ignorant le T, la flaque de sang, tous les signes extérieurs de lutte et de massacre, il se précipita vers la pipe sculptée à tête de Neptune et la ramassa.

– C'est ce que je pensais, dit-il tranquillement. Dès que vous m'avez parlé de cette pipe, inspecteur, j'ai compris qu'il y avait une erreur essentielle.

– Une erreur ? fit Vaughn. Qu'est-ce qui est une erreur, Mr Mégara ?

– Tout, fit Mégara en regardant la pipe d'un air résigné. Vous croyez que cette pipe est à Tom ? Eh bien, ce n'est pas vrai.

– Vous n'allez pas me dire qu'elle appartient à Krosac ! s'écria l'inspecteur.

– Plût à Dieu ! répliqua farouchement Mégara. Non, elle est à moi.

Pendant un instant, ils digérèrent cette révélation et la retournèrent dans leurs esprits pour en assimiler la substance. Vaughn était visiblement embarrassé.

– Après tout, fit-il, même s'il en est ainsi...

– Permettez, Vaughn, dit le procureur, je crois qu'il y a quelque chose de plus grave là-dedans que ne semblent l'indiquer les apparences. Nous avons pensé que cette pipe appartenait à Brad. Stallings ayant confirmé notre impression première, l'erreur est donc justifiable. Mais elle porte les empreintes de Brad, et elle a été fumée le soir du crime avec son propre tabac. Vous affirmez maintenant qu'elle est à vous. Ce que je ne peux comprendre...

– Il y a une erreur essentielle dans tout cela, Mr Isham. Cette pipe est à moi. Si Stallings prétend qu'elle appartient à Tom, il se trompe, ou il a cru qu'elle était à Tom parce qu'il l'a vue dans la maison avant mon départ. Je l'y ai laissée par inadvertance en partant, il y a un an.

– Ce que vous ne pouvez comprendre, dit doucement Ellery à Isham, c'est la raison pour laquelle un homme fumerait la pipe d'un autre.

— Précisément.

— C'est ridicule ! s'écria Mégara. Tom n'aurait certainement fumé ni ma pipe ni celle de personne, il en avait toute une collection que vous pourrez voir dans un tiroir de son bureau. Personne ne se mettrait dans la bouche un tuyau mordillé par un autre, surtout Tom, si pointilleux sur les questions d'hygiène.

Il retournait distraitement la pipe entre ses doigts.

— Mon vieux Neptune me manquait, je l'ai depuis quinze ans... Tom n'aurait pas plus fumé cette pipe qu'il ne se serait mis dans la bouche les fausses dents de Stallings.

Personne ne rit.

— Nous voici en face d'une situation intéressante, messieurs, dit vivement Ellery. C'est le premier trait de lumière. Ne voyez-vous pas ce que signifie le fait que cette pipe appartient à Mr Mégara ?

— Ce qu'il signifie ! fit Vaughn en haussant les épaules, cela ne signifie qu'une chose : Krosac essaie de compromettre Mr Mégara.

— C'est absurde, inspecteur, riposta Ellery. Krosac ne peut espérer nous faire croire que Mr Mégara a assassiné Brad. Tout le monde sait qu'il se trouvait à des milliers de kilomètres d'ici, en train de courir les mers. Sans compter tous ces T et le rapport existant entre cet assassinat et celui de Van... ce qui équivaut à une signature. Non...

Il se tourna vers le yachtsman qui regardait sa pipe en fronçant les sourcils.

— Où étiez-vous, monsieur, vous, votre yacht et votre équipage, le 22 juin ?

Mégara se tourna vers son maître d'équipage.

— Nous nous attendions à cette question, n'est-ce pas, capitaine ? Où étions-nous ?

Le capitaine Swift rougit et tira une feuille de papier de sa poche.

— Voici un extrait de mon livre de bord qui devrait vous renseigner, monsieur.

Ils examinèrent le document. Le 22 juin, l'*Hélène* franchissait les écluses de Gatun, du canal de Panama. La facture des droits de passage, dûment signée par l'administration du canal, était épinglée au document.

– Tout l'équipage est à bord, reprit le capitaine, vous pouvez vérifier mon livre. Nous avons croisé dans le Pacifique en direction est, et sommes allés jusqu'en Australie.

– Personne ne vous suspecte, Mégara, dit Vaughn, mais nous examinerons tout de même votre livre de bord.

Mégara, jambes écartées, se balançait d'avant en arrière. On l'imaginait aisément sur le pont d'un bateau, suivant le rythme du tangage.

– Personne ne doute de moi ! Vraiment ! D'ailleurs, je m'en soucie comme d'une guigne... Je n'ai frôlé la mort de près qu'une fois, au cours du voyage, avec une douleur dans l'aine qui m'a pris au large de Suva.

Isham paraissait gêné. L'inspecteur s'adressa à Ellery.

– Eh bien, Mr Queen, quelle mouche vous pique ? Vous avez une idée derrière la tête, je vois cela.

– Voyez-vous, inspecteur, dit Ellery, nous ne pouvons guère supposer, d'après ces preuves matérielles, que Krosac ait eu l'intention de nous faire prendre Mr Mégara pour l'auteur du crime. Il devait savoir que ce dernier aurait un alibi irréfutable correspondant à la période de l'assassinat. Mais le fait que cette pipe appartient à Mr Mégara et que Brad ne l'aurait jamais fumée nous permet maintenant d'établir une hypothèse *vraisemblable.*

– Très ingénieux, si cela tient debout, dit le Pr Yardley. Je suis tout oreilles.

– Brad n'eût jamais consenti à se servir de la pipe de son associé, et pourtant celle-ci a été apparemment fumée par la victime elle-même, puisque ses empreintes y sont. Qu'en concluez-vous ?

– Que le criminel s'est arrangé pour que la pipe paraisse avoir été fumée par Brad. Imprimer les empreintes du mort sur le tuyau n'a été pour lui qu'un jeu d'enfant.

– Précisément ! s'écria Ellery. Le meurtrier a pu bourrer la pipe lui-même et la fumer pour qu'elle paraisse avoir servi ce soir-là. Dommage que la méthode de Bertillon ne tienne pas compte des microbes propres aux individus; c'est une idée à exploiter !

Mais cherchons un peu qui pouvait avoir intérêt à faire croire que Brad avait fumé cette pipe. Le meurtrier, évidemment. Pourquoi ? Pour confirmer l'impression que Brad était allé se promener – en veston d'intérieur – jusqu'au kiosque en fumant sa pipe et qu'il avait été attaqué et tué là-bas.

– C'est vraisemblable, dit Isham, mais pourquoi Krosac aurait-il choisi la pipe de Mr Mégara au lieu de se servir d'une des pipes de Brad ?

– La réponse est bien simple, si on y réfléchit, dit Ellery. Où Krosac a-t-il pris cette pipe ? Dans le tiroir de la table de la bibliothèque, je suppose. Qu'en dites-vous, Mr Mégara ?

– C'est probable, dit Mégara. Tom y rangeait toutes ses pipes et il a dû y placer la mienne aussi, en attendant mon retour.

– Merci. Donc, Krosac ouvre ce tiroir, voit les pipes et croit naturellement qu'elles appartiennent toutes à Brad. Désirant en laisser une dans le kiosque, il a choisi la plus reconnaissable en partant du principe que la plus originale serait la plus facile à identifier. *Ergo,* Neptune. Heureusement pour nous, cependant, Neptune se trouve être la propriété de Mr Mégara.

» Mais, continua Ellery en élevant la voix, il y a une déduction très intéressante à tirer de tout cela. L'ami Krosac s'est donné une peine considérable pour faire croire que Brad a été attaqué et tué pendant qu'il fumait dans le kiosque. Car s'il n'y avait eu ni pipe ni preuve qu'il eût fumé, nous aurions pu douter de sa présence volontaire en ce lieu, d'autant qu'il portait un veston d'intérieur; on aurait pu l'y entraîner de force. Mais quand on a la preuve qu'un homme a fumé dans un endroit, il semble, jusqu'à un certain point du moins, qu'il y soit allé de sa propre volonté. Or, nous savons maintenant qu'il n'a pas fumé dans le kiosque, contrairement à ce que voulait nous faire croire le meurtrier. La seule déduction saine à en tirer est celle-ci : *le kiosque ne fut pas le théâtre du crime,* mais le meurtrier tenait beaucoup à nous persuader que le crime avait eu lieu là-bas.

Mégara regardait Ellery d'un air supérieur; les autres l'écoutaient en silence.

– Dès lors, la conclusion s'impose. Puisque le crime n'a pas été commis dans le kiosque, il a été perpétré ailleurs. Reste à trouver en quel endroit, ce qui n'est pas difficile : dans la bibliothèque, évidemment. C'est là que Brad a été vu pour la dernière fois, occupé à jouer seul aux dames. Il attendait quelqu'un, car il avait écarté tous les témoins et fâcheux possibles.

– Une seconde, dit Mégara. Votre petit discours est ingénieux et agréable à écouter, mais il est faux d'un bout à l'autre.

Ellery cessa de sourire.

– Comment ? Je ne comprends pas. Où est l'erreur ?

– Vous vous trompez en supposant que Krosac ignorait que la pipe était à moi.

Ellery ôta son pince-nez et essuya les verres avec soin – signe infaillible chez lui de perplexité, de satisfaction ou d'émotion.

– Voilà une déclaration extraordinaire, Mr Mégara, si elle est vraie. Comment Krosac aurait-il su que cette pipe vous appartenait ?

– Parce que la pipe était dans un étui gravé à mon nom, mon nom entier. Cet étui avait naturellement une forme aussi originale que la pipe et ne pouvait être utilisé pour aucune autre, à moins qu'elle ne soit la réplique exacte de celle-ci.

– Magnifique ! s'écria Ellery en souriant de toutes ses dents. Je retire ce que j'ai dit. Vous nous avez fourni de quoi commencer une vie nouvelle, Mr Mégara. Cela nous permet d'envisager les faits sous un jour entièrement nouveau... Donc, Krosac savait que la pipe vous appartenait et, malgré cela, il l'a choisie pour la laisser dans le kiosque. Il a emporté l'étui puisque nous ne l'avons pas trouvé. Pourquoi ? Parce que s'il l'avait laissé, nous aurions vu que sa forme correspondait à la soi-disant pipe de Brad et en aurions conclu immédiatement que cette pipe n'était pas la sienne. En emportant l'étui, Krosac nous obligeait à croire *temporairement* que la pipe appartenait à Brad. Vous saisissez ?

– Pourquoi temporairement ? demanda Vaughn.

– Parce que, dit Ellery, triomphant, Mr Mégara est revenu, a identifié la pipe et nous a parlé de l'étui manquant ! Krosac savait certainement que Mr Mégara agirait ainsi. Conclusion : Krosac tenait à nous faire croire, jusqu'à l'arrivée de Mr Mégara, que le crime avait été commis dans le kiosque, sachant que nous découvririons fatalement notre erreur après son retour. Il voulait que nous cherchions alors la vraie scène du crime. Pourquoi, dis-je, le voulait-il ? Parce que Krosac aurait pu éviter tout cela en choisissant un autre moyen de nous faire croire que l'assassinat a eu lieu dans le kiosque : il n'avait qu'à y placer une des pipes de Brad.

– Vous en concluez que le meurtrier désire nous voir retourner sur le véritable théâtre du crime ? dit lentement le professeur. Je ne comprends pas pourquoi.

– Cela semble bizarre, dit Isham.

– Mais c'est pourtant bien simple, fit Ellery. Ne voyez-vous pas que Krosac a voulu nous obliger à perquisitionner *maintenant* sur la vraie scène du crime, et non immédiatement après l'assassinat, il y a une semaine ?

– Mais pourquoi ? fit Mégara agacé, cela n'a aucun sens.

Ellery haussa les épaules.

– Je ne puis vous le dire exactement, mais je suis convaincu que ses actes ont au contraire un sens remarquable, Mr Mégara. Krosac désire que nous trouvions maintenant, *tandis que vous êtes à Bradwood,* une chose qu'il voulait nous empêcher de découvrir durant votre voyage.

– C'est absurde, dit Vaughn.

– Cela n'a pas de sens, dit Isham.

– Je propose que nous suivions les directives de messire Krosac, dit Ellery, en cherchant ce qu'il veut que nous trouvions. Si nous allions dans la bibliothèque ?

La touche d'ivoire

La bibliothèque avait été mise sous scellés après la découverte du cadavre mutilé de Brad. Isham, Vaughn, Mégara, le Pr Yardley et Ellery y pénétrèrent. Le capitaine Swift retourna à l'embarcadère, les Brad et Lincoln se confinèrent dans leurs chambres; le Dr Temple avait disparu depuis longtemps.

Mégara s'installa dans un coin pendant la perquisition; il ne s'agissait pas cette fois d'un examen superficiel, mais bien d'une fouille minutieuse qui ne laisserait pas la moindre parcelle de poussière en place. Isham s'attaqua au secrétaire et le transforma en véritable scène de pillage. Vaughn examina les meubles l'un après l'autre. Le Pr Yardley, de son propre chef, se retira dans l'alcôve où se trouvait le piano à queue et s'amusa à visiter le contenu du casier à musique.

La découverte eut lieu presque immédiatement – ou plutôt une découverte, car le fait de savoir que c'était bien celle qu'avait en vue Velja Krosac importait peu pour l'instant. Cette découverte capitale fut effectuée par Ellery tout à fait par hasard. Saisissant un des coins du divan, il le tira complètement sur le tapis pour dégager le rayonnage rempli de livres contre lequel il était appuyé; les deux pieds arrière du divan reposaient jusqu'alors sur le plancher nu. Ellery poussa une sourde exclamation et se pencha pour examiner de près la partie du tapis qui se trouvait sous le divan. Isham, Vaughn et Yardley se précipitèrent; Mégara se contenta de tendre le cou.

– Qu'est-ce donc ?

– Par exemple ! murmura l'inspecteur, une tache !

– Une tache de sang, dit Ellery, à moins que l'expérience, comme mon professeur révéré ici présent l'affirme, n'enseigne pas grand-chose.

C'était une tache desséchée, noirâtre, qui ressortait comme un cachet de cire sur le fond or du tapis. On voyait à quelques centimètres de là, dans la haute laine du tapis, une dépression carrée semblable à celle qu'eût pu provoquer une chaise ou un pied de table ayant séjourné longtemps en cet endroit. Sa forme ne s'adaptait pas au pied du divan dont la base était ronde.

Agenouillé, Ellery parcourut la pièce des yeux et son regard se fixa sur le secrétaire situé contre le mur d'en face.

– Il devrait exister... commença-t-il, puis il tira complètement le divan au centre de la pièce.

A un mètre de la première dépression s'en trouvait une autre exactement pareille.

– Mais la tache, dit Isham, comment diable a-t-elle pu être faite sous le divan ? Stallings m'a affirmé que rien n'avait été changé de place dans la pièce.

– Rien en effet, répliqua Ellery en se relevant, sauf le tapis lui-même, et on ne pouvait guère s'attendre à ce que Stallings le remarquât.

Son regard acéré parcourut la bibliothèque. Il avait vu juste au sujet du secrétaire : c'était le seul meuble de la pièce dont les pieds pouvaient avoir causé les dépressions visibles sur le tapis. Il alla soulever un des pieds carrés du secrétaire et, ce faisant, dévoila une empreinte exactement semblable aux autres, mais beaucoup moins profonde.

– Nous pourrions nous livrer à une petite expérience, dit Ellery. Retournons ce tapis, voulez-vous ?

– Pour quoi faire ? demanda Isham.

– Pour qu'il se trouve dans la même position que mardi soir, avant que Krosac ne le change de place.

Le visage de Vaughn s'éclaira.

– Parbleu ! s'écria-t-il, je comprends tout maintenant. Il ne voulait pas que nous trouvions cette tache et il ne pouvait l'enlever.

– Ce n'est que la moitié de l'histoire, inspecteur, dit le Pr Yardley, si je comprends bien le raisonnement de Queen.

– Vous y êtes, dit Ellery. Il s'agit simplement d'enlever la table, le reste ira tout seul.

Stephen Mégara, qui avait écouté en silence, ne se dérangea pas pour les aider. Vaughn emporta la table ronde dans le vestibule et les quatre hommes, prenant chacun un coin du tapis, eurent tôt fait de lui faire exécuter un tour complet. Les deux dépressions s'adaptèrent exactement à la position des pieds du secrétaire. Quant à la tache de sang...

– Elle est derrière le siège du damier! s'écria Isham.

– Hum! La scène commence à se matérialiser, dit Ellery.

La tache de sang se trouvait à cinquante centimètres derrière le siège à charnière, celui qui était placé à côté du secrétaire.

– Frappé par derrière, murmura le Pr Yardley, au moment où il s'exerçait à ce maudit damier. Il aurait dû se douter que cette obsession lui coûterait cher, un jour.

– Qu'en pensez-vous, Mr Mégara? demanda brusquement Ellery.

L'interpellé haussa les épaules.

– Cela vous regarde, messieurs, faites votre métier.

– Je crois, dit Ellery en s'asseyant après avoir allumé une cigarette, que nous épargnerions un temps précieux en faisant une petite analyse rapide. Pas d'objection, inspecteur?

– Je ne vois toujours pas, dit Vaughn, pourquoi il aurait tourné le tapis. Qui essayait-il de duper? Nous n'aurions rien découvert, comme vous l'avez fait remarquer, s'il n'avait volontairement laissé une piste nous ramenant dans cette pièce : la pipe de Mr Mégara placée dans le kiosque.

– Doucement, inspecteur. Laissez-moi mettre de l'ordre dans mes idées. Il est incontestable que Krosac n'a jamais eu l'intention de dissimuler de façon définitive que le crime a été commis dans cette pièce. Bien sûr, il a habilement laissé un indice nous y ramenant à son heure, sachant qu'un examen plus minutieux nous ferait découvrir la tache de sang. S'il avait voulu dissimuler le fait, il n'aurait pas laissé la pipe, ni la tache de sang telle qu'elle est. Car...

D'un geste, Ellery désigna le battant ouvert du secrétaire.

– ... il avait à portée de la main deux bouteilles d'encre; rien de plus facile pour lui que d'en renverser une, comme par mégarde. La police, persuadée que

Brad avait renversé la bouteille, n'aurait jamais eu l'idée de rechercher le sang sous la tache d'encre. Au lieu d'adopter ce procédé si simple, Krosac se donne la peine considérable de tourner ce grand tapis de façon que la tache de sang échappe à notre premier examen, mais soit obligatoirement trouvée au second, grâce à la pipe de Mr Mégara qu'il a pris soin de laisser dans le kiosque. Le point essentiel est que Krosac n'a gagné qu'une seule chose par ces manœuvres compliquées : du temps.

– Tout cela est très bien, dit le professeur, mais je veux être traîné et écartelé si je vois pourquoi il tenait à ce que nous découvrions la tache.

– Mon cher petit professeur, dit Ellery, n'anticipez pas, je vous prie. Ceci est ma conférence. Vous êtes épatant en histoire ancienne, mais la logique est ma spécialité et personne ne me dame le pion lorsqu'il s'agit de raisonner. Ha, ha ! Mais laissons cela. Krosac ne cherchait pas à dissimuler définitivement la scène du crime, mais à retarder sa découverte. Pourquoi ? Trois motifs sont possibles. Suivez-moi bien. Vous, Mr Mégara, tout particulièrement, car vous êtes susceptible de nous aider.

Mégara acquiesça et s'assit sur le divan qui avait été remis à sa place, devant le mur.

– *Primo* : il existait dans cette pièce une chose dangereuse pour Krosac qu'il désirait reprendre plus tard, car, pour une raison particulière, il ne pouvait l'emporter le soir du crime.

» *Secundo* : Krosac voulait ajouter ou rapporter quelque chose ici qu'il ne pouvait ajouter ou rapporter le soir du crime...

– Une minute, dit le procureur qui fronçait les sourcils depuis un instant. Ces deux hypothèses semblent raisonnables, car le fait d'avoir fait passer le kiosque pour le théâtre du crime détournait notre attention de la bibliothèque qui devenait ainsi accessible au meurtrier.

– Pas du tout d'accord avec vous, Mr Isham, dit Ellery. Krosac devait de toute façon s'attendre à ce que la maison soit gardée, d'élémentaires mesures policières de précaution l'eussent empêché d'apporter ou d'emporter quoi que ce fût après le crime. Mais une autre objection beaucoup plus importante s'oppose à ces deux possibilités, messieurs.

» Si Krosac désirait revenir ici, il était certainement beaucoup plus avantageux pour lui de laisser croire de façon définitive que le crime avait eu lieu dans le kiosque. Cela lui donnait des possibilités illimitées d'accès à la bibliothèque. Mais, rejetant cette facilité, il a volontairement établi une piste nous ramenant à cette pièce, ce qui, si ce que je viens d'avancer est exact, eût été la dernière chose à faire. J'en conclus que ces deux théories sont insoutenables.

– Et moi, j'en ai par-dessus la tête, dit Vaughn, vos élucubrations sont par trop fantaisistes.

– Ne grognez pas, mon vieux, dit Isham, parce que ce que vous entendez diffère des méthodes de police habituelles. Je reconnais que cette façon de trouver la solution d'un crime n'est pas du tout orthodoxe, mais elle paraît efficace. Continuez, Mr Queen. Nous sommes tout oreilles.

– Inspecteur, considérez-vous comme ayant été publiquement réprimandé, dit Ellery, sévère. Troisième possibilité : il y a en ce moment dans la bibliothèque une chose qui y était la nuit du meurtre, une chose – excusez les répétitions – qui n'est pas dangereuse pour le criminel et qu'il n'avait pas l'intention d'emporter après coup, une chose qu'il voulait faire découvrir par la police, mais pas avant le retour de Mr Mégara.

– Peuh ! dit Vaughn, laissez-moi sortir d'ici.

– Ne faites pas attention à lui, Mr Queen, dit Isham.

Mégara observait Ellery du coin de l'œil.

– Continuez, Mr Queen, dit-il.

– Puisque nous sommes des êtres complaisants, poursuivit Ellery, il faut chercher et trouver ce que Krosac a voulu nous faire découvrir en votre présence, Mr Mégara. J'ai toujours observé et vous ne me démentirez pas, inspecteur – du moins je le crois –, que plus un meurtrier complique sa mise en scène, plus il est sujet à commettre des erreurs. Je propose que nous fassions venir un instant l'ami Stallings.

Le policier de garde à la porte cria :

– Stallings !

Le maître d'hôtel parut aussitôt, avec une hâte pleine de dignité.

— Stallings, lui dit brusquement Ellery, vous connaissez bien cette pièce. Voulez-vous la regarder attentivement et nous dire si tout est en place ou si on a ajouté quelque chose? Voyez-vous un objet qui ne devrait pas être ici?

Stallings sourit et commença une inspection méthodique de la bibliothèque. Il visita les coins, ouvrit les tiroirs, regarda l'intérieur du secrétaire pendant dix bonnes minutes.

— Cette pièce est exactement comme je l'ai vue la dernière fois, avant que Mr Brad ait été tué, sauf que la table n'y est plus, dit-il enfin.

Mais Ellery était persévérant.

— Rien d'autre n'a été dérangé?

Le maître d'hôtel fit un signe de dénégation énergique.

— Non, monsieur. Les seules choses qui diffèrent sont cette tache qui n'existait pas mardi soir quand j'ai quitté la maison, et le damier.

— Que trouvez-vous de changé dans le damier? demanda vivement Ellery.

— Les pièces, naturellement, répondit Stallings, leur position n'est plus la même. Mr Brad a continué à jouer après mon départ.

— Oh, fit Ellery, voilà qui est excellent, Stallings! Vous avez les dons d'un Sherlock Holmes, l'œil observateur... Je vous remercie.

Stallings jeta un regard de reproche à Stephen Mégara qui fixait le mur d'un air sombre en fumant son cigare, et il sortit de la pièce.

— Et maintenant, dit Ellery, dispersons-nous et commençons les recherches.

— Mais que diable cherchons-nous? grommela Vaughn.

— Si je le savais, inspecteur, la fouille ne serait pas nécessaire.

La scène qui suivit eût été comique pour n'importe quel observateur autre que Stephen Mégara, mais cet homme semblait avoir perdu la faculté de rire. Le spectacle de quatre hommes mûrs, rampant à quatre pattes ou s'efforçant de grimper aux murs pour tapoter le plâtre et le bois, sondant les coussins du divan, tirant les pieds des sièges et les bras des fauteuils, examinant le damier, ressemblait à une scène d'*Alice au pays des merveilles*. Au bout d'un quart d'heure de recherches infructueuses, Ellery, rouge, ébouriffé et fort déçu, se releva et s'assit un instant à côté de Mégara pour se plonger dans de profondes réflexions. Sa rêverie, apparemment, tenait plutôt du cauchemar. Le professeur s'amusait énormément en continuant ses recherches, son grand corps dégingandé était plié en deux sur le tapis. Il se releva soudain et considéra le lustre ancien.

– Ce ne serait pas une cachette invraisemblable, murmura-t-il.

Aussitôt, grimpant sur une chaise, il se mit à manipuler les pendeloques de cristal. Un des fils électriques devait être défectueux ou dénudé car il poussa un cri et dégringola de son perchoir. Vaughn grommela et tendit une feuille de papier à la lumière. Il voulait probablement vérifier qu'aucun message n'y avait été écrit à l'encre invisible. Isham secouait les tentures, il avait déjà déroulé les stores et vérifié l'intérieur des abat-jour. Tout cela était comique, irréel et parfaitement inutile.

Ils avaient à tour de rôle jeté un regard sur les rayonnages garnis de livres, mais aucun d'eux n'avait fait un pas dans leur direction pour les examiner. L'énormité de la tâche semblait les décourager.

Ellery se redressa soudain et s'écria :

– Quels imbéciles nous sommes, à tourner ainsi en rond, comme des petits chiens après leur queue ! Si Krosac a voulu nous faire revenir dans cette pièce pour y chercher quelque chose, c'était dans l'intention de nous la faire trouver. Il ne l'aurait pas placée dans un endroit tel qu'il eût fallu l'ingéniosité d'un Sherlock Holmes, jointe au flair d'un limier, pour la découvrir. D'autre part il a dû choisir une cachette assez secrète pour échapper au premier examen superficiel, et pourtant suffisamment apparente pour qu'elle puisse être trouvée sans trop de difficultés. Quant à vous, professeur, rappelez-vous, je vous prie, lorsque vous voudrez recommencer à explorer des lustres, que Krosac n'est probablement pas assez familiarisé avec cette pièce pour savoir où se trouvent les creux dans les pieds de chaises ou dans les lampes... Non, la cachette est ingénieuse, mais accessible.

– Bien parlé, Queen, dit Vaughn d'un ton ironique, mais où est-elle, votre cachette ? En connaissez-vous ici, Mr Mégara ?

L'interpellé fit un signe de dénégation.

– Cela me rappelle une fouille similaire, tout à fait remarquable, que mon père, le procureur Cronin et moi-même avons effectuée il y a peu de temps en enquêtant sur l'assassinat de cet avocat véreux, Monte Field, qui fut empoisonné – vous vous souvenez ? – au théâtre Romain, durant une représentation de *Gunplay*. Nous avons trouvé l'objet dans...

Les yeux du professeur se mirent à briller. Il se précipita dans l'alcôve où se trouvait le piano à queue, mais au lieu de fouiller l'instrument lui-même ou le porte-musique, il s'installa simplement sur le tabouret et, aussi grave que s'il eût fait une conférence à l'université, il commença, d'un doigt, à frapper chaque note.

– Un raisonnement subtil, Queen, et qui m'a donné une inspiration, dit-il, tout en continuant à frapper une note après l'autre. Supposons que je sois Krosac et que je désire cacher un objet que nous imaginerons de petite dimension et plat. Je n'ai qu'un temps limité et une connaissance assez superficielle des lieux. Que fais-je ? Où vais-je...

Il s'interrompit. La note frappée sonnait faux. Il recommença, mais voyant qu'elle était simplement désaccordée, il continua sa gamme.

– Krosac désire une cachette que l'on ne puisse découvrir ni avant qu'il soit prêt ni par hasard. Il jette un regard circulaire et voit le piano. Or, notez bien ceci : Brad est mort et cette pièce lui était affectée. A juste titre, Krosac estime que personne, avant longtemps, ne fera de musique dans le studio particulier d'un mort.

– Voilà un véritable triomphe de l'intelligence, professeur ! s'écria Ellery. Je n'aurais pu faire mieux !

Au même instant, comme si le concert eût été chronométré pour débuter aussitôt après ce modeste prologue sonore, le professeur fit sa découverte : la gamme fut interrompue, une des touches refusant obstinément de s'enfoncer.

– Eurêka ! fit Yardley, de l'air d'un homme auquel on a enseigné un tour de prestidigitation et qui est stupéfait de constater sa première réussite.

Ils se rassemblèrent tous autour de lui, Mégara avec le même intérêt que les autres. La touche refusait de céder de plus d'un demi-centimètre et finit même par se coincer complètement.

– Une seconde, dit Ellery.

Il tira de sa poche la petite trousse qu'il portait toujours sur lui, en dépit des sarcasmes de son père, et il en tira une longue aiguille qu'il introduisit dans les rainures séparant la touche immobilisée des touches voisines. Au bout d'un moment, l'extrémité d'une minuscule feuille de papier apparut.

Un soupir s'échappa de toutes les poitrines. Ellery tira doucement le papier, le déplia avec soin et, après l'avoir défroissé, l'étala sur la table.

Le visage de Mégara était impénétrable. Quant aux autres, pas un, Ellery compris, n'eût pu prédire ce que contenait l'extraordinaire message inscrit sur la feuille de papier.

« A LA POLICE.

» Si je suis assassiné – et j'ai de bonnes raisons de croire qu'on attentera bientôt à mes jours – enquêtez immédiatement sur le meurtre du maître d'école d'Arroyo, Andrew Van, qui fut trouvé crucifié et décapité le jour de Noël, l'an dernier.

» En même temps, avisez Stephen Mégara, où qu'il se trouve, d'avoir à rentrer sur l'heure à Bradwood.

» Dites-lui de ne pas croire à la mort d'Andrew Van. Seul Stephen Mégara saura où le trouver.

» Je vous en prie, si vous tenez à la vie d'êtres innocents, ne soufflez mot de ceci à âme qui vive. N'entreprenez rien avant que Mégara ne vous dise ce qu'il faudra faire. Van et Mégara auront tous deux besoin de toute la protection que vous pourrez leur donner.

» Ceci est tellement important que je dois de nouveau vous exhorter à laisser Mégara diriger l'affaire.

Vous êtes aux prises avec un monomane qui ne reculera devant rien. »

Incontestablement authentique, ainsi que le prouva une comparaison avec d'autres spécimens de l'écriture du mort, la note manuscrite était signée « Thomas Brad ».

Lazare

Le visage de Stephen Mégara reflétait de violentes émotions. La métamorphose de cet homme si énergique, si plein de sang-froid était saisissante. Son masque d'impassibilité avait enfin cédé sous la pression d'un danger inconnu, ses yeux inquiets brillaient étrangement. Il jeta un regard rapide sur la pièce, sur les fenêtres, comme s'il s'attendait à voir un fantomatique Velja Krosac lui sauter à la gorge, sur la porte gardée par les policiers indifférents. Tirant de sa poche-revolver un browning, il en vérifia rapidement le fonctionnement. Puis il se secoua, alla fermer la porte au nez des policiers, revint aux fenêtres et regarda longuement au dehors. Finalement, il eut un petit rire bref et glissa son arme dans la poche de son veston.

– Mr Mégara, dit Isham.

Le yachtsman se retourna vivement.

– Tom était un faible, dit-il, Krosac ne m'aura pas de cette façon.

– Qui est Van ? Comment se fait-il qu'il soit vivant ? Que signifie ce papier ? Pourquoi...

– Un instant, dit Ellery. Pas si vite, Mr Isham, nous avons assez à digérer pour ne pas réclamer une nouvelle portion... Il est maintenant évident que Brad avait placé cette note dans un endroit immédiatement accessible – le secrétaire ou le tiroir de la table ronde – pour qu'on la trouve aussitôt s'il était assassiné. Mais il avait compté sans l'habileté consommée de Krosac, qui force de plus en plus mon admiration, à chaque incident nouveau.

» Après avoir tué Brad, Krosac n'a pas négligé de fouiller la pièce. Peut-être pressentait-il que cet avertissement pouvait exister; en tout cas, il l'a trouvé et, se rendant compte qu'il n'était nullement dangereux pour lui...

– Qu'en savez-vous ? fit Vaughn. Il me semble, au contraire, que la dernière chose à faire pour un meurtrier serait de laisser un écrit de sa victime.

– Il ne faut pas un raisonnement bien poussé, inspecteur, repartit Ellery, pour comprendre à quel mobile cet homme étonnant a obéi en accomplissant un acte d'apparence absurde. Si Krosac avait considéré la note comme dangereuse pour sa sécurité, il l'eût certainement détruite ou tout au moins emportée. Mais, bien au contraire, et contre toute raison, il l'a laissée sur la scène du crime, répondant ainsi aux derniers vœux de la victime !

– Pourquoi ? demanda Isham.

– Pourquoi ?

Les narines d'Ellery palpitaient.

– Parce qu'il considérait la découverte de ce papier par la police avantageuse pour lui-même. Et ici nous mettons le doigt sur le point essentiel de la situation. Que dit la note ?

Un frisson secoua les larges épaules de Mégara et son visage refléta une décision farouche.

– ... La note dit qu'*Andrew Van est toujours vivant* et que *seul Stephen Mégara saura où le trouver !*

– Très fort ! fit Yardley. Il ignore où se trouve Van !

– Exactement. Krosac, nous en avons la certitude maintenant, *s'est trompé de victime à Arroyo :* il a cru avoir tué Andrew Van. Thomas Brad figurait en second sur sa liste; après l'avoir assassiné, il a découvert ce papier et appris du même coup que Van était encore vivant. Or, s'il avait un motif pour l'éliminer il y a six mois, ce motif existe encore. Krosac, sans se soucier de l'erreur qui lui a fait tuer un pauvre diable quelconque, n'a plus qu'une idée : retrouver Van et le supprimer. Mais où est-il ? Que Van ait disparu en vitesse, après avoir appris que Krosac le recherchait et avait tué un autre homme par erreur, est l'évidence même.

» Considérons maintenant le problème auquel doit

faire face notre brillant Krosac. La note ne dit pas où Van se trouve, mais elle stipule que seul Mégara sait où il est.

— Attendez, fit Isham, je vois où vous voulez en venir. Mais pourquoi diable Krosac n'a-t-il pas simplement détruit le papier et attendu le retour de Mégara ? Ce dernier nous eût révélé la retraite de Van et Krosac aurait pu le retrouver en observant nos faits et gestes.

— Excellent raisonnement en apparence, mais absolument inadéquat, dit Ellery en allumant une cigarette avec des doigts qui tremblaient légèrement. Ne voyez-vous pas que, sans cet écrit, Mégara n'aurait eu aucune raison de douter de la mort de Van ? Est-ce exact Mr Mégara ?

— Oui, mais Krosac ne pouvait le savoir.

La force de caractère de Mégara, sa volonté de fer transparaissaient dans le timbre de sa voix.

— Comment ? fit Ellery, abasourdi. Krosac ne pouvait le savoir ? Mon point de vue n'en est pas moins confirmé. En laissant la note en vue, la police aurait su immédiatement, après la découverte du cadavre, que le crime avait eu lieu dans la bibliothèque; elle se serait mise aussitôt à la recherche de Van. Or, Krosac lui-même désirait retrouver Van, mais il estimait, à juste titre, que deux poursuites simultanées le gêneraient. En retardant la découverte de la note, Krosac a eu un double but : jouir en toute liberté d'un temps assez long, entre l'assassinat de Brad et le retour de Mégara, pour pouvoir chercher Van à son aise sans être entravé par la police qui ignorerait toujours son existence, et se ménager une autre ressource, au cas où il n'aurait pas retrouvé Van. En effet, rien n'était perdu car, dès son retour, Mr Mégara reconnaîtrait sa pipe, celle-ci motiverait de nouvelles recherches — comme cela a été le cas — qui conduiraient à découvrir le véritable théâtre du crime, c'est-à-dire la bibliothèque. Une perquisition nouvelle s'imposerait, au cours de laquelle la note serait trouvée. Mégara, apprenant que Van n'est pas mort, révélerait sa retraite à la police... Krosac n'aurait plus qu'à nous suivre pour prendre le lièvre au gîte.

— Peut-être est-ce déjà fait ! s'écria Mégara.

– Vous pensez que Krosac a pu trouver Van entre-temps ? demanda Ellery.

Mégara tendit les mains et haussa les épaules, geste typiquement européen, incongru chez cet homme viril, d'aspect si américain.

– Cela se peut. Avec ce démon, tout est possible.

– Nous perdons un temps considérable, s'écria l'inspecteur. Arrêtez-vous un instant, Mr Queen, nous ne sommes pas au café en train de discuter, vous nous avez tenu la jambe assez longtemps. Allons, Mr Mégara, crachez le morceau. Quel est le lien existant entre Van, votre associé Brad et vous-même ?

Le yachtsman hésita.

– Nous sommes... nous étions...

Instinctivement sa main se porta à sa poche gonflée.

– Eh bien ? s'écria le procureur.

– Frères.

– Frères !

– Alors, vous aviez raison, Mr Queen ! dit le procureur, ils ne portent pas leur vrai nom. Brad, Mégara, Van ne sont pas...

Mégara s'assit brusquement.

– Non, aucun de ces noms n'est le nôtre... Quand je vous dirai...

Son regard se voila, il sembla se perdre dans le lointain.

– Eh bien ? fit l'inspecteur.

– ... quand je vous dirai, vous comprendrez ce qui jusqu'ici a dû rester pour vous un profond mystère. A la seconde même où vous m'avez parlé des T – de cette profusion insensée de T, les corps décapités et les bras étendus, le T tracé avec du sang sur la porte et sur le sol du kiosque, la croisée des chemins, le totem...

– Vous n'allez pas me dire, fit Ellery, que votre nom, votre vrai nom, commence par un T !

– Si, répondit Mégara d'une voix sourde. Notre nom est Tvar. T-v-a-r...

Il y eut un instant de silence.

– Vous aviez raison, comme toujours, Queen, dit le professeur. Une signification littérale, rien de plus. Un simple T, pas de croix, ni d'égyptologie, aucune allusion religieuse. En vérité, c'est étrange, incroyable.

Une ombre de déception passa sur le visage d'Ellery, qui observait Mégara.

– Je n'y crois pas, dit Vaughn d'un air dégoûté. On n'a jamais rien vu de semblable !

– Découper un homme pour former l'initiale de son nom ! murmura Isham. Mais nous serons la risée de l'Occident si cette histoire vient à transpirer !

Mégara se leva d'un bond, soulevé par une fureur sans nom.

– Vous ne connaissez pas l'Europe centrale ! clama-t-il. Imbéciles que vous êtes, il vous jette ces T – symbole de notre nom abhorré – à la tête ! L'homme est fou, je vous le dis ! C'est clair comme le jour...

Sa fureur passée, il se laissa retomber sur son siège.

– ... C'est difficile à croire, en effet, mais pas dans le sens où vous le pensez. On peut difficilement imaginer qu'il nous poursuit ainsi depuis tant d'années, comme dans un film. Mais qu'il ait mutilé les corps... Andréja avait vu juste !

– Tvar, dit Ellery avec calme, trois noms d'emprunt portés pendant des années pour des raisons graves, évidemment. L'Europe centrale... Il s'agit d'une vengeance, j'imagine ?

– Oui, c'est bien cela, fit Mégara d'une voix lasse. Mais comment nous a-t-il retrouvés ? Je ne puis le comprendre. Lorsque – il y a de longues années de cela – Andréja, Tomislav et moi tombâmes d'accord pour changer d'identité, nous convînmes en même temps que personne – personne, vous entendez – ne devait jamais connaître notre ancien nom de famille. Il devait rester à jamais secret, et le secret a été gardé, j'en jurerais. Ni Margaret, la femme de Tom, ni sa fille Hélène ne savent que notre nom est Tvar.

– Vous voulez dire, fit Ellery, que Krosac est seul à le connaître ?

– Oui, et c'est pourquoi je ne puis imaginer comment il a retrouvé notre trace. Les noms que nous avons choisis...

– Inutile, grommela Vaughn. Continuez, ce sont des

renseignements précis que je veux. D'abord, qui diable est Krosac et quel grief a-t-il contre vous ? Ensuite...

– Doucement, Vaughn, dit Isham d'un ton irrité, j'ai besoin de digérer un instant cette histoire des T que je ne comprends pas très bien. Pourquoi aurait-il choisi l'initiale de leur nom ?

– Pour indiquer que les Tvar sont définitivement condamnés, répondit Mégara. Absurde, non ?

Son rire leur écorcha les oreilles.

– Reconnaîtriez-vous Krosac si vous le voyiez ? demanda Ellery.

Le yachtsman serra les lèvres.

– C'est bien ce qu'il y a de plus infernal ! Aucun d'entre nous n'a vu Krosac depuis vingt ans, et, à cette époque, il était si jeune que nous ne pourrions l'identifier aujourd'hui. Ce peut être n'importe qui et nous avons un ennemi presque invisible !

– Il boitait de la jambe gauche, évidemment ?

– Il boitait légèrement étant enfant.

– Ce qui ne veut pas dire que cette infirmité ne soit pas guérie aujourd'hui, murmura le professeur. Il a pu se servir de cette ancienne déficience physique pour brouiller sa piste, cela s'accorderait parfaitement avec la diabolique habileté de Krosac.

Vaughn fit un pas en avant.

– Libre à vous de bavarder ici toute la journée si cela vous plaît, mais moi, j'ai l'intention de travailler. Voyons, Mr Mégara – ou Tvar ou je ne sais qui –, pourquoi Krosac ne se tient-il pas tranquille ? Pourquoi diable veut-il vous exterminer ? Parlez.

– Cela peut attendre, dit vivement Ellery. Nous avons mieux à faire pour l'instant, c'est autrement important. Mr Tvar, le mot laissé par votre frère stipule que vous saurez où trouver Van. Comment pouvez-vous le savoir, puisque vous avez été coupé pendant un an de toute communication avec le monde et que le crime d'Arroyo a eu lieu il y a six mois, à Noël ?

– Tout était préparé depuis longtemps, depuis des années, murmura Mégara. Je vous ai déjà dit que, même sans le papier, j'aurais su qu'Andréja était vivant. Le récit que vous m'avez fait des événements d'Arroyo me l'a fait immédiatement comprendre...

Ils le fixaient tous intensément.

– Lorsque vous avez cité les noms des deux individus qui ont découvert le corps au carrefour...

– Eh bien ? fit Ellery.

Mégara fouilla la pièce du regard, comme pour s'assurer que Krosac ne pouvait l'entendre.

– Je l'ai su tout de suite, car si le vieux Pete – l'homme de la montagne – est vivant, c'est qu'Andréja Tvar, mon frère, l'est aussi.

– Je crains de ne pas... commença le procureur.

– Oh ! si très bien ! s'écria Ellery en se tournant vers le Pr Yardley. Vous ne comprenez pas ? Andrew Van, c'est le vieux Pete !

Avant que les autres fussent revenus de leur étonnement, Mégara, ayant approuvé d'un signe, continua son récit.

– Vous y êtes. Andréja avait assumé, depuis longtemps, une double personnalité, par mesure de précaution contre une éventualité comme celle-ci. Il est probablement dans les montagnes de Virginie en ce moment... si Krosac ne l'a pas encore trouvé, et il se cache en espérant contre toute vraisemblance que Krosac ne découvrira pas son erreur. Rappelez-vous que celui-ci n'a vu aucun de nous depuis vingt ans, du moins je ne le crois pas.

– Et c'est ainsi que Krosac s'est trompé de victime pour son premier crime. N'ayant pas vu votre frère depuis tant d'années, son erreur était facile à commettre.

– Vous songez à Kling ? demanda le procureur.

– Bien sûr, dit Ellery en souriant. Vous vouliez de l'action, inspecteur ? Il me semble que nous allons en avoir notre content, ajouta-t-il en se frottant les mains. Car une chose est certaine : il faut à tout prix devancer Krosac et lui couper l'herbe sous le pied; je ne crois pas qu'il ait déjà trouvé Andréja. Son déguisement en vieux Pete était parfait, j'ai assisté aux débats de Weirton et je n'ai observé ni une attitude ni un geste qui ne fussent appropriés à son personnage. Nous devons aller trouver votre frère immédiatement, Mr Mégara, mais en grand secret, pour que Krosac – quel qu'il soit et sous quelque personnalité qu'il se cache – continue à ignorer le déguisement du montagnard.

– Cela me va, dit Vaughn en grimaçant un sourire.

Mégara se leva. Ses yeux mi-clos ressemblaient à deux fentes d'émail.

– Je suivrai toutes vos directives, messieurs... en ce qui concerne Andréja. Quant à moi...

Il tapota sa poche gonflée par le revolver.

– ... si ce démon de Krosac cherche la bagarre, il l'aura. Mon chargeur est plein.

Les envoyés

Malgré leur insistance, Mrs Brad et sa fille ne réussirent pas à décider Mégara à rester à terre ce soir-là. Il passa le reste de la journée assez tranquillement avec les Brad et Lincoln; mais à l'approche du soir il manifesta une inquiétude grandissante et, dès la nuit tombée, il se dirigea vers la côte. Le yacht était ancré à une certaine distance du rivage, ses lumières trouaient l'obscurité dense d'Oyster Island. Mrs Brad, à qui le retour de l'associé de son mari avait apporté une consolation et un courage nouveau, avait accompagné le yachtsman, malgré la nuit, jusqu'au débarcadère et le suppliait encore de rester.

– Non, répondit-il, je coucherai ce soir sur l'*Hélène,* j'ai vécu si longtemps sur ce bateau que je le considère comme mon véritable chez-moi. C'est très gentil à vous de m'offrir l'hospitalité, mais Lincoln est auprès de vous et ma présence ne rendrait pas la maison plus sûre. Bonne nuit, Margaret, ne vous tourmentez pas.

Les deux policiers qui les accompagnaient au rivage les observèrent avec curiosité. Mrs Brad leva vers le ciel un visage ruisselant de larmes et revint sur ses pas. Il était très étonnant de constater à quel point le drame avait peu ébranlé ses nerfs; elle passa devant le totem couronné de l'aigle aux ailes déployées avec une indifférence presque totale.

Les conspirateurs étaient convenus de garder le secret le plus absolu sur l'histoire des frères Tvar.

Au grand étonnement du capitaine Swift et du steward, Stephen Mégara dormit sous bonne garde cette nuit-là. Les policiers patrouillèrent sur le pont. Mégara s'enferma à clef dans sa cabine et le policier de service, assis devant la porte, entendit un bruit de liquide et un cliquetis de verres pendant des heures. La lumière s'éteignit enfin. Mégara, malgré son assurance, était soulagé de pouvoir puiser du courage dans l'alcool. Mais il dormit ensuite tranquillement, car le policier n'entendit plus rien.

Le lendemain matin samedi, Bradwood connut une agitation inusitée. De très bonne heure, deux voitures de police – des conduites intérieures – arrivèrent en trombe et s'arrêtèrent, brutalement, devant la maison coloniale. L'inspecteur Vaughn descendit d'un air conquérant et, suivi de sa garde en uniforme, se dirigea vers l'embarcadère. Une chaloupe de police l'attendait; il y sauta et l'embarcation s'éloigna aussitôt vers le yacht.

Tout fut fait au grand jour. Sur Oyster Island, plusieurs petites silhouettes se dessinaient sur la verdure et s'intéressaient à la chaloupe. Le Dr Temple, la pipe au bec, guettait les événements de son ponton. Les Lynn, sous prétexte de canotage, voguaient sur la baie et étaient tout yeux.

L'inspecteur disparut en haut de l'échelle de l'*Hélène*. Cinq minutes plus tard, il revenait, accompagné de Stephen Mégara, vêtu d'un costume de ville. Son visage était tiré et il puait l'alcool; sans rien dire à son maître d'équipage, il descendit l'échelle à la suite de Vaughn d'un pas étonnamment ferme. Ils embarquèrent dans la chaloupe qui revint aussitôt au rivage.

Après avoir conversé un instant à voix basse sur le ponton, ils remontèrent le sentier, entourés d'une garde de police en uniforme si impressionnante que l'on eût dit le défilé d'une revue.

En les apercevant, un policier en civil descendit aussitôt de la première voiture de police, salua et ouvrit la portière. Vaughn et Mégara s'y engouffrèrent tandis que les policiers s'entassaient dans l'autre, puis les deux autos, klaxonnant à l'envi, sortirent de la propriété et s'engagèrent sur la grand-route.

Deux gendarmes, de faction à la porte, sautèrent sur leurs motocyclettes et précédèrent la première voiture, deux autres l'encadrèrent; la voiture de la police fermait la marche... Fait stupéfiant, après le départ des deux voitures, il ne resta plus un seul gendarme, policier ou détective dans la propriété, ni dans le voisinage immédiat.

Dans un bruit de tonnerre, la procession s'engagea sur la grand-route, arrêtant toute la circulation, et proclamant à son de trompe son intention de gagner New York...

Bradwood retrouva son calme. Les Lynn ramèrent en direction de leur maison, le Dr Temple rentra chez lui par les bois en fumant sa pipe. Les silhouettes d'Oyster Island disparurent et le vieux Ketcham traversa la baie sur son vieux bateau à fond plat pour gagner la côte. Jonah Lincoln sortit discrètement une voiture du garage et l'amena dans l'allée.

La maison du Pr Yardley semblait complètement inhabitée.

Mais tout observateur un peu curieux, s'il avait regardé la route qui séparait Bradwood de la propriété louée par Yardley, aurait pu s'apercevoir que Vaughn n'avait pas perdu l'esprit. Une puissante voiture de police était discrètement garée à chacun des points où elle rejoignait d'autres voies de communication. De telle sorte que ni automobile ni piéton ne pouvait quitter Bradwood sans être vu.

Et dans le Sound, derrière Oyster Island et, par conséquent, invisible de la côte, une grosse chaloupe flottait à la dérive. L'équipage pêchait, tout en surveillant attentivement les deux issues de Ketcham's Cove, car toute embarcation quittant Bradwood ou les environs devait obligatoirement emprunter l'une d'elles.

Le vieillard de la montagne

Toute manifestation de vie avait cessé dans la maison de Yardley, ce samedi matin. Le professeur était aux arrêts dans sa propriété; sa vieille Nanny aussi. Il eût été peu délicat de sa part de paraître au moment du départ spectaculaire de l'inspecteur Vaughn et de Mégara. On savait que le professeur avait un invité, Mr Ellery Queen, célèbre détective venu de New York. Si le professeur s'était promené seul, cela eût pu éveiller les soupçons. Or, le professeur ne pouvait se montrer avec son invité pour l'excellente raison que celui-ci était parti. Pour être précis, l'invité en question se trouvait à des centaines de kilomètres de Long Island au moment où Mégara montait en voiture.

Le plan avait été bien conçu. Vendredi soir, à la faveur de l'obscurité, Ellery avait discrètement quitté le domaine de Yardley dans sa vieille Duesenberg, manœuvrant avec mille précautions jusqu'à ce qu'il eût atteint la grand-route. Arrivé là, il fila sur Mineola où il cueillit au passage le procureur Isham et il continua sur New York.

A 4 heures du matin, ce samedi, la Duesenberg se trouvait en Pennsylvanie. Harrisburg, la capitale, n'était pas encore réveillée; les deux hommes, brisés de fatigue, s'arrêtèrent dans un hôtel et dormirent comme des souches.

A 9 h 30, ils étaient à des kilomètres de Harrisburg, filant sur Pittsburgh, et ils ne s'arrêtèrent pas pour déjeuner. La voiture de course était couverte de poussière, Ellery et Isham portaient les traces de leur rude périple. Arrêtés deux fois pour excès de vitesse au cours de leur voyage, ils passèrent grâce aux papiers officiels que produisit Isham. A 3 heures de l'après-midi, ils entraient à Pittsburgh.

— Au diable ce voyage! grommela Isham. Je ne sais pas comment vous tenez le coup. Moi, je meurs de faim. Arrêtons-nous quelque part pour manger.

Ils perdirent un temps précieux pendant que le procureur se remplissait la panse. Etrangement surexcité, Ellery mangeait du bout des dents. Malgré ses traits tirés par la fatigue, son regard avait gardé toute sa vivacité.

A 5 heures moins 5, l'auto stoppait devant la maison communale d'Arroyo.

Leurs articulations étaient ankylosées lorsqu'ils descendirent de voiture. Isham étira ses bras, sans se soucier du regard curieux d'un vieil Allemand obèse – dans lequel Ellery reconnut Bernheim, le propriétaire du magasin général d'Arroyo – et du paysan en salopette bleue qui balayait inlassablement le trottoir devant le bâtiment municipal. Isham bâilla.

– Nous ferions aussi bien d'en finir le plus vite possible. Où est le policier dont vous m'avez parlé, Mr Queen ?

Ellery le conduisit au bureau et frappa à la porte.

– Entrez !

Le policier Luden, toujours aussi gras et aussi suant, était assis comme s'il n'avait pas bougé depuis la dernière visite d'Ellery à Arroyo, six mois auparavant. Il ouvrit la bouche, stupéfait :

– Je veux être pendu, s'écria-t-il en se dressant sur ses énormes pieds, si c'est pas Mr Queen ! Entrez, entrez ! Toujours à la recherche du gaillard qu'a assommé notre maître d'école, non ?

– Toujours sur la piste, comme vous le voyez, dit Ellery en souriant. Je vous amène un autre défenseur de la loi : le procureur Isham, du comté de Nassau... Mr Luden, Mr Isham.

Le procureur grommela quelques mots inintelligibles, mais ne tendit pas la main au policier.

Luden sourit.

– On voit des tas de gros bonnets dans notre ville cette année, m'sieur, alors faut pas tant faire le fier...

Isham eut un haut-le-corps.

– ... Qu'est-ce qui vous amène, Mr Queen ?

– Vous permettez que nous nous asseyions ? dit vivement Ellery. Nous voyageons en auto depuis des siècles.

– Faites.

Ils s'assirent.

– Avez-vous vu récemment votre vieux fou de montagnard, le vieux Pete? demanda Ellery.

– L'vieux Pete? C'qu'y a de drôle, fit Luden en lançant à Isham un regard pénétrant, c'est que j'l'ai pas vu depuis des semaines. Y vient pas souvent en ville, pour sûr; mais c'te fois y a p't'être ben deux mois qu'y n'est pas venu! L'a dû faire des tas de provisions la dernière fois qu'il est descendu d'la montagne, vous pourriez demander à Bernheim.

– Savez-vous où se trouve sa cabane? demanda Isham.

– J'crois ben qu'oui... Pourquoi que vous l'chassez comme ça? C'est y qu'il est compromis dans l'coup? Vous allez pas l'arrêter à c'te heure? C'est un vieux fou pas dangereux... Oh! j'sais que ça me regarde pas, se hâta d'ajouter le policier en voyant Ellery froncer les sourcils. Non, j'suis jamais monté à la hutte du vieux Pete... y a pas beaucoup de personnes qui la connaissent. Y a des cavernes partout là-haut, où les gens vivaient, il y a des milliers d'années, ça fait un peu peur au public. La cabane du vieux Pete est dans la montagne, dans un endroit très isolé. Vous pourriez sûrement pas la trouver tout seuls.

– Voulez-vous nous y conduire, Luden? demanda Ellery.

– Pour sûr! J'arriverai ben à la trouver...

Luden se leva et s'ébroua comme un vieux mastiff.

– Vous voulez pas qu'ça se sache, pas vrai? dit-il.

– Non! fit Isham, n'en parlez même pas à votre femme.

– Pas de danger, vu que j'suis pas marié... heureusement pour moi! Venez.

Il les fit sortir par une porte de derrière qui donnait dans une petite rue déserte. Ellery fit le tour du bâtiment pour aller chercher sa voiture et deux minutes plus tard les trois hommes s'éloignaient dans un nuage de poussière.

Debout sur le marchepied, cramponné à la voiture, Luden les conduisit par des chemins détournés jusqu'à une piste boueuse qui semblait s'enfoncer au cœur même de la montagne.

– Faut s'arrêter ici, Mr Queen, dit-il. On fera le reste à pied.

– A pied? s'écria Isham en considérant la pente abrupte.

– J'vous porterai si vous voulez, Mr Isham, dit gaiement le policier.

Ils laissèrent la voiture au milieu des buissons. Le procureur y prit un gros paquet que Luden regarda avec curiosité, mais ni Isham ni Ellery ne lui donnèrent d'explications. Luden pénétra dans un fourré et, après avoir examiné attentivement le terrain, finit par découvrir un sentier à peine indiqué. Ellery et Isham le suivaient en silence. L'ascension se poursuivit dans une forêt sauvage, presque vierge, où les arbres étaient si serrés qu'on n'apercevait pas le ciel. L'air y était étouffant et les trois hommes furent bientôt trempés de sueur. Isham commença à grogner. Au bout de quinze minutes d'ascension pénible où les arbres devenaient de plus en plus serrés et le sentier de moins en moins visible, Luden s'arrêta subitement.

– Matt Hollis m'en avait parlé une fois, murmura-t-il. Regardez! La voilà!

Ils continuèrent de grimper, Luden dégageant le chemin avec précaution; comme le brave policier l'avait annoncé, ils touchaient au but. Dans une petite clairière, abritée sous une avancée rocheuse de la montagne, ils virent une hutte grossière. La forêt avait été défrichée sur une largeur de dix mètres sur les côtés et le devant de la cabane qui se trouvait protégée par une avancée de rocher. Mais tout l'espace libre était gardé par une haute et redoutable barrière de fils de fer barbelés, entrelacés et rouillés.

– Regardez-moi ça! murmura Isham. Pas même une porte!

En effet, il n'y avait aucune ouverture dans le grillage; la hutte avait l'aspect rébarbatif d'une forteresse et le filet de fumée qui s'échappait de la cheminée comportait lui-même quelque chose de rebutant.

– Ça, par exemple! fit Luden. Pourquoi diable s'est-y fortifié là-dedans? Faut qu'y soit vraiment maboul, comme j'vous l'ai dit.

– Il ne ferait pas bon de buter là-dessus dans l'obscurité, dit Ellery. Luden, le procureur du district et moi avons une requête tout à fait irrégulière à vous présenter.

Le policier, qui se souvenait sans doute des largesses d'Ellery, parut aussitôt fort intéressé.

– J'suis pas de ces gars qui s'mêlent de c'qui les regarde pas, fit-il. Vous pouvez y aller.

– Oubliez totalement cet incident, dit Isham. Nous ne sommes jamais venus ici, vous comprenez ? Vous n'avez pas de rapport à faire à vos supérieurs, ni à Arroyo, ni au comté. Vous ne savez rien du vieux Pete.

L'énorme main de Luden se referma sur un billet qu'Ellery venait de tirer de son portefeuille.

– Entendu, Mr Isham, dit-il, ravi. Ni vu ni connu, j'suis sourd, muet et aveugle... Vous saurez trouver votre chemin pour redescendre ?

– Oui.

– Alors, bonne chance, et merci, Mr Queen.

Luden s'éloigna sans regarder en arrière.

Isham et Ellery s'avancèrent vers la barrière de fils de fer barbelés.

A peine avaient-ils mis le pied sur le terrain libre devant la barrière – Isham soulevait son gros paquet pour le faire passer par-dessus – qu'une voix éraillée cria :

– Halte ! Allez-vous-en !

Ils s'arrêtèrent brusquement. Le paquet tomba par terre, car de l'unique fenêtre protégée également par des fils de fer barbelés, le canon d'un fusil, braqué dans leur direction, venait de sortir. L'arme ne tremblait pas, on la sentait prête à entrer en action.

– C'est le vieux Pete, murmura Ellery, il a une bonne voix, en tout cas !

Il leva la tête.

– ... Une minute, ne tirez pas, nous sommes des amis !

Un silence. Le propriétaire du fusil les examinait avec attention. Ils gardèrent une immobilité totale.

– J'n'vous crois pas, reprit la voix dure. Allez-vous-en ! Si vous n'avez pas filé dans cinq secondes, je tire.

– Mais nous sommes les représentants de la loi, imbécile! cria Isham. Nous vous apportons une lettre de Mégara. Faites-nous entrer. Pour votre propre sécurité il ne faut pas qu'on nous voie ici.

Le canon du fusil ne bougea pas, mais la tête hirsute du vieux montagnard parut derrière le rideau de fils de fer, deux yeux brillants les examinèrent avec suspicion. L'indécision de l'homme était perceptible.

Puis, tête et canon de fusil disparurent, la porte s'ouvrit et le vieux Pete en personne parut : barbe grise, cheveux en broussaille, le corps vêtu de haillons. Il tenait son fusil à la main, toujours braqué sur eux.

– Grimpez par-dessus la barrière. Il n'y a pas d'autre moyen.

Ils considérèrent la clôture avec effroi. Ellery soupira, posa délicatement un pied sur le fil le plus bas et essaya de trouver une prise pour continuer l'ascension.

– Allons, vite, fit le vieux Pete avec impatience, et pas de blague, hein!

Isham trouva un bâton et l'introduisit entre les deux fils de fer du bas. Ellery put passer à travers, non sans déchirer son veston. Le procureur le suivit maladroitement; ni l'un ni l'autre ne dirent mot, le fusil les tenait toujours en joue.

Ils entrèrent vivement dans la hutte. Isham en referma la lourde porte et tira le verrou. C'était l'habitation la plus rustique que l'on pût concevoir, mais elle avait été soigneusement aménagée. Le sol de pierre était couvert de nattes. Il y avait un garde-manger bien garni dans un coin et un gros tas de bois près de la cheminée. Une sorte de bassin accoté au mur du fond servait évidemment de lavabo au montagnard, il était surmonté d'une étagère garnie de médicaments et munie d'une pompe à main; le puits devait se trouver sous la maison.

– La lettre, dit le vieux Pete.

Isham la lui tendit; le montagnard, sans abaisser son fusil, la lut par bribes sans cesser de surveiller ses visiteurs. Mais son attitude changeait au fur et à mesure de sa lecture. La barbe était toujours là, les hardes et la défroque du vieux Pete aussi, mais l'homme semblait transformé. Il posa son fusil contre la table.

– Ainsi Tomislav est mort, dit-il d'une voix basse qui n'avait rien de commun avec le timbre désagréable et vulgaire du vieux Pete.

– Oui, assassiné, dit Isham. Il a laissé un message... Voulez-vous le voir ?

– S'il vous plaît.

L'homme lut rapidement et sans émotion la note laissée par Brad.

– Je vois... Eh bien, messieurs, me voici, Andrew Van – qui fus autrefois Andréja Tvar – toujours vivant, tandis que Tom, cette tête de mule...

Ses yeux brillèrent d'un éclat soudain. Il se précipita près du bassin, arracha sa barbe, sa perruque, se lava le visage et essuya la colle qui y adhérait encore. Lorsqu'il se retourna, il ne ressemblait en rien à l'homme qui les avait menacés de sa fenêtre. Grand, très droit, il avait des cheveux noirs coupés ras, le visage émacié d'un ascète endurci par la souffrance. Ses haillons flottaient sur son corps robuste comme une défroque de théâtre.

– Je regrette de ne pouvoir vous offrir de sièges, messieurs, dit-il. Vous êtes le procureur Isham, si je ne me trompe et je crois vous avoir déjà vu, Mr Queen, assis au premier rang de l'assistance, le jour de l'enquête de Weirton.

– Oui, dit Ellery.

L'homme était étonnant. Un original certainement. Regrettant de ne pouvoir faire asseoir ses visiteurs, il s'assit sur l'unique siège, les laissant debout.

– Ma retraite n'est-elle pas un lieu enchanteur ? fit-il d'un ton amer. C'est Krosac qui a fait le coup, je suppose ?

– Tout porte à le croire, dit le procureur.

Comme Ellery, il était frappé par l'extraordinaire ressemblance de l'homme avec Mégara.

– Stephen m'écrit qu'il s'est servi du T, dit Van en frissonnant.

– Oui, il l'a décapité, c'est horrible. Ainsi, vous êtes Andrew Tvar.

Le maître d'école sourit.

– Au pays, on nous nommait Andréja, Stefan et Tomislav. Quand nous sommes venus ici, espérant...

Il se raidit et s'agrippa à son siège.

– ... Vous êtes sûrs de n'avoir pas été suivis? dit-il d'une voix rauque.

– Absolument, répondit Isham. Nous avons pris toutes les précautions possibles, Mr Tvar. Votre frère Stephen a été escorté ouvertement par l'inspecteur Vaughn, de la police du comté de Nassau, sur la grand-route de Long Island menant à New York. Si Krosac, sous un déguisement quelconque, s'avisait de les suivre, nous avons posté des hommes partout pour relever ses traces. Mr Queen et moi sommes partis secrètement la nuit dernière.

Andréja Tvar mordilla sa lèvre mince.

– C'est arrivé... c'est arrivé! Je ne puis vous dire combien il est effrayant de voir un horrible spectre se matérialiser, après avoir vécu tant d'années de chimérique terreur... Vous désirez savoir mon histoire?

– Je crois que nous y avons quelque droit, étant donné les circonstances, répondit sèchement Ellery.

– Oui, dit le maître d'école. Stephen et moi aurons besoin de toute l'aide possible. Que vous a-t-il dit au juste?

– Simplement que Brad et vous étiez frères, dit Isham. Ce que nous voudrions savoir maintenant...

Andrew Van se leva, ses yeux se durcirent.

– Plus un mot! Je ne dirai rien avant d'avoir vu Stephen.

Son changement d'attitude fut si soudain qu'ils le regardèrent, éberlués.

– Mais pourquoi? s'écria Isham. Nous avons parcouru des centaines de kilomètres pour venir ici...

L'homme reprit son fusil. Isham fit un pas en arrière.

– Je ne dis pas que vous me trompez sur vos identités. La lettre est bien de l'écriture de Stephen, l'autre est de Tom, mais tout cela peut être manigancé. Je n'ai pas pris toutes ces précautions pour me laisser finalement rouler par une manœuvre habile. Où est Stephen en ce moment?

– A Bradwood, dit Ellery. Ne faites pas l'enfant,

laissez ce fusil. Quant à ne vouloir parler qu'après avoir vu votre frère, Mégara s'y attendait et nous nous sommes munis en conséquence. Vous avez raison d'être méfiant et nous nous prêterons à toute suggestion raisonnable. N'est-ce pas, Isham ?

– Oui, grommela le procureur en prenant le gros paquet qu'il avait monté jusque-là. Voilà qui nous aidera à réaliser vos désirs, Mr Tvar. Qu'en dites-vous ?

L'homme regarda le paquet avec une indécision manifeste.

– Ouvrez-le, dit-il.

Isham arracha le papier, découvrant un uniforme complet de gendarme du comté de Nassau, souliers et revolver compris.

– Ainsi vêtu, vous n'éveillerez aucun soupçon, dit Ellery. Une fois à Bradwood, vous serez un gendarme comme un autre. La propriété est pleine d'hommes en uniforme, vous serez perdu au milieu d'eux.

Le maître d'école arpentait la cabane d'un pas nerveux.

– Laisser ma hutte où j'ai été en sécurité pendant des mois, murmura-t-il, je...

– Le revolver est chargé, dit Isham d'un ton sec, et votre cartouchière bien garnie. Que peut-il vous arriver, armé et escorté par deux hommes capables ?

Tvar rougit.

– Vous devez me prendre pour un poltron, messieurs... Soit.

Il arracha ses haillons sous lesquels il portait des sous-vêtements d'une propreté méticuleuse, et il revêtit l'uniforme.

– C'est parfait, dit Ellery. Mégara connaissait votre taille.

Le maître d'école ne répondit pas. Une fois habillé, il avait fière allure et même une certaine beauté. Sa main caressait l'arme chargée comme pour y puiser une force nouvelle.

– Je suis prêt, dit-il d'une voix assurée.

– Bien ! Pas de danger en vue, Mr Queen ? demanda Isham à Ellery qui regardait au dehors.

– Je ne crois pas.

Isham tira le verrou et ils sortirent rapidement.

La clairière était déserte. Au soleil couchant les arbres se fondaient déjà dans le crépuscule. Ellery se glissa à travers les deux fils inférieurs de la barrière, Isham suivit et tous deux regardèrent avec envie l'homme en uniforme escalader la clôture avec une étonnante souplesse.

La porte de la hutte avait été refermée par Andrew Tvar, la cheminée fumait; pour quiconque serait venu rôder à l'orée de la forêt, la hutte semblait habitée et inaccessible.

Les trois hommes s'élancèrent à travers bois et retrouvèrent la vieille Duesenberg, toujours fidèle, dans les buissons où elle les attendait, sans avoir vu âme qui vive, ni dans la montagne ni sur la route.

Conversations

Après le départ secret d'Ellery et d'Isham, le vendredi soir, et pendant leur absence, les événements continuaient à se succéder à Bradwood. Le mystérieux voyage de l'inspecteur Vaughn et de Stephen Mégara faisait l'objet de toutes les conversations. Même à Oyster Island où Hester Lincoln fit tout le chemin à pied jusqu'à l'extrême pointe de l'île pour demander au vieux Ketcham ce qui se passait.

Bradwood, néanmoins, se chauffait en paix au soleil jusqu'au retour de Vaughn et de Mégara. Le Pr Yardley, fidèle à sa promesse, ne sortit pas de son étrange sanctuaire.

Vers midi – pendant qu'Ellery et Isham filaient à toute vitesse de Harrisburg à Pittsburgh en direction d'Arroyo – l'impressionnante procession rentra à Bradwood, précédée et flanquée de motards, suivie de son arrière-garde de policiers; elle déboucha dans l'allée centrale et s'arrêta devant le porche. L'inspecteur sauta de voiture, suivi de Stephen Mégara, silencieux, qui lançait des regards inquiets de tous côtés. Immédiatement, Mégara fut entouré de ses gardes du corps qui l'accompagnèrent jusqu'à l'embarcadère où l'attendait son canot. Escorté par la chaloupe de la police, il regagna l'*Hélène* et disparut en haut de l'échelle de coupée. L'embarcation de la police continuait à faire des rondes autour du yacht.

Un policier, qui se balançait agréablement dans un fauteuil sous le porche de la maison coloniale, se leva à l'approche de Vaughn et lui tendit une volumineuse enveloppe.

– On vient d'apporter cela par messager spécial, il y a une demi-heure, dit le policier.

Comme Hélène Brad apparaissait sur le seuil, l'inspecteur empocha prestement l'enveloppe.

– Que se passe-t-il ? demanda Hélène. Où est Stephen ? Vous nous devez une explication pour tous ces mystères, inspecteur.

– Mr Mégara est sur son yacht, répondit Vaughn. Non, miss Brad, je ne vous dois aucune explication. Excusez-moi, je vous prie...

– Certainement pas ! fit Hélène avec colère. Vous avez agi de façon invraisemblable. Où avez-vous emmené Stephen ce matin ?

– Désolé, je ne puis vous le dire, miss...

– Mais Stephen a l'air malade. Vous ne l'avez pas passé à tabac, quand même ?

– Oh non ! fit Vaughn en souriant. D'ailleurs, il ne faut pas écouter les racontars des journalistes, nous ne faisons jamais rien de tel. Il a l'air malade ? C'est possible, il se plaint de douleurs à l'aine.

Hélène tapa du pied.

– Vous êtes tous inhumains ! Je vais demander au Dr Temple d'aller sur son yacht pour l'examiner.

– Si vous voulez. Je n'y vois aucun inconvénient.

Il eut un soupir de soulagement en la voyant descendre du porche et s'engager dans l'allée qui passait devant le totem.

– Venez, Johnny, nous avons du travail en perspective !

Accompagné du policier, l'inspecteur prit le sentier de gauche qui s'enfonçait dans les bois et arriva à la petite cabane où Fox, le jardinier-chauffeur, était gardé à vue. Un policier en civil se tenait sur le seuil de la porte.

– Il est calme ? demanda Vaughn.

– Il n'a pas pipé.

Vaughn poussa la porte sans cérémonie et entra dans la cabane, suivi de son subordonné. Fox, ravagé par l'angoisse et l'insomnie, se tourna aussitôt vers lui. Quand il reconnut son visiteur, il serra les lèvres et reprit sa marche interrompue.

– Je viens vous donner une dernière chance, dit brusquement l'inspecteur. Voulez-vous parler ?

L'homme continua d'arpenter la pièce.

– Vous ne voulez toujours pas me dire pourquoi vous êtes allé voir Patsy Malone ?

Pas de réponse.

– Très bien, dit Vaughn en s'asseyant nonchalamment. Tant pis pour vous... *Pendleton.*

L'homme s'arrêta pendant une seconde, puis il se remit à marcher. Son visage restait impénétrable.

– Bravo, dit Vaughn ironiquement, vous avez les nerfs solides et de l'estomac. Mais cela ne vous mènera à rien, Pendleton, car nous sommes tout à fait renseignés sur vous.

– J'ignore de quoi vous parlez, murmura Fox.

– Vous avez fait de la prison.

– Je ne sais pas ce que vous voulez dire.

– Bon, bon, à votre aise, dit l'inspecteur en souriant, mais vous vous conduisez comme un imbécile. Je ne m'en prends pas à vous parce que vous avez eu des barreaux en guise de rideaux, mais je vous parle sérieusement, Pendleton. Nier ne vous servirait à rien. Vous êtes dans le bain, nous avons votre dossier. Etant donné les circonstances, vous feriez mieux de vider votre sac.

Le regard de l'homme trahit une immense angoisse.

– Je n'ai rien à expliquer.

– Non ? Alors, parlons. Supposez que j'aie cogné un peu trop fort un filou à New York et qu'un coffre-fort de bijoutier vienne d'être éventré au même moment... vous croyez que je n'aurais pas d'explications à donner ? Cherchez un peu.

L'homme s'arrêta et s'appuya des deux poings sur la table.

– Pour l'amour du ciel, inspecteur, donnez-moi une chance ! C'est entendu, je suis Pendleton, mais je vous jure que je suis innocent dans cette affaire. Je ne demande qu'à marcher droit...

– Hum ! fit l'inspecteur. Voilà qui est mieux. Vous êtes Phil Pendleton, vous avez fait de la prison à Vandalia, dans l'Illinois, où vous purgiez une peine de cinq ans pour vol. Mais comme vous vous êtes comporté courageusement au cours d'une émeute l'an dernier et que vous avez sauvé la vie d'un gardien, le gouverneur de l'Illinois vous a libéré. Vous avez été condamné pour menaces accompagnées de voies de fait en Californie, pour vol avec effraction dans le Michigan... Si vous êtes régulier maintenant, nous ne chercherons pas à vous inquiéter, mais si vous ne l'êtes pas... Dites-moi la vérité et je vous faciliterai les choses autant que possible. Avez-vous assassiné Thomas Brad ?

L'homme que l'on connaissait à Bradwood sous le nom de Fox se laissa tomber sur une chaise.

– Non, dit-il d'une voix étranglée. Que Dieu me damne si je ne dis pas la vérité, inspecteur.

– Comment avez-vous obtenu votre dernière place chez l'individu qui vous a donné un certificat ?

– Je voulais recommencer une vie nouvelle. Il ne m'a pas posé de questions. Mais les affaires n'ont pas marché et il m'a renvoyé, c'est tout.

– Si vous voulez que je vous croie, expliquez-moi votre visite à Malone. Si vous tenez à changer de vie, pourquoi fréquentez-vous une fripouille comme Malone ?

Fox garda le silence un instant.

– J'ai tout de même le droit de vivre ma vie...

– Certainement, Pendleton, dit l'inspecteur. Voilà qui est parler. Nous sommes prêts à vous aider.

– Voilà ce qui s'est passé. Un vieux copain de prison a fini par retrouver ma trace. Je ne l'ai su que mardi matin. Il insistait pour me voir et j'ai refusé en lui disant que j'avais définitivement rompu avec mon ancienne vie. Mais il m'a menacé de révéler ma véritable identité à mon patron. Alors je suis allé au rendez-vous.

Vaughn hocha la tête, il écoutait attentivement.

– Continuez, mon vieux.

– Il m'a donné simplement une adresse, pas de nom. Mardi soir, après avoir déposé Stallings et Mrs Baxter au Roxy, j'y suis allé et j'ai arrêté ma voiture devant le pâté de maisons voisin. Un type armé m'a fait entrer, j'ai vu... quelqu'un, qui m'a fait une proposition. J'ai refusé en lui disant que je m'étais acheté une conduite et que les expéditions de ce genre ne m'intéressaient plus. Il m'a donné jusqu'au lendemain pour accepter sous peine de révéler à Mr Brad qui j'étais. Vous savez le reste.

– Et naturellement, il s'est tenu tranquille lorsqu'il a su qu'un meurtre avait été commis, dit l'inspecteur. C'était Patsy Malone, hein ?

– Je... je ne peux rien dire...

– Vous ne voulez pas cracher le morceau, hein ? Quelle était cette proposition ?

Fox secoua la tête.

– Je ne vous dirai rien de plus, inspecteur. Vous voulez m'aider, c'est très bien, mais si je parlais, ce serait ma mort.

L'inspecteur se leva.

– Bon. Entre nous, je ne vous blâme pas... A propos, Fox...

L'homme releva vivement la tête et regarda Vaughn avec un mélange de surprise et de reconnaissance.

– ... Où étiez-vous, à Noël dernier ?

– A New York, inspecteur, je cherchais une place. J'ai répondu à une annonce de Brad qui m'a engagé le lendemain du Nouvel An.

– Nous vérifierons, dit l'inspecteur en soupirant. Et j'espère pour vous que vous avez dit la vérité. Je suis obligé de vous garder ici, mais vous serez libre d'aller et venir sans escorte de police. Vous resterez sous surveillance, n'essayez pas de jouer la fille de l'air.

– Certainement pas, inspecteur ! s'écria Fox.

– Continuez à vivre comme d'habitude; si vous m'avez dit la vérité, je ne dévoilerai rien de votre passé à Mrs Brad.

Devant cette générosité, Fox resta sans voix. Il regarda partir l'inspecteur et les policiers de garde, puis, bombant la poitrine, il aspira profondément l'air doux du soir.

Vaughn trouva Hélène Brad sous le porche.

– Vous avez encore torturé ce pauvre Fox, dit-elle.

– Fox va bien, dit l'inspecteur d'un ton bref. Avez-vous trouvé Temple ?

– Le Dr Temple était sorti, il est allé faire une promenade en mer dans son canot. Je lui ai laissé un mot pour qu'il aille voir Stephen dès son retour.

– Sorti, avez-vous dit ?

L'inspecteur regarda dans la direction d'Oyster Island et hocha la tête d'un air las.

T

A 9 h 15, le dimanche matin, Vaughn, qui avait couché à Bradwood, fut appelé par Stallings au téléphone. Il devait attendre la communication, car il prit un air indifférent et murmura :

– Je me demande qui cela peut être ?

Que Stallings fût tombé ou non dans le panneau, il n'apprit certainement rien des réponses monosyllabiques de l'inspecteur : « Hum... oui... Non... O.K. ! » Vaughn raccrocha et, les yeux brillants de joie, sortit en hâte de la maison.

A 9 h 45, le procureur Isham fit une entrée solennelle à Bradwood, accompagné de trois gendarmes du comté. Tous se rendirent à la maison coloniale où ils furent accueillis par Vaughn qui se précipita, les mains tendues, vers Isham.

Sous le couvert de cette diversion quelques instants plus tard, Ellery glissa sa vieille Duesenberg dans la propriété de Yardley.

Personne, apparemment, ne remarqua que l'un des gendarmes qui accompagnaient le procureur n'avait pas un port militaire aussi naturel que ses compagnons. Il rejoignit un groupe de gendarmes qui bientôt se dispersa.

Le Pr Yardley, en pantalon de flanelle et sweater, fumait son inévitable pipe dans le *selamlik* et accueillit Ellery avec un cri de joie.

– Eh bien ? fit-il.

– Il est avec nous.

– Non ! En uniforme ? Cela vaut une pièce de théâtre, par Jupiter !

– Nous avons soigné les détails à Mineola ce matin. Isham a réquisitionné deux gendarmes, une voiture officielle, puis il a téléphoné à Vaughn avant de partir pour Bradwood. Quel voyage ! Van a été aussi bavard qu'une carpe. Je suis fourbu, mais il n'y a pas de repos pour un pauvre homme harassé. Voulez-vous assister à la grande scène des explications ?

Le professeur se leva vivement.

– Bien sûr ! J'ai été assez longtemps martyr. Avez-vous déjeuné ?

– Nous nous sommes rempli la panse à Mineola. Venez.

Lorsqu'ils arrivèrent sous le porche, Vaughn était toujours en grande conversation avec Isham.

– Je racontais au procureur, dit Vaughn, comme si Ellery ne s'était jamais absenté, quelle nouvelle ligne de conduite nous avons adoptée vis-à-vis de Fox.

– De Fox ?

L'inspecteur leur répéta ce qu'il avait appris sur cet individu.

– Pauvre diable ! fit Ellery. Où est Mégara ?

– Sur le yacht, dit Vaughn en baissant la voix. L'autre est allé au débarcadère. Mégara souffrait d'une douleur dans l'aine hier. Miss Brad a essayé de joindre Temple, mais il a été absent toute la journée, je crois qu'il est allé sur l'*Hélène* ce matin.

– Le joli petit complot d'hier a-t-il donné un résultat ?

– Aucun. L'appât n'a rien donné. Venez, allons là-bas avant que ces gens se lèvent. Tout le monde dort encore dans la maison, personne n'est sorti.

Ils descendirent jusqu'au ponton où les attendaient

trois gendarmes. Isham, Vaughn, Yardley et Ellery embarquèrent sur la chaloupe de la police, suivis des trois gendarmes; le même processus fut adopté pour aborder l'*Hélène*. Les membres de l'équipage, qui attendaient sur le pont, vêtus de blanc immaculé, n'avaient d'yeux que pour l'inspecteur Vaughn qui avançait d'un pas décidé comme s'il allait arrêter quelqu'un.

Le capitaine Swift ouvrit la porte de sa cabine et cria : « Combien de temps...? »

Mais Vaughn fit le sourd et les autres suivirent timidement. Le capitaine les regarda d'un air furibond et se retira dans sa cabine en claquant la porte.

L'inspecteur frappa à la porte de la cabine principale qui s'ouvrit, révélant le visage tendu du Dr Temple.

– Hello, fit-il, voilà une descente en force! Je suis en train d'examiner Mr Mégara.

– Pouvons-nous entrer? demanda Isham.

– Entrez! cria Mégara de l'intérieur.

Stephen Mégara, nu sous son drap, était étendu sur un lit; son visage était pâle, ses traits tirés et des gouttes de sueur perlaient à son front. Il était plié en deux, se tenant le ventre à deux mains et fixait un regard torturé sur le Dr Temple.

– De quoi souffre-t-il, docteur? demanda Ellery.

– D'une hernie des testicules, dit le Dr Temple. Il n'y a pas lieu de s'inquiéter pour l'instant, je lui ai donné un calmant qui produira son effet dans un instant.

– Je l'ai attrapée au cours de mon dernier voyage, dit Mégara. Merci, docteur. Laissez-nous, je vous prie, ces messieurs ont à me parler en privé.

Temple ouvrit de grands yeux et haussa les épaules.

– A votre guise. Mais ne négligez pas cela, Mr Mégara. Je vous conseille l'opération, bien qu'elle ne soit pas urgente.

Il salua avec une raideur toute militaire. L'inspecteur l'accompagna et ne revint qu'après l'avoir vu s'éloigner vers la côte.

Vaughn referma la porte de la cabine avec soin et deux gendarmes s'y adossèrent.

Le troisième fit un pas en avant et humecta ses lèvres. Le malade tira sur son drap; ils se regardèrent en silence et ne se serrèrent pas la main.

– Stefan, dit le maître d'école.

– Andréja.

Ellery fut pris d'une envie de rire, tant la situation était comique malgré le drame latent qu'elle recouvrait. Ces deux grands diables bien bâtis, aux noms étrangers... le yacht, le lit de souffrance, l'uniforme. Il n'avait jamais rien vu de pareil dans ses multiples expériences.

– Krosac ! Andréja, Krosac nous a retrouvés comme tu l'avais prédit.

– Si seulement Tom avait suivi mes conseils ! fit Andréja Tvar. Je l'avais averti par lettre en décembre dernier. Ne t'en a-t-il rien dit ?

Stefan secoua lentement la tête.

– Non. Il ne savait pas où me joindre. J'étais en croisière dans le Pacifique. Comment as-tu passé toutes ces années, Andr' ?

– Très bien. Combien cela fait-il ?

– D'années ? Cinq, six ?

Ils se turent. L'inspecteur les observait avec attention. Yardley regarda Ellery qui dit aussitôt :

– Je vous en prie, messieurs. Nous attendons votre récit. Mr Van doit quitter Bradwood le plus tôt possible. Chaque minute de retard accroît le danger. Krosac, quel qu'il soit, est habile. Il peut percer à jour notre ruse et nous ne voulons pas qu'il puisse suivre Mr Van lorsqu'il retournera en Virginie.

– Non, dit Van, c'est vrai. Raconte, Stefan.

Le yachtsman se redressa dans son lit – la douleur avait cessé, ou l'émotion la lui avait fait oublier; il fixa le plafond de la cabine.

– Par où vais-je commencer ? Cela s'est passé il y a si longtemps ! Tomislav, Andréja et moi étions les derniers descendants de la famille Tvar. Un clan de riches et fiers montagnards du Monténégro.

– Qui n'existe plus, dit le maître d'école.

Le malade eut un geste d'insouciance.

– Comprenez bien que nous appartenons au peuple qui a le sang le plus chaud de tous les Balkans, un sang en perpétuelle ébullition. Les Tvar avaient des ennemis héréditaires, les Krosac. Pendant des générations...

– Une vendetta ! s'écria le professeur. Naturellement. Pas une vendetta, à proprement parler, mais une querelle mortelle comme celles qui existent chez les montagnards du Kentucky. J'aurais dû y penser.

– Oui, fit Mégara. Nous ne connaissons plus aujourd'hui l'origine de cette querelle, qui remonte à plusieurs générations. Mais dès l'enfance on nous a dit...

– Tuez les Krosac ! clama le maître d'école.

– Nous étions les agresseurs, poursuivit Mégara, et il y a vingt ans, grâce à la cruauté, à l'impitoyable volonté de notre grand-père et de notre père, il ne restait qu'un seul descendant mâle des Krosac – Velja, l'homme que vous recherchez. Il n'était alors qu'un enfant, sa mère et lui étaient les seuls survivants de la famille.

– Comme cela semble loin, murmura Van, et quelle barbarie ! Toi, Tomislav, et moi, par représailles pour le meurtre de notre père, avons tué le père de Krosac et ses deux oncles en leur tendant un guet-apens...

– C'est incroyable, murmura Ellery, on a peine à imaginer que nous avons affaire à des êtres civilisés.

– Qu'est devenu cet enfant, Velja Krosac ? demanda Isham.

– Sa mère s'est enfuie avec lui du Monténégro et s'est fixée en Italie où elle est morte peu après.

– Le jeune Krosac restait donc seul pour se venger de vous, dit Vaughn d'un ton pensif. Avant sa mort, sa mère a dû le remonter à fond. Avez-vous suivi ses traces ?

– Oui, il le fallait bien, pour notre propre sécurité. Nous savions qu'une fois grand il nous tuerait. Nous avons payé des agents pour le suivre dans toute l'Europe, mais il a disparu vers l'âge de dix-sept ans, et nous n'avons plus entendu parler de lui... jusqu'à maintenant.

– Et vous n'avez jamais vu Krosac ?

– Non, jamais depuis qu'il a quitté nos montagnes, à l'âge de onze ou douze ans.

– Un instant ! fit Ellery. Comment pouviez-vous être

si sûrs que Krosac voulait vous tuer ? Après tout, un enfant...

Andrew Van eut un sourire amer.

– Un de nos agents avait réussi à gagner sa confiance. Il lui a déclaré qu'il nous exterminerait jusqu'au dernier, dût-il nous poursuivre tout autour de la terre.

– Et vous prétendez vous être enfuis de votre pays et avoir changé de nom uniquement à cause de la folie sanguinaire d'un enfant ? observa Isham.

Les deux hommes rougirent.

– Vous ne connaissez pas les vengeances croates, murmura le yachtsman en évitant leurs regards. Un Krosac suivit autrefois un Tvar jusqu'au cœur de l'Arabie du Sud, il y a de cela plusieurs générations.

– Alors il est certain que si vous vous trouviez en face de Krosac vous ne le reconnaîtriez pas ? demanda brusquement Ellery.

– Comment le pourrions-nous ? Nous étions orphelins tous trois et nous avons résolu de quitter le Monténégro où aucun lien ne nous retenait. Andrew et moi étions célibataires et la femme de Tom est morte sans laisser d'enfants.

» Nous appartenions à une famille riche, possédant d'importants domaines que nous avons vendus. Puis nous avons quitté le pays séparément, sous des noms d'emprunt, après qu'il fut convenu de nous retrouver à New York. Nous avions choisi nos noms...

Ellery tressaillit et sourit.

– ... dans un atlas, chacun de nous devant assumer une nationalité différente : moi, grecque, Tom, roumaine, et Andrew, arménienne. Notre aspect, à cette époque, et notre accent étaient trop marqués pour que nous puissions passer pour des Américains.

– Je vous avais bien dit de vous méfier de Krosac, dit le maître d'école.

– Tom et moi – nous avions tous reçu une excellente éducation – avons monté notre affaire actuelle. Andrew, qui a toujours été instable, préférait travailler seul. Il étudia l'anglais et devint maître d'école. Naturellement nous nous fîmes tous trois naturaliser Américains. Peu à peu, les années passant, nous finîmes par oublier Krosac dont nous n'entendions plus parler. Il devint – pour Tom et moi du moins – une sorte de mythe, de figure de légende. Nous pensions qu'il était mort ou avait perdu notre trace... Si nous avions su! En tout cas, Tom s'est marié, notre affaire a prospéré et Andrew s'est fixé à Arroyo.

– Si vous aviez suivi mes conseils, dit Van, cela ne serait pas arrivé et Tom serait encore en vie. Je n'ai cessé de vous répéter que Krosac reviendrait et se vengerait.

– Je t'en prie, Andr', dit Mégara d'un ton dur. (Mais il y avait une lueur de pitié dans son regard.) Je le reconnais, mais nous ne nous sommes pas vus souvent, par ta propre faute. Peut-être que si nous avions été plus fraternels...

– Rester avec Tom et toi quand Krosac pouvait nous atteindre tous du même coup? s'écria l'homme d'Arroyo. Pour quelle raison crois-tu que je me sois enterré dans ce trou? J'aime la vie, moi aussi, Stefan, mais j'ai été sage, et toi...

– Pas si sage que cela, Andr', dit le yachtsman. Après tout, c'est toi que Krosac a découvert le premier, et...

– Oui, dit l'inspecteur et j'aimerais avoir d'abord quelques éclaircissements sur cette petite affaire d'Arroyo, Mr Van, si vous n'y voyez pas d'inconvénient.

Le maître d'école se raidit.

– Arroyo! fit-il d'une voix rauque. Un endroit abominable. C'est la peur qui m'a fait aller là-bas, il y a des années, et jouer le rôle du vieux Pete, une double personnalité, excellent moyen d'égarer Krosac. Pendant des années j'ai conservé cette cabane que j'avais découverte par hasard, abandonnée, en explorant les cavernes de la montagne. J'ai installé la barrière de barbelés et acheté mon déguisement à Pittsburgh. De loin en loin, lorsque mes occupations de maître d'école me le permettaient, je grimpais dans la montagne, je me déguisais en vieux Pete et faisais des apparitions en ville assez fréquentes pour frapper l'imagination des habitants d'Arroyo. Tom et Stefan se sont toujours moqués de ce subterfuge qu'ils jugeaient enfantin. Qu'en dis-tu maintenant, Stefan? Ne crois-tu pas que

Tom, dans sa tombe, regrette de ne pas avoir suivi mon exemple ?

– Oui, oui, fit Mégara, continue, Andr'.

L'étrange maître d'école fit le tour de la cabine, les mains derrière le dos, et leur raconta l'étonnante aventure.

Aux approches de Noël, s'étant avisé qu'il n'avait pas paru depuis deux mois sous l'aspect du vieux montagnard, il décida de profiter des vacances pour aller habiter sa cabane sous les traits du vieux Pete.

– Comment expliquiez-vous vos absences à Kling ? demanda Ellery. Votre domestique était-il dans le secret ?

– Non ! s'écria Van. Il était stupide, à demi idiot. Je lui disais simplement que j'allais en vacances à Wheeling ou à Pittsburgh.

La veille de Noël, après avoir averti Kling qu'il partait pour Pittsburgh, il était monté jusqu'à sa cabane où il conservait son déguisement et il avait repris l'aspect du vieux Pete. Le lendemain matin, jour de Noël, il s'était levé de très bonne heure pour aller faire ses provisions à Arroyo, chez Bernheim. Ce fut en arrivant au carrefour, seul, à 6 heures et demie du matin, qu'il avait fait l'horrible découverte du cadavre crucifié. La signification des divers T l'ayant immédiatement frappé, il courut à sa maison et, en voyant le T sanglant sur la porte et le désordre qui régnait à l'intérieur, il se rendit compte tout de suite que Krosac était venu la veille, avait tué le pauvre Kling (le prenant pour Andréja Tvar) et l'avait crucifié après l'avoir décapité.

Il dut réfléchir rapidement sur la décision à prendre. Par un miraculeux hasard, Krosac croyait sa vengeance satisfaite sur la personne d'Andréja Tvar. Pourquoi ne pas lui laisser cette illusion ? En assumant pour de bon le personnage du vieux Pete, il tromperait non seulement Krosac, mais le petit monde de Virginie dont il faisait partie... Fort heureusement, Kling portait au moment du crime un costume usagé qu'il lui avait donné quelques jours auparavant et que les habitants d'Arroyo reconnaîtraient sûrement pour l'avoir vu sur le dos de leur maître d'école; en ajoutant quelques papiers personnels d'Andrew Van dans les poches, l'identification ne ferait pas de doute.

Sitôt pensé, sitôt fait. Le maître d'école était retourné au carrefour, avait vidé les poches de Kling et mis à la place quelques objets personnels. Puis il avait filé dans les bois où il avait brûlé tout ce qui appartenait à Kling; il avait attendu ensuite le passage de quelqu'un.

– Pourquoi, demanda Vaughn, n'êtes-vous pas retourné immédiatement dans votre cabane où vous vous seriez tenu tranquille?

– Parce que, répondit Van avec simplicité, il était indispensable que j'aille en ville pour prévenir mes frères, par un moyen quelconque, du retour de Krosac. Or, je ne pouvais y aller et ne rien dire du crime sans éveiller des soupçons, car je devais forcément traverser le carrefour pour atteindre Arroyo. Mais si j'attendais l'arrivée d'un passant, je pourrais me procurer ainsi un compagnon pour « découvrir » le cadavre, et du même coup aller en ville faire mes provisions et avertir mes frères.

Michael Orkins, le fermier, était arrivé au bout d'une heure. Le vieux Pete, s'étant trouvé « par hasard » sur la route, avait pu monter dans sa voiture; ensemble ils avaient découvert le cadavre...

– Mr Queen sait le reste, ajouta Van, puisqu'il a assisté à l'enquête.

– Et vous avez pu avertir vos frères? demanda Isham.

– Oui. Lorsque je suis allé chez moi, après avoir découvert le cadavre de Kling attaché au poteau, j'ai griffonné à la hâte une lettre pour Tom, l'homme que vous connaissiez sous le nom de Thomas Brad. Dans l'émotion générale, en arrivant en ville, j'ai réussi à glisser la lettre dans la boîte de la poste. J'ai averti Tom que Krosac allait probablement poursuivre sa vengeance et que j'adoptais définitivement la personnalité du vieux Pete dont ni lui ni Stefan ne devaient dire un mot. Je comptais bien profiter de ma mort officielle pour échapper à Krosac.

– Tu as eu de la chance, dit Mégara. Tom, ne pouvant me joindre, a dû écrire le mot adressé à la police que nous avons trouvé; un dernier avertissement au cas où il lui arriverait malheur avant mon retour.

L'aspect des deux frères prouvait la terrible tension nerveuse qu'ils subissaient. Un éclat de rire venant du pont les fit tressaillir; ils poussèrent un soupir de soulagement en s'apercevant qu'il s'agissait simplement d'une plaisanterie d'un marin à un gendarme.

– Tout cela est très joli, observa Isham, mais ne nous mène à rien. Nous en sommes toujours au même point en ce qui concerne Krosac.

– Observation pessimiste, hélas justifiée, dit Ellery. Qui peut être au courant de la vendetta Tvar-Krosac? Ou l'avoir été? Une petite enquête à ce sujet pourrait nous aider à limiter la liste des suspects.

– Personne d'autre que nous, dit le maître d'école. Naturellement, je n'en ai soufflé mot à âme qui vive.

– Pas de document écrit sur ce sujet?

– Aucun.

– Très bien, dit Ellery. Seul Krosac a donc pu répandre l'histoire, mais il est peu probable qu'il l'ait fait. Krosac est un adulte maintenant, c'est un maniaque obsédé par sa vengeance, il doit vouloir l'accomplir personnellement; ce genre de mission ne se confie pas à des agents ou à des complices. N'est-ce pas, Mr Mégara?

– Pas au Monténégro, dit le yachtsman.

– Evidemment, c'est un axiome pour qui connaît la psychologie de ce genre de querelles, dit le Pr Yardley. Dans les Balkans, seul un membre de la famille peut laver la tache.

Ellery approuva d'un signe de tête.

– Krosac aurait-il mis un de ses compatriotes au courant? C'est peu vraisemblable. Il perdait ainsi son indépendance et risquait de laisser une piste permettant de le retrouver. D'après l'habileté témoignée par Krosac, on peut le juger comme un scélérat prudent, en dépit de sa monomanie. D'ailleurs, s'il avait eu un complice – ce qui serait contraire à sa nature – qu'avait-il à lui offrir en échange de ses services?

– Un bon point, Mr Queen, dit Isham.

– Le seul fait qu'il ait raflé le petit trésor de Mr Van contenu dans la boîte de fer...

– Il y avait cent quarante dollars, murmura Van.

– ... indique que Krosac était pauvre et prenait ce qu'il trouvait. Mais la maison de votre frère Tomislav n'a pas été pillée; or, aucun complice n'aurait manqué l'occasion de s'emparer de ce qui était à sa portée. Ces crimes ont eu la vengeance pour mobile, non l'appât du gain. Voulez-vous d'autres indices de la non-existence d'un complice ? En voici un : dans le meurtre de Kling, une seule personne a été aperçue aux environs du carrefour – Velja Krosac.

– Que cherchez-vous à montrer ? demanda Vaughn.

– Simplement que tous les indices tendent à prouver que Krosac a agi seul, à en juger par le mobile individuel, l'abominable méthode, et la piste d'un homme isolé qu'il n'a pas essayé de dissimuler, jusqu'à un certain point. Souvenez-vous que Krosac a pratiquement signé ses crimes en couvrant de ces T les deux théâtres de ses meurtres. Il a dû s'en aviser, qu'il soit fou ou sain d'esprit, et il est inconcevable qu'un complice ait pu s'allier avec un maniaque fanatique de cette espèce.

– Tout cela ne nous mène à rien, dit l'inspecteur. Pourquoi se soucier d'un complice imaginaire alors que nous n'avons pas avancé d'un pas vers l'objet principal de nos recherches ?

Ellery haussa les épaules, l'élimination d'un complice ou d'une personne partageant le secret de Krosac lui paraissant évidemment une nécessité primordiale.

– Nous ne devons pas nous laisser impressionner, observa le procureur. Il n'est pas croyable qu'un homme puisse disparaître sans laisser de traces. Pouvez-vous nous le décrire, messieurs, nous indiquer certains traits caractéristiques qui ont pu ne pas varier depuis son enfance ?

Les deux frères se regardèrent.

– Sa boiterie, dit Van en haussant les épaules.

– Je vous en ai parlé, dit Mégara. Krosac a souffert d'une affection de la hanche dans son enfance qui, sans le rendre infirme, le faisait boiter légèrement de la jambe gauche.

– De façon permanente ? demanda Ellery.

Les Tvar ne purent le renseigner.

– ... Il est possible que cette faiblesse de la jambe ait guéri au cours des vingt années pendant lesquelles vous ne l'avez pas revu. En ce cas, le témoignage de Croker, le garagiste de Weirton, indiquerait une autre face de l'habileté de Krosac qui a pu simuler cette boiterie, que vous connaissiez, alors qu'il marche peut-être maintenant comme vous et moi.

– D'autre part, il est possible qu'il soit vraiment infirme, fit l'inspecteur. Pourquoi jetez-vous le doute sur tous les indices que nous pouvons avoir, Mr Queen ?

– Oh ! fit Ellery sèchement, admettons que Krosac boite si cela peut vous faire plaisir, inspecteur. D'ailleurs, vous pouvez être sûr qu'il continuera à boiter lors de ses rares apparitions.

– Assez de temps perdu, grommela Vaughn. Une chose est certaine, c'est que vous aurez dorénavant tous deux besoin de protection, messieurs. Mieux vaut que vous rentriez immédiatement à Arroyo où vous vous cacherez, Mr Van. J'enverrai six hommes avec vous qui assureront votre garde.

– Mon Dieu, inspecteur, fit Ellery, vous rendez-vous compte de ce que vous dites ? Vous allez faire le jeu de Krosac ! Nous pouvons présumer que notre ruse a réussi, que Krosac ignore actuellement où se trouve Andréja Tvar, bien qu'il le sache vivant. Tout mouvement inconsidéré attirera son attention sur lui car vous pouvez être certain que Krosac est sur le qui-vive.

– Que feriez-vous donc ? dit Vaughn, belliqueux.

– Mr Van devrait regagner sa cabane des bois le plus discrètement possible, escorté par un seul homme et non par une demi-douzaine, inspecteur. Pourquoi pas une armée ? Après quoi, il devra rester seul. Sous l'aspect du vieux Pete, il est en sécurité; moins nous ferons d'embarras, mieux cela vaudra.

– Et Mr Mégara ? dit Isham. Faut-il le laisser seul aussi ?

– Certainement pas ! s'écria Ellery. Krosac s'attend

à ce qu'il soit gardé, ne le décevons pas. Faites-le aussi ouvertement que vous voudrez.

Les deux frères écoutaient en silence ces étrangers décider de leur sort; ils se regardaient à la dérobée et le dur visage de Mégara s'assombrit encore tandis que le maître d'école marchait de long en large avec agitation.

– Désirez-vous parler d'autre chose avant de vous séparer, messieurs ? demanda Isham. Il faut faire vite.

– J'ai réfléchi, murmura Van, et je crois plus sage de ne pas retourner en Virginie. Je préfère m'éloigner le plus possible de ce pays maudit, m'éloigner de Krosac...

– Non, dit Ellery avec fermeté. Si Krosac se doute que vous êtes le vieux Pete, l'abandon du rôle et votre fuite laisseront une trace qu'il lui sera facile de suivre. Vous devez continuer à jouer le rôle du vieux Pete jusqu'à ce que nous ayons coffré Krosac ou, du moins, jusqu'à la preuve évidente qu'il a percé à jour votre déguisement.

– J'ai pensé...

Van s'humecta les lèvres.

– ... je ne suis pas riche, Mr Queen, et vous allez me prendre pour un lâche. Mais j'ai vécu si longtemps dans l'ombre à cause de ce démon ! Le testament de mon frère me laisse un héritage, mais je préfère y renoncer. Je n'ai qu'un désir : fuir au loin.

Le manque de logique, l'incohérence de cette remarque leur fit éprouver à tous un réel malaise.

– Non, Andr', dit Mégara. Si tu veux partir, agis à ta guise. Quant à l'argent... je te l'avancerai. Tu en auras besoin là où tu iras.

– De quelle somme s'agit-il ? demanda Vaughn.

– Oh, de cinq mille dollars seulement, répondit Mégara. Tom aurait très bien pu faire mieux. Mais Andréja est le plus jeune et dans notre pays on a des idées très strictes sur les questions d'héritage.

– Votre frère Tom était l'aîné ? demanda Ellery.

Mégara rougit.

– Non, c'est moi le plus âgé. Je te dédommagerai, Andr'...

– Arrangez-vous comme vous voudrez, dit Vaughn.

Mais Mr Queen a parfaitement raison, Mr Van, vous ne pouvez pas fuir.

Le maître d'école pâlit.

– Si vous croyez qu'il ne sait pas...

– Et comment diable saurait-il ? fit Vaughn d'un ton irrité. Si cela peut vous tranquilliser, Mr Mégara peut vous donner votre argent et vous l'emporterez avec vous. Si vous êtes obligé de filer à l'improviste, vous ne serez pas sans le sou. Nous ne pouvons faire mieux.

– Avec les économies que j'ai dans ma cabane, murmura Van, j'aurai largement de quoi vivre, où que j'aille. Entendu, je vais retourner à Arroyo. Merci, Stefan.

– Si tu as besoin de plus, dit Mégara, je pourrais te donner dix mille dollars au lieu de cinq...

– Non, dit le maître d'école en se redressant, je ne veux que mon dû. Je me suis toujours débrouillé seul, Stefan, comme tu le sais.

Mégara fit une grimace de douleur en se levant pour aller s'asseoir à son bureau. Andréja Tvar marchait de long en large pendant qu'il écrivait, il paraissait pressé de partir. Le yachtsman se leva, un chèque à la main.

– Tu seras obligé d'attendre jusqu'à demain, Andr', dit-il. J'encaisserai le chèque moi-même et te remettrai l'argent demain matin avant ton départ pour la Virginie.

Van jeta un regard autour de lui.

– Il faut que je parte maintenant. Où puis-je aller, inspecteur ?

– Les gendarmes assureront votre sécurité cette nuit.

Les deux frères se regardèrent.

– Prends garde à toi, Andr'.

– Toi aussi.

Leurs regards se croisèrent et l'intangible barrière qui les séparait faillit s'écrouler mais ne céda pas. Mégara se détourna et le maître d'école se dirigea vers la porte, les épaules affaissées.

Lorsque, de retour sur la terre ferme, Andréja Tvar se fut éloigné, entouré de gendarmes, Ellery se tourna vers ses compagnons.

– N'avez-vous pas été frappé par une anomalie ? Ma question est superflue, j'ai remarqué votre trouble, Mr Isham, lorsque Stephen Mégara a parlé de la fuite des frères Tvar du Monténégro.

– Oui, dit le procureur, cela passe l'entendement. On ne me fera pas croire que trois hommes en pleine force de l'âge puissent quitter leur demeure et changer de nom uniquement parce qu'un blanc-bec pouvait avoir l'intention de les tuer.

– C'est vrai, dit Ellery en humant l'odeur balsamique des pins, si vrai que je m'attendais à voir l'inspecteur Vaughn les arrêter pour faux témoignage...

L'inspecteur grogna.

– ... L'histoire Krosac est incontestablement vraie, mais je suis convaincu que leur départ a une cause autrement importante que la vengeance hypothétique d'un enfant de douze ans.

– Que voulez-vous dire, Queen ? demanda le professeur. Je ne vois pas...

– Mais c'est l'évidence même ! Pourquoi trois adultes fuiraient-ils leur patrie pour aller habiter un pays étranger sous des noms d'emprunt ?

– Pour échapper à la police ! murmura Vaughn.

– Précisément. Ils étaient obligés de fuir un danger beaucoup plus immédiat que la vengeance de Krosac. A votre place, inspecteur, je ferais une enquête outremer !

– En câblant en Yougoslavie ? dit Vaughn. Excellente idée, je le ferai ce soir même.

– Vous voyez, dit Ellery au Pr Yardley, la vie, comme toujours, a plus d'un tour dans son sac. Ils ont fui un danger réel et vingt ans plus tard c'est le danger virtuel qui les rattrape.

Deux triangles

Ellery, le Pr Yardley, Isham et Vaughn débouchaient du sentier venant de l'embarcadère lorsqu'ils furent hélés par le Dr Temple.

– Alors, la grande conjuration est terminée ? fit-il.

Il n'avait plus sa trousse et fumait tranquillement sa pipe.

– Oui, répondit Isham.

Au même instant, Jonah Lincoln accourait à toutes jambes, si précipitamment qu'il heurta Ellery au passage.

– Temple ! s'écria-t-il sans prendre garde aux autres. Qu'est-il arrivé à Mégara ?

– Calmez-vous, Mr Lincoln, dit l'inspecteur d'un ton sec. Il ne lui est rien arrivé de grave, c'est une simple hernie. Pourquoi vous affolez-vous ainsi ?

Jonah essuya son front ruisselant, il était hors d'haleine.

– Oh ! tout est si mystérieux par ici ! N'avons-nous plus aucun droit ? J'ai entendu dire que vous étiez tous partis pour le yacht à la suite de Temple et j'ai eu peur...

– ... qu'il ne soit arrivé malheur à Mégara ? dit Isham. Non, l'inspecteur vous a dit la vérité.

– Bon, mais il n'en est pas moins vrai que nous sommes enfermés comme dans une prison, grommela Jonah. Ma sœur a eu toutes les peines du monde à pénétrer à Bradwood. Elle vient de rentrer d'Oyster Island et l'homme qui...

– Miss Lincoln est de retour ? demanda l'inspecteur.

Le Dr Temple retira sa pipe de sa bouche. Toute sérénité s'effaça de son regard.

– Depuis quand ? demanda-t-il.

– Il y a quelques minutes, et les policiers refusaient...

– Seule ?

– Oui. Ils...

L'indignation du pauvre Lincoln ne devait jamais s'exprimer car au même instant un éclat de rire dément retentit.

– Hester ! cria le Dr Temple en se dirigeant vers la maison.

– Mon Dieu ! fit Isham, que se passe-t-il ?

Lincoln s'élança sur les pas du médecin, les autres suivirent. L'éclat de rire provenait de l'étage supérieur, ils passèrent devant Stallings, le maître d'hôtel, qui se tenait au pied de l'escalier, pâle comme un mort.

L'étage supérieur comportait deux chambres à coucher. En arrivant sur le palier ils virent le Dr Temple pénétrer dans l'une d'elles. Les éclats de rire se succédaient, une femme était en pleine crise de nerfs.

Ils trouvèrent Hester dans les bras du Dr Temple qui lissait ses cheveux en désordre et essayait de la calmer. La jeune fille était écarlate, les yeux hagards, et de sa bouche ouverte s'échappaient des cris inarticulés.

– Simple crise de nerfs, dit le médecin, aidez-moi à la porter sur son lit.

Vaughn et Jonah se précipitèrent. Le rire dément de la jeune fille redoubla d'intensité, elle se débattit. Au même instant Ellery se retourna et vit Mrs Brad, en négligé, et Hélène, sur le seuil de la porte.

– Que se passe-t-il ? fit Mrs Brad.

Hélène se précipita vers le lit. Le Dr Temple y renversa la malade et la gifla. L'éclat de rire s'éteignit. Hester se souleva à demi, regarda Mrs Brad. L'intelligence reparut dans son regard qui exprima une haine féroce.

– Sortez d'ici, misérable ! Que je ne vous voie plus ! cria-t-elle. Je vous hais, vous et tout ce qui vous touche. Sortez, sortez, vous dis-je !

Mrs Brad devint cramoisie, ses lèvres tremblèrent, elle poussa un cri étouffé et disparut.

– Taisez-vous, Hester ! s'écria Hélène. Vous ne savez pas ce que vous dites. Calmez-vous.

Les yeux de Hester se révulsèrent et elle retomba en arrière, comme un corps sans vie.

— Sortez tous! s'écria le Dr Temple.

Il étendit la jeune fille évanouie sur son lit pendant que les autres quittaient la chambre. Inquiet, mais en un certain sens triomphant, Jonah referma doucement la porte.

— Je me demande ce qui a bien pu provoquer cette crise de nerfs, dit Isham en fronçant les sourcils.

— La réaction, après une violente émotion, dit Ellery, si je suis bon psychologue.

— Pourquoi a-t-elle quitté l'île? demanda Vaughn.

Jonah sourit.

— Tout est fini, maintenant, inspecteur, il n'y a plus d'inconvénient à vous mettre au courant. Hester s'était toquée de ce misérable Romaine, mais elle vient de rentrer au bercail. Il semble qu'il ait voulu... abuser d'elle.

Son visage s'assombrit.

— ... Un grief de plus que j'aurai à régler avec ce maudit chien! Mais je lui en suis reconnaissant en un sens, car son attitude a ouvert les yeux de Hester et lui a fait recouvrer la raison.

— Cette histoire ne me regarde pas, fit l'inspecteur, mais votre sœur s'imaginait-elle qu'il allait lui réciter des vers?

La porte s'ouvrit et le Dr Temple parut.

— Elle est calme maintenant, il faut la laisser tranquille. Vous pourriez aller auprès d'elle, miss Brad...

Hélène entra aussitôt dans la chambre et referma vivement la porte.

— ... Ce n'est rien, je vais chercher ma trousse pour lui donner un calmant.

Il descendit l'escalier précipitamment. Jonah le suivit des yeux.

— En revenant, Hester m'a dit que tout était fini avec Romaine et le nudisme. Elle veut quitter la maison et aller à New York. Elle désire être seule, cela lui fera du bien.

— Hum! fit Isham. Et Romaine, où est-il?

— Dans l'île, je suppose, il n'a pas mis les pieds ici, ce voyou. Hester peut-elle quitter Bradwood, Mr Isham?

– Hum ! Qu'en pensez-vous, Vaughn ?

L'inspecteur se frotta la joue.

– Je n'y vois pas d'inconvénient, à condition que nous sachions où la trouver en cas de besoin. Vous serez responsable d'elle, Mr Lincoln.

– Certainement, je vous jure...

– A propos, fit Ellery, qu'a donc votre sœur contre Mrs Brad, Mr Lincoln ?

Le sourire de Jonah s'effaça.

– Je n'en ai pas la moindre idée. Ne faites pas attention à ses paroles, elle ne savait pas ce qu'elle disait.

– C'est étrange, dit Ellery. Il me semble au contraire qu'elle s'exprimait avec une remarquable clarté. Je crois qu'une petite conversation avec Mrs Brad serait de bonne politique, inspecteur.

– Je crains... fit vivement Lincoln qui s'arrêta aussitôt en entendant un pas.

Un des policiers de Vaughn arrivait.

– Ce Romaine et le vieux fou sont sur le ponton. Ils voudraient vous parler, chef.

L'inspecteur se frotta les mains.

– Quelle agréable surprise ! Entendu, Bill, j'arrive. Nous ajournerons notre visite à Mrs Brad, Mr Queen. Cela peut attendre.

– Puis-je venir avec vous ? demanda Jonah qui serrait les poings.

– Hum ! fit l'inspecteur en considérant l'attitude belliqueuse de son interlocuteur. Venez, nous serons heureux de vous avoir avec nous.

Ils prirent le chemin de l'embarcadère et rencontrèrent en chemin le Dr Temple qui marchait vite, sa trousse à la main; il semblait préoccupé et les gratifia d'un bref sourire. Le docteur avait traversé Bradwood et n'avait certainement pas remarqué les deux visiteurs d'Oyster Island.

La haute stature de Paul Romaine apparut bientôt sur le ponton. Le squelettique Stryker frissonnait dans un canot amarré à l'embarcadère. Tous deux étaient vêtus; l'immortel Ra-Harakht, sentant confusément qu'il obtiendrait plus facilement satisfaction comme mortel que comme dieu, avait abandonné pour la circonstance le sceptre et la robe blanche, attributs de sa divinité. La chaloupe de la police était près du rivage et plusieurs policiers encadraient Paul Romaine.

Les vertes frondaisons d'Oyster Island, la silhouette blanche du yacht qui se balançait dans la baie formaient une toile de fond tout à fait appropriée à ce beau gaillard bien planté sur ses jambes et qui était, de toute évidence, un homme de plein air. Mais son visage reflétait l'indécision en même temps que le désir de plaire, ce qui était révélateur de sa mentalité.

– Nous ne voudrions pas vous importuner, inspecteur, dit-il aimablement. Mais nous désirons régler une petite question.

Ignorant Lincoln, il regardait fixement l'inspecteur. Jonah examinait Romaine avec une certaine curio sité.

– Eh bien, grommela l'inspecteur, que désirez-vous ?

Romaine jeta un coup d'œil à Stryker.

– Vous avez en fait ruiné l'affaire de notre grand prophète et la mienne, et vous emprisonnez nos hôtes dans l'île.

– Eh bien, n'est-ce pas avantageux pour vous ?

– Si, fit Romaine sans se fâcher, mais pas de cette façon. Ils sont inquiets comme des gosses et demandent à partir, mais vous vous y opposez. Ce ne sont pas ceux-là qui m'intéressent, mais les autres. Nous n'aurons plus de clients.

– Et alors ?

– Nous vous demandons la permission de quitter l'île.

Stryker se dressa soudain dans son canot.

– C'est de la persécution ! hurla-t-il. Un prophète jouit de certains privilèges, même dans son pays ! Harakht demande le droit de prêcher l'évangile...

– Taisez-vous ! dit rudement Romaine.

Le vieux fou, interloqué, obéit.

– Quel fatras ! murmura le Pr Yardley. L'homme est fou à lier. Il cite Matthieu l'évangéliste et mélange la théologie égyptienne et chrétienne.

– C'est impossible, déclara l'inspecteur Vaughn.

Le beau visage de Romaine devint aussitôt menaçant; il fit un pas en avant, les poings serrés. Les policiers l'encerclèrent de plus près, mais le désir de plaire eut raison de ses intentions belliqueuses.

– Pourquoi ? demanda-t-il. Vous n'avez rien à nous reprocher, inspecteur. Nous nous sommes conduits en bons petits garçons.

– Vous m'avez entendu ? Ni vous ni ce vieux fou ne devez quitter l'île... Compris ? Vous avez été sages, c'est entendu, mais en ce qui me concerne, votre liberté à tous deux ne tient qu'à un fil, Romaine. Où étiez-vous, la nuit où Thomas Brad a été assassiné ?

– Je vous l'ai dit. J'étais dans l'île.

– Pas possible ? fit l'inspecteur.

Au lieu de se mettre en colère, Romaine, au grand étonnement d'Ellery, parut réfléchir. Les narines de l'inspecteur palpitaient, il venait, tout à fait par hasard, semblait-il, de toucher un point sensible. Isham ouvrit la bouche pour parler, mais Vaughn lui donna un coup de coude et il se tut.

– Eh bien ? clama Vaughn. Je n'ai pas le temps de rester ici toute la journée. Allons, crachez le morceau !

– Supposez, fit lentement Romaine, que je puisse prouver de façon absolue où je me trouvais cette nuit-là... en produisant un témoin digne de foi. Cela me laverait-il de tout soupçon ?

– Incontestablement, Romaine, dit Isham.

Il y eut, dans le groupe, un léger mouvement que personne ne remarqua, sauf Ellery. Jonah Lincoln, qui avait perdu son calme, grondait et essayait de se faufiler au premier rang. Les doigts d'Ellery se refermèrent sur le bras du jeune homme; ses muscles se raidirent, mais il s'arrêta net.

– Voilà, fit brusquement Romaine qui avait pâli. Je ne voulais pas en parler, car cela compromet... enfin cela pourrait être mal interprété. Mais il faut que nous sortions d'ici... J'étais...

– Romaine ! s'écria Jonah. Si vous dites un mot de plus, je vous tuerai !

Vaughn se retourna, furieux.

– Que dites-vous ? Ne vous mêlez pas de cette affaire, Lincoln.

– Vous m'avez entendu, Romaine, dit Jonah.

Romaine secoua sa tête puissante et se mit à rire... un rire semblable à un glapissement qui fit frissonner Ellery.

– Des blagues ! dit-il. Je vous ai déjà jeté une fois dans l'eau et je peux recommencer. Je me fiche pas mal de vous et de tous les habitants de ce sale patelin. Voici le tuyau, inspecteur : de 10 heures et demie jusque vers 11 heures et demie, cette nuit-là, j'étais...

Jonah fit un bond en avant. Ellery jeta un bras autour de son cou pour le retenir. Arrivant à la rescousse, un policier le saisit par le col de sa veste; après une lutte brève, Jonah capitula. Il haletait et lançait à Romaine un regard d'assassin.

– .... J'étais dans l'île avec Mrs Brad, dit vivement Romaine.

Jonah se libéra du bras d'Ellery.

– Laissez-moi, Mr Queen, je ne tenterai plus rien maintenant, puisqu'il a lâché le morceau. Laissez-lui raconter sa petite histoire.

– Que voulez-vous dire... dans l'île avec Mrs Brad ? reprit l'inspecteur en fermant à demi les yeux. Seul avec elle ?

– Oh, vous n'êtes tout de même pas un enfant, fit Romaine. C'est ce que j'ai dit. Nous avons passé une heure ensemble sous les arbres.

– Comment Mrs Brad est-elle passée dans l'île ce soir-là ?

– Nous avions rendez-vous. Je l'attendais à l'embarcadère avec mon bateau. Elle est arrivée au moment où j'abordais. Il n'était pas tout à fait 10 heures et demie.

L'inspecteur Vaughn tira un cigare de sa poche et le fourra dans sa bouche.

– Retournez dans l'île, dit-il, nous allons vérifier votre déposition. Emmenez le vieux fou... Et maintenant, Mr Lincoln, dit-il en tournant le dos à Romaine, si le cœur vous en dit, vous pouvez donner une correction à ce sale individu. Allez-y... je rentre à la maison.

Jonah enleva son veston, roula ses manches et s'avança vers Romaine qui n'avait pas bougé.

– Un coup, dit Jonah, pour avoir fait l'imbécile avec ma sœur. Deux pour avoir tourné la tête d'une femme sans cervelle... Vous allez les encaisser, Romaine.

Le vieux Stryker se cramponna au plat-bord du canot.

– Paul, venez ! hurla-t-il.

Romaine jeta un coup d'œil circulaire sur les visages hostiles qui l'entouraient.

– Allez d'abord enlever vos langes, dit-il en haussant ses larges épaules et en se tournant à demi.

Le poing de Jonah s'abattit sur la mâchoire de Romaine. C'était un coup vigoureux, bien appliqué, qui contenait toute la rage accumulée depuis des semaines. Un homme ordinaire se fût écroulé, mais Romaine était un bœuf, le coup le fit à peine chanceler. Il cligna des yeux, sa lèvre se releva en un rictus félin qui le dépara de toute sa beauté et, d'un puissant uppercut, il souleva Jonah de terre et l'envoya rouler sans connaissance sur le ponton.

– Arrière ! cria l'inspecteur Vaughn à ses hommes.

Il s'élança comme une flèche, mais Romaine, avec une célérité étonnante pour son poids, sauta dans le canot de Stryker au risque de le défoncer et s'éloigna du ponton par une formidable poussée. Le moteur ronfla et le bateau fila dans la direction de l'île.

– Je prends la chaloupe, dit l'inspecteur. Emportez ce pauvre diable. Je vous rejoindrai dans quelques minutes. Ce sale individu mérite une leçon.

Comme la chaloupe s'éloignait à la poursuite du canot, Ellery se pencha sur le gladiateur à terre et lui donna de petites claques sur les joues; le Pr Yardley se coucha sur le ponton et prit un peu d'eau dans ses deux mains en coupe.

De la voix, les policiers encourageaient l'inspecteur qui, debout à l'avant de la chaloupe, enlevait son veston.

Ellery aspergea le visage de Jonah.

– Voilà un exemple remarquable du triomphe de la justice, dit-il au professeur. Réveillez-vous, Lincoln, la guerre est terminée !

Ils étaient tous assis sous le porche de la maison coloniale lorsque, quinze minutes plus tard, l'inspecteur fit son apparition. Jonah Lincoln, assis dans un rocking-chair, tenait sa mâchoire à deux mains comme s'il était étonné qu'elle fût encore attachée à sa tête. Le dos tourné, Ellery et Isham fumaient tranquillement.

Le visage de l'inspecteur n'avait rien d'angélique avec des traces de sang sous le nez et une balafre sous l'œil, mais il avait l'air satisfait du résultat de sa joute chevaleresque.

– Hello ! fit-il gaiement en montant les marches du porche. Vous êtes vainqueur par procuration, Mr Lincoln. Ce fut une bataille loyale, mais certain chéri de ces dames évitera de se regarder dans une glace pendant plus d'un mois.

Jonah grommela.

– Je ne suis pas un lâche, croyez-le, mais la force me manque. Cet homme est un Goliath !

– Dont je suis le petit David, fit Vaughn en suçant son pouce endolori. J'ai cru que le vieux fou allait piquer une crise en voyant son disciple préféré à terre. Quelle hérésie, hein, professeur ? Vous feriez bien d'aller vous laver, Mr Lincoln. Quant à nous, au travail ! Avez-vous vu Mrs Brad ?

Lincoln se leva brusquement et entra dans la maison.

– Elle doit être encore en haut, dit Isham.

– Alors, dépêchons-nous d'aller la voir avant Lincoln. Il joue au gentleman, c'est très bien, mais nous menons une enquête officielle et il est temps d'obtenir la vérité de quelqu'un.

Hélène devait être encore dans la chambre de Hester Lincoln. Stallings croyait que le Dr Temple s'y trouvait aussi, car le médecin n'était pas redescendu.

En arrivant à l'étage, ils virent Jonah Lincoln entrer dans sa chambre. Suivant les indications de Stallings, ils allèrent frapper à une porte située tout au bout du couloir.

– Qui est là ? fit la voix tremblante de Mrs Brad.

– L'inspecteur Vaughn. Pouvons-nous entrer ?

– Qui ? Oh ! un instant ! répondit-elle d'une voix que la terreur étranglait.

Ils attendirent, la porte s'ouvrit légèrement, laissant passer le beau visage de Mrs Brad dont les yeux humides exprimaient l'appréhension.

– Qu'est-ce, inspecteur ? Je... je suis malade.

Vaughn poussa doucement la porte.

– Je sais. Mais c'est important.

Elle recula et ils entrèrent. C'était une chambre très féminine, parfumée, surchargée de tentures, de miroirs; d'innombrables flacons et boîtes de fards encombraient la coiffeuse. Mrs Brad reculait toujours en serrant sa robe de chambre autour d'elle.

– Mrs Brad, dit Isham, où étiez-vous entre 10 heures et demie et 11 heures et demie, la nuit où votre mari fut assassiné ?

Elle s'immobilisa et parut même cesser de respirer.

– Que voulez-vous dire ? dit-elle d'une voix sans timbre. J'étais au théâtre avec ma fille, avec...

– Paul Romaine nous a dit que vous étiez auprès de lui sur Oyster Island, dit doucement Vaughn.

– Paul...

Ses grands yeux noirs semblaient égarés.

– ... Il... il a dit cela ?

– Oui, Mrs Brad, dit Isham avec gravité, nous comprenons combien ce sujet vous est pénible. Il ne nous regarde pas, d'ailleurs, à condition qu'il ne s'agisse que d'un rendez-vous. Dites-nous la vérité et nous n'y ferons plus jamais allusion.

– C'est un mensonge ! s'écria-t-elle en s'asseyant brusquement.

– Non, c'est la vérité. Ce rendez-vous explique le retour de Mr Lincoln en taxi, seul avec miss Brad, alors que vous aviez accompagné votre fille au théâtre. Cela explique aussi que le portier de Park Theater a vu une femme correspondant à votre signalement quitter le théâtre au milieu du premier acte, vers 9 heures. Romaine dit que vous aviez rendez-vous avec lui et que vous l'avez rejoint près du ponton.

Elle se couvrit les oreilles.

– Je vous en prie ! gémit-elle. J'étais folle, je ne sais comment cela est arrivé. J'ai été stupide... Hester me hait. Elle le voulait aussi et croyait que... que c'était un garçon convenable... Mais c'est une brute de la pire espèce !

– Il ne recommencera pas d'ici longtemps, Mrs Brad, dit l'inspecteur. Personne ne vous juge ni n'essaie de vous jeter la pierre. Votre vie privée vous appartient et si vous avez été assez imprudente pour vous compromettre avec ce vilain personnage, vous avez suffisamment souffert, j'imagine. Nous ne nous intéressons qu'à une seule question : comment êtes-vous rentrée ? Et que s'est-il passé exactement cette nuit-là ?

Elle eut un sanglot étouffé.

– Je... suis sortie discrètement du théâtre au début de la représentation en donnant comme prétexte à Hélène que je ne me sentais pas bien. J'ai insisté pour qu'elle reste jusqu'à la fin de la représentation et qu'elle attende Jonah... Je me suis rendue à la gare de Pennsylvanie et ai trouvé un train presque aussitôt pour rentrer. Je suis descendue à la gare avant la nôtre et ai pris un taxi qui m'a amenée près de Bradwood où j'ai fait le reste du chemin à pied sans rencontrer personne. Aussi...

– Naturellement, dit Isham. Vous ne vouliez pas que Mr Brad s'avise de votre retour. Nous comprenons.

– Oui, dit-elle en rougissant jusqu'aux oreilles. Je... l'ai rejoint... au ponton.

– Quelle heure était-il ?

– Pas tout à fait 10 heures et demie.

– Vous êtes sûre de n'avoir rien vu, rien entendu ? Vous n'avez rencontré personne ?

– Non, dit-elle en levant vers eux un regard poignant. Oh ! pouvez-vous croire que je n'aurais pas tout révélé si j'avais vu quelque chose ou quelqu'un ? A mon retour, je me suis faufilée dans la maison et ai gagné directement ma chambre.

Isham allait poser une autre question lorsque la porte s'ouvrit doucement. Hélène Brad entra. Elle s'arrêta net, considéra le visage ravagé de sa mère, puis les policiers.

– Qu'as-tu, mère ?

Mrs Brad enfouit sa tête dans ses mains et se mit à sangloter.

— Ainsi, tu as parlé, dit Hélène en refermant lentement la porte, tu n'étais pas assez forte pour garder le secret...

Elle regarda Vaughn et Isham d'un air méprisant.

— ... Cesse de pleurer, mère. Ce qui est fait est fait. D'autres femmes que toi ont essayé de revivre un roman et ont échoué. Dieu sait...

— Laissez-nous terminer, dit Vaughn. Cette conversation est aussi pénible pour nous que pour vous. Comment Mr Lincoln et vous avez-vous su où se trouvait votre mère ce soir-là, miss Brad ?

Hélène s'assit près de sa mère et caressa le dos que les sanglots secouaient.

— Allons, maman ! Lorsque ma mère m'a quittée au théâtre..., je savais mais elle ignorait que j'avais percé son secret. J'ai été faible, moi aussi, dit-elle en baissant les yeux, et j'ai décidé d'attendre Jonah, nous avions tous deux remarqué... certaines choses. Lorsqu'il est arrivé, je l'ai mis au courant et nous sommes revenus à la maison. Je suis entrée dans la chambre de ma mère, elle dormait... Pourtant le lendemain matin, lorsque nous avons découvert le corps...

— Elle vous a fait des aveux ?

— Oui.

— Puis-je vous poser deux questions, miss Brad ? dit Ellery.

Les grands yeux de la jeune fille, si semblables à ceux de sa mère, se posèrent sur lui.

— Quand avez-vous soupçonné pour la première fois ce qui se passait ?

— Oh ! fit-elle, il y a des semaines.

— Croyez-vous que votre beau-père était au courant ?

Mrs Brad releva la tête; son visage était tacheté de fard délayé par les larmes.

— Non, non ! s'écria-t-elle.

— Je suis certaine que non, murmura Hélène.

Le procureur se leva.

— Cela suffit, je crois, dit-il. Venez.

Il se dirigea vers la porte. Les trois autres le suivirent, l'oreille basse.

Querelle d'amoureux

– Quelle abondance de faits insignifiants ! remarqua Ellery, le lendemain soir.

Il était chez le Pr Yardley. Assis sur la pelouse, ils contemplaient le ciel semé d'étoiles.

– Hum ! fit le professeur. A vrai dire, j'attends le commencement du feu d'artifice, Queen.

– Patience. Mais comme nous sommes au soir de l'Independence Day, votre vœu va être exaucé : regardez, voici une fusée.

La longue traînée lumineuse monta dans le ciel sombre et éclata comme un bouquet de balles multicolores. Ce devait être un signal car, aussitôt, toute la côte de Long Island s'embrasa et ils regardèrent un instant la féerie de lumières.

– J'ai entendu si souvent vanter votre habileté pyrotechnique de détective que la réalité – excusez-moi si je commets un sacrilège – me laisse froid. Quand commencerez-vous, Queen ? Quand Sherlock Holmes bondira-t-il sur le lâche meurtrier pour lui passer les menottes ?

Ellery suivait d'un air morose les absurdes petites fantaisies lumineuses qui s'élevaient de toutes parts dans le ciel.

– Je commence à croire qu'il n'y aura ni commencement ni dénouement, dit-il.

– En effet, dit Yardley. Croyez-vous qu'il ait été sage de laisser partir les gendarmes ? Temple m'a dit ce matin que le colonel commandant la gendarmerie du comté avait donné un ordre de repli. Je ne comprends pas pourquoi.

Ellery haussa les épaules.

– Pourquoi pas ? Krosac n'est dangereux que pour deux personnes : Stephen Mégara et Andrew Van – les deux Tvar, si vous aimez mieux. Or, Mégara est bien protégé par son isolement en mer et les hommes de Vaughn; quant à Van, son déguisement suffit à le garder.

» Le second crime comporte de nombreux éléments qui mériteraient d'être analysés, professeur; ils semblent à première vue extrêmement lumineux, mais ne paraissent mener nulle part.

– Je ne vous suis pas.

– Vraiment ?

Ellery s'arrêta pour regarder une chandelle romaine.

– ... N'auriez-vous pas su lire l'histoire complète – et si intéressante – des dames ?

– Non, j'avoue que rien ne m'a paru particulièrement significatif dans le dernier souper – si on peut dire – de Brad.

– Vous me rendez un peu l'estime de moi-même que j'avais perdue, murmura Ellery. L'histoire est claire. Mais, bien qu'elle soit infiniment plus concluante que les simples suppositions faites par Vaughn et Isham, du diable si...

Il se leva et fourra les mains dans ses poches.

– Voulez-vous m'excuser ? Il faut que je réfléchisse à tout cela en marchant pour dissiper les brumes de mon cerveau.

– Bien entendu, dit le professeur qui suivit Ellery des yeux avec une curiosité passionnée.

Ellery marmottait tout en se promenant sous les étoiles et les gerbes lumineuses du feu d'artifice. A part leurs éclats intermittents, il faisait très sombre, une obscurité profonde de campagne. Il traversa la route et pénétra à Bradwood en respirant à pleins poumons l'air embaumé du soir, tendant l'oreille aux bruits lointains des bateaux en fête sur l'eau, tout en se creusant le cervelle comme un pauvre chien frustré.

Malgré la veilleuse qui brillait sous le porche, la maison, plongée dans l'obscurité, avait un aspect désolé.

– Qui va là ? cria un policier en projetant sur Ellery le faisceau lumineux de sa torche.

Celui-ci leva la main pour ne pas être aveuglé.

– Oh! excusez-moi, Mr Queen, dit le policier en éteignant sa lumière.

– Quelle vigilance! murmura Ellery en contournant la maison.

Il se demanda tout à coup pourquoi il avait tourné dans cette direction. Il approchait du petit sentier conduisant au sinistre totem et au kiosque. Les effluves de terreur qui émanaient de ce chemin – ou peut-être une sensibilité exagérée de son subconscient aux scènes d'horreur – le saisirent à la gorge. Il hâta le pas vers l'allée principale, toute noire devant lui.

Soudain, un bruit de voix venant de la direction du tennis le fit s'arrêter net.

Bien qu'Ellery fût un gentleman dans toute l'acception du mot, il avait retenu le conseil de son père : « Ecoute toujours les conversations, lui avait dit le vieillard, le seul témoignage valant son pesant d'or est la conversation de personnes qui croient parler en secret; tu y apprendras plus que dans des centaines d'interrogatoires officiels. »

Aussi Ellery, en fils obéissant, resta-t-il sur place et tendit-il l'oreille.

Les voix, celles d'un homme et d'une femme, lui semblaient familières, mais il ne pouvait distinguer les paroles. Avec la souplesse d'un Indien, il sauta du gravier trop bruyant sur l'herbe qui bordait l'allée, s'avança avec mille précautions dans la direction des voix et reconnut bientôt Jonah Lincoln et Hélène Brad, assis près d'une table de jardin. Ellery se glissa tout près d'eux et s'immobilisa derrière un arbre.

– Cela ne vous servira à rien de le nier, Jonah Lincoln, disait Hélène d'un ton glacial.

– Mais, Hélène, je vous ai dit cent fois que Romaine...

– Ouais! Il n'aurait pas été si indiscret. Il n'y a que vous, avec vos idées à part, votre... votre maudite poltronnerie.

– Hélène! protesta Jonah profondément blessé, comment pouvez-vous dire une chose pareille? Il est vrai que, voulant jouer au chevalier, j'ai essayé de lui donner une correction et qu'il m'a étendu raide, mais...

– Je suis peut-être injuste, Jonah... dit-elle.

Il y eut un silence. Ellery sentit qu'elle refoulait ses larmes.

– ... Je ne puis dire que vous n'avez pas essayé, mais vous... vous voulez toujours vous mêler de ce qui ne vous regarde pas.

– Vraiment ? dit Jonah, amer. Très bien, c'est tout ce que je désirais savoir. Ah, je me mêle de ce qui ne me regarde pas, je ne suis qu'un outsider sans aucun droit ! Eh bien, Hélène, vous n'aurez plus l'occasion de me lancer semblable accusation. Je m'en vais...

– Jonah !

Une angoisse perçait dans sa voix.

– ... Que voulez-vous dire ? Je ne voulais pas...

– Il n'y a pas deux interprétations, grommela Jonah. Pendant des années j'ai travaillé comme un chien pour un homme qui passe sa vie en mer et pour un autre qui jouait aux dames à longueur de journée. Tout cela est fini. Le jeu n'en vaut pas la chandelle. Je vais partir avec Hester, ainsi que je l'ai annoncé à votre cher Mégara cet après-midi. Qu'il dirige son affaire, pour changer, moi j'en ai par-dessus la tête de me fatiguer pour lui !

Il y eut un instant de silence. Ellery soupira, imaginant ce qui allait venir. Il entendit le souffle précipité d'Hélène et sentit que Jonah se mettait sur la défensive.

– Voyons, Joe, murmura Hélène, vous devez tout de même quelque chose à la mémoire de mon beau-père. Il a tant fait pour vous !

Silence de Lincoln.

– Quant à Stephen... oh, vous n'y avez pas fait allusion, cette fois, mais je vous ai dit et répété qu'il n'y a rien entre nous. Pourquoi êtes-vous si... si venimeux à son égard ?

– Je ne suis pas venimeux, dit Jonah avec dignité.

– Oh si ! Jonah !

Autre silence. Ellery imagina la jeune fille rapprochant son siège ou se penchant, comme Calypso, vers sa victime.

– Je vais vous dire quelque chose que je n'ai jamais confié à personne.

– Quoi ? C'est inutile, Hélène, cela ne m'intéresse pas... s'il s'agit de Mr Mégara.

– Ne faites pas l'idiot, Joe. Savez-vous pourquoi il est resté absent toute une année, cette fois ?

– Je n'en sais rien. Il a probablement trouvé quelque fille-fleur à Hawaï qui lui plaisait.

– Jonah ! Vous êtes méchant, ce n'est pas le genre de Stephen et vous le savez très bien. C'est parce qu'il m'avait demandé de l'épouser, voilà !

– Ah vraiment ? Charmante façon de traiter sa future épouse. Une absence d'un an ! Je vous souhaite bonne chance à tous deux.

– Mais je... je l'ai refusé.

Ellery soupira et s'éloigna à pas de loup, imaginant sans peine ce qui allait se passer.

Correspondance étrangère

– Tous les indices font augurer que la justice hisse les voiles et s'approche à grands pas, dit Ellery deux jours plus tard au Pr Yardley.

– Ce qui signifie ?

– Les policiers ont une façon particulière de tromper leur attente, vous savez que je les connais, j'ai vécu depuis toujours avec l'un d'eux... D'après la presse, l'inspecteur Vaughn est déconcerté; ne pouvant mettre la main sur quelque chose de consistant, il devient agressif, pourchasse les gens, bouscule ses hommes, invective ses amis, ignore ses collègues et se conduit, d'une façon générale, comme un gosse en colère.

Le professeur sourit.

– A votre place, j'oublierais complètement cette affaire. Détendez-vous, lisez l'*Iliade* ou tout autre poème épique de votre choix. Vaughn et vous êtes en train de pagayer dans le même bateau, la seule différence est que vous mettez plus de grâce que lui à constater qu'il fait naufrage.

Ellery grogna et jeta sa cigarette. Il était non seulement mortifié, mais tourmenté. Le fait qu'aucune solution logique ne se présentait à son esprit l'inquiétait beaucoup moins que l'inertie dans laquelle l'affaire semblait avoir sombré. Où était Krosac? Qu'attendait-il ?

Mrs Brad pleurait sur ses péchés dans l'intimité de son boudoir. Jonah Lincoln, en dépit de ses menaces, était retourné aux bureaux de *Brad et Mégara* et continuait à distribuer des tapis à l'Amérique. Hélène Brad semblait flotter dans un nuage et touchait à peine terre. Hester Lincoln, après une discussion orageuse avec le Dr Temple, était partie pour New York avec armes et bagages, et le docteur, plus sombre que jamais, errait dans Bradwood en fumant sa pipe. Le calme régnait à Oyster Island; le vieux Ketcham faisait bien de rares apparitions, mais il ne se mêlait de rien et se contentait de transporter les provisions et le courrier dans son vieux canot à rames. Fox continuait tranquillement à tondre les pelouses et à conduire les voitures de Brad.

Andrew Van se cachait dans les montagnes de Virginie. Stephen Mégara ne quittait pas son yacht dont l'équipage, à l'exception du capitaine Swift, avait été licencié. Mégara avait insisté pour renvoyer ses gardes du corps – deux policiers qui buvaient et fumaient sur le pont de l'*Hélène* à longueur de journée. Il se déclarait parfaitement capable de se garder tout seul. La police maritime continuait néanmoins à patrouiller dans Long Island Sound.

Un câble de Scotland Yard avait à peine troublé la monotonie des jours. Il était ainsi conçu :

ENQUÊTE SUPPLÉMENTAIRE SUR PERCY ET ELISABETH LYNN N'AYANT DONNÉ AUCUN RÉSULTAT ANGLETERRE SUGGÉRONS INTERROGER POLICE CONTINENTALE.

Donc l'inspecteur Vaughn s'agitait dans le vide, comme l'avait dit Ellery. Le procureur du district, plus avisé, se confinait dans son bureau. Ellery se rafraîchissait dans la piscine du Pr Yardley et profitait de son intéressante bibliothèque, en remerciant son bon génie de lui accorder des vacances aussi agréables pour le corps et pour l'esprit, ce qui ne l'empêchait pas de garder un œil vigilant sur la grande maison d'en face.

Le jeudi matin, en allant faire un tour à Bradwood, Ellery trouva l'inspecteur Vaughn assis sous le porche, un mouchoir passé entre son col de chemise et son cou brûlé par le soleil; il s'éventait en maudissant la chaleur, la police, Bradwood, l'affaire et lui-même, d'un même souffle.

– Toujours rien, inspecteur?

– Pas l'ombre d'un fait.

Hélène Brad sortit de la maison, fraîche comme un nuage de printemps dans sa robe d'organdi blanc. Elle leur dit bonjour, descendit les marches et tourna dans l'allée de gauche.

– Je passe à la presse la pommade ordinaire, grommela Vaughn : progrès, amélioration de la situation. Cette affaire mourra de ses améliorations, Mr Queen. Où diable est Krosac?

– Voilà bien le hic, dit Ellery en fronçant les sourcils. Franchement, je ne sais que penser. A-t-il abandonné la partie? Cela ne semble guère possible. Un fou poursuit toujours son idée fixe. Alors, pourquoi marque-t-il un temps? Attend-il que nous vidions les lieux?

– Pas de danger, grommela Vaughn, je resterais plutôt ici jusqu'au Jugement dernier!

Ils gardèrent le silence en observant Fox qui, en tenue de jardinier, tondait les pelouses.

L'inspecteur se releva d'un mouvement brusque et Ellery, qui fermait à demi les yeux, tressaillit. Le ronflement de la tondeuse avait cessé. Fox, immobile, tendait l'oreille; soudain, lâchant son instrument, il s'élança, sauta par-dessus une plate-bande et courut vers l'ouest.

– Fox, que se passe-t-il? cria l'inspecteur.

Sans cesser de courir, l'homme fit un geste du côté des arbres et cria quelques mots inintelligibles.

Ils entendirent alors un cri lointain qui semblait venir de la propriété des Lynn.

– C'est Hélène Brad! cria Vaughn. Venez!

En débouchant dans la clairière située devant la maison des Lynn, ils aperçurent Fox, agenouillé, qui soutenait la tête d'un homme étendu à terre. Aussi blanche que sa robe, les mains crispées sur sa poitrine, Hélène regardait.

– Qu'est-il arrivé? demanda Vaughn à bout de souffle. Mais... c'est Temple!

– Oui... je l'ai cru mort, balbutia Hélène.

Le Dr Temple gisait sur l'herbe, les yeux clos, le visage couleur de cendre, une énorme ecchymose sur le front.

– Un mauvais coup, inspecteur, dit Fox. Je ne parviens pas à le faire revenir à lui.

– Transportons-le dans la maison. Allez téléphoner à un médecin, Fox. Vous, Queen, aidez-moi à le soulever.

Fox se précipita chez les Lynn. Ellery et Vaughn soulevèrent l'homme évanoui et montèrent lentement les marches.

Ils entrèrent dans un charmant living-room, ou plutôt dans une pièce qui avait dû être charmante mais qui semblait avoir reçu la visite de vandales : chaises renversées, tiroirs ouverts, pendule à terre, verre brisé... Hélène disparut au moment où ils déposaient le Dr Temple sur un sofa et elle revint peu après avec une grande cuvette d'eau.

Fox tentait vainement de téléphoner.

– Impossible d'avoir le Dr Marsh, fit-il, c'est le plus proche, je vais essayer...

– Attendez, dit Vaughn. Je crois qu'il revient à lui.

Hélène baigna le front du médecin. Elle fit couler quelques gouttes d'eau entre ses lèvres; il poussa un gémissement, ses paupières battirent et il essaya de se soulever.

– Je...

– Ne parlez pas, dit doucement Hélène. Reposez-vous un instant.

Le Dr Temple referma les yeux et s'allongea en poussant un soupir.

– Ah, ça va mieux, fit l'inspecteur. Mais où diable sont les Lynn ?

– D'après l'aspect de cette chambre, il est probable qu'ils ont filé, dit Ellery.

Vaughn se dirigea vers la pièce voisine, Ellery l'entendit circuler dans toute la maison; il revint peu après et se précipita sur le téléphone.

– Stallings ? Ici l'inspecteur Vaughn, appelez un de mes hommes... Bill ?... Ecoutez. Les Lynn ont pris la poudre d'escampette. Vous avez leur signalement. Faites le nécessaire, mettez tout en branle immédiatement. Je vous donnerai des détails plus tard.

Il secoua l'appareil.

– ... Passez-moi le bureau du procureur Isham à Mineola... C'est vous, Isham ? Ici, Vaughn. Faites donner la charge, les Lynn ont filé.

Il raccrocha et revint près du sofa. Le Dr Temple ouvrit les yeux et sourit.

– Ça va maintenant, Temple ?

– Bon Dieu ! Quel coup ! J'ai eu de la chance qu'il ne me fende pas le crâne.

– J'étais venue faire une visite aux Lynn, dit Hélène d'une voix tremblante. Je n'y comprends rien... En arrivant, j'ai vu le Dr Temple étendu par terre.

– Quelle heure est-il ? demanda le médecin en s'asseyant brusquement.

– 10 heures et demie.

Il retomba en arrière.

– Inconscient pendant deux heures et demie ? Cela me semble impossible. Je me souviens d'avoir repris connaissance, il y a longtemps, et d'avoir essayé de ramper vers la maison... J'ai dû m'évanouir.

L'inspecteur Vaughn retourna au téléphone pour transmettre ce détail à son lieutenant.

– Vous rampiez ? dit Ellery. Alors vous n'avez pas été frappé à l'endroit où nous vous avons trouvé ?

– Je ne sais où vous m'avez trouvé, grommela Temple, mais si vous me posez cette question... non. C'est une longue histoire...

Il attendit que Vaughn eût raccroché.

– Pour certaines raisons, je soupçonnais les Lynn de ne pas être ce qu'ils prétendaient, et cela depuis le premier jour où je les ai aperçus. Il y a quinze jours, un mercredi soir, je me suis glissé ici à la faveur de l'obscurité et ai surpris des bribes de conversation. Ce que j'ai entendu a confirmé mes soupçons. Lynn venait d'enterrer quelque chose.

– D'enterrer quelque chose ! hurla Vaughn.

Ellery fronça les sourcils et regarda l'inspecteur; les deux hommes avaient la même idée.

– Mon Dieu, Temple, pourquoi ne nous avez-vous rien dit alors ? Comprenez-vous ce qu'ils ont enterré ?

– Si je comprends ? fit Temple. Mais bien sûr. Vous le savez donc aussi ?

– Si nous le savons ! Mais c'est la tête, la tête de Brad !

Le regard de Temple exprima l'ahurissement le plus total.

– La tête, dit-il, je n'ai jamais pensé à cela... non, je pensais à tout autre chose.

– A quoi donc ? demanda vivement Ellery.

– Quelques années après la guerre, je venais d'être libéré d'un camp d'internement en Autriche et je circulais en Europe, heureux de respirer l'air de la liberté, lorsque, à Budapest, j'ai fait la connaissance d'un couple habitant mon hôtel. L'un des clients, un joaillier allemand nommé Bündelein, fut trouvé ligoté dans sa chambre, un lot de bijoux de grande valeur qu'il avait en dépôt avait été volé. Il accusa le couple en question, mais celui-ci avait disparu. En apercevant les Lynn ici, j'ai eu la certitude que c'étaient les mêmes individus. Ils s'appelaient à l'époque Mr et Mrs Percy Truxton... Bon Dieu, ma tête ! Ce Lynn m'a fait voir trente-six chandelles.

– Je ne puis y croire, murmura Hélène. Des gens si charmants ! Ils ont été adorables pour moi à Rome. Des êtres cultivés, apparemment riches, agréables...

– S'il est vrai que les Lynn sont le couple dont parle le Dr Temple, dit Ellery, ils avaient d'excellentes raisons de se montrer aimables avec vous, miss Brad. Découvrir que vous étiez la fille d'un millionnaire américain n'était pour eux qu'un jeu d'enfant, et s'ils avaient fait du foin en Europe...

– Ils ont combiné les affaires et le plaisir, dit l'inspecteur. Vous avez probablement raison, docteur. Ils ont dû enterrer quelque butin. Que s'est-il passé ce matin ?

Le Dr Temple sourit.

– Ce matin ? Il y a quinze jours que je les épie à des heures variées... Ce matin, certain d'avoir découvert le lieu de leur cachette, je m'y suis rendu directement et j'ai commencé à creuser. Tout à coup, levant les yeux, j'ai vu l'homme devant moi. Le monde entier a semblé s'écrouler sur ma tête et... mes souvenirs s'arrêtent là... Je suppose que Lynn, ou Truxton, peu importe son nom, m'ayant épié a compris que la partie était perdue. Il m'a assommé, a déterré son butin et filé avec sa femme.

Le Dr Temple affirma qu'il était assez bien pour marcher en s'appuyant sur Fox, et il les conduisit dans les bois où ils trouvèrent un trou béant d'environ un pied carré.

– Rien d'étonnant à ce que Scotland Yard n'ait pu retrouver leur trace avec ce faux nom, remarqua Vaughn comme ils reprenaient le chemin de Bradwood. J'ai un petit compte à régler avec vous, Temple. Pourquoi diable n'êtes-vous pas venu me raconter tout cela ?

– Parce que j'ai fait l'imbécile, dit tristement le médecin. Je désirais avoir toute la gloire d'une révélation sensationnelle. En outre, je ne voulais pas risquer d'accuser des innocents avant d'avoir une certitude. Je suis furieux qu'ils se soient enfuis.

– Ne vous tourmentez pas, ils seront sous les verrous d'ici à ce soir.

Mais l'inspecteur Vaughn se montrait trop optimiste; lorsque la nuit tomba, les Lynn étaient toujours en liberté. Aucun couple répondant à leur description n'avait été signalé.

– Ils ont dû s'échapper sous un déguisement, grommela Vaughn. Je vais câbler aux polices de Paris, de Berlin, de Budapest et de Vienne.

Vendredi, on était toujours sans nouvelles du couple. Leur signalement avait été envoyé partout avec un duplicata de leurs photographies de passeport. Les frontières mexicaine et canadienne étaient surveillées de près. Mais les Lynn prouvèrent une fois de plus combien il est difficile de trouver deux fourmis dans l'énorme termitière de l'Amérique métropolitaine.

Samedi, trois câbles arrivèrent de l'étranger. Le premier venait du préfet de police de Paris :

COUPLE RÉPONDANT A SIGNALEMENT RECHERCHÉ PAR POLICE PARISIENNE POUR AGRESSION ET VOL EN 1925 CONNUS ICI SOUS NOM PERCY STRANG.

Le second venait de Budapest :

PERCY TRUXTON ET SA FEMME RECHERCHÉS PAR POLICE BUDAPEST POUR VOL DE BIJOUX DEPUIS 1920 RÉPONDANT A SIGNALEMENT.

Le troisième et le plus intéressant venait de Vienne :

COUPLE RÉPONDANT A SIGNALEMENT CONNU ICI SOUS NOM PERCY ET BETH ANNIXTER RECHERCHÉS POUR ESCROQUERIE DE CINQUANTE MILLE FRANCS A TOURISTE FRANÇAIS ET VOL BIJOUX GRANDE VALEUR AU PRINTEMPS DERNIER. SI ARRÊTÉ PAR POLICE AMÉRICAINE DEMANDONS EXTRADITION IMMÉDIATE. BUTIN NON RÉCUPÉRÉ.

Suivait une description complète des joyaux volés.

– Voilà qui va donner lieu à des complications internationales quand nous mettrons la main sur eux, murmura l'inspecteur qui était assis sous le porche de Bradwood avec Ellery et le Pr Yardley.

– Peut-être la Cour mondiale se réunira-t-elle en session spéciale ?

Le professeur fit la grimace.

– Vous m'agacez à la fin ! Ne pouvez-vous employer des termes exacts ? C'est la Cour permanente de Justice internationale, et une session de ce genre serait appelée « extraordinaire » et non « spéciale ».

– Seigneur ! fit Ellery en roulant des yeux effarés.

– Budapest a la priorité, je pense, dit Vaughn, avec 1920.

– Je ne serais pas surpris que Scotland Yard les recherche aussi, dit le professeur.

– C'est peu probable. Les policiers de Scotland Yard sont des gens sérieux. S'ils n'ont pas reconnu les signalements donnés, vous pouvez parier qu'il n'y a aucun dossier criminel contre eux à Londres.

– S'ils sont réellement anglais, dit Ellery, ils ont dû se garder d'opérer en Angleterre. Mais l'homme peut être originaire d'Europe centrale, l'accent d'Oxford est une des formes d'élégance les plus aisées à acquérir.

– Une chose est certaine, dit l'inspecteur, le butin enterré venait de leur vol de Vienne. Je vais prévenir l'Association des joailliers par les voies ordinaires. Mais il est plus que probable qu'ils ne connaissent pas suffisamment les recéleurs américains et n'oseront pas approcher les marchands honnêtes, à moins d'être à court d'argent.

– Je me demande, dit Ellery dont le regard était perdu au loin, pourquoi votre correspondant de Yougoslavie n'a pas répondu ?

Il y avait une excellente raison pour ce retard, ainsi que l'expliqua le câble ci-dessous, assez décevant, reçu plus tard dans la journée.

EXCUSEZ DÉLAI RAPPORT SUR FRÈRES TVAR ET VELJA KROSAC DÛ A DISPARITION OFFICIELLE DU MONTÉNÉGRO EN TANT QUE NATION. DOSSIERS MONTÉNÉGRINS DIFFICILES A RETROUVER SURTOUT À VINGT ANS DISTANCE. CERTITUDE AUTHENTICITÉ DES DEUX FAMILLES ET EXISTENCE QUERELLE À MORT. AGENTS SUIVENT L'AFFAIRE ET CÂBLERONT SUCCÈS OU ÉCHEC D'ICI QUINZAINE.

Conseil de guerre

Dimanche, lundi : progrès presque nuls. Le petit bagage de faits réels qu'ils étaient parvenus à sauver du naufrage de leurs enquêtes sur les deux crimes était infime. Ellery prévoyait que l'inspecteur ne tarderait pas à succomber à une crise d'apoplexie si les deux évadés anglais continuaient à courir en liberté. Et la même question revenait inlassablement dans leurs pénibles discussions sur les techniques à employer : où est Krosac ? Sous quelle apparence se cache le principal acteur du drame et pourquoi ce délai ? Sa vengeance restait incomplète. Etant donné la nature de ses crimes, il était inconcevable que la présence constante de la police l'influençât et qu'il reculât devant un nouvel attentat pour exterminer les deux survivants Tvar.

– Notre défense d'Andréja a été trop parfaite, dit tristement Ellery au Pr Yardley le lundi soir. La seule explication possible de l'inaction de Krosac me semble être son ignorance du lieu où se cache Van et de son déguisement.

– Je commence à être un peu excédé, Queen, repartit Yardley. Si la vie que nous menons est celle des chasseurs d'hommes, je me contenterai de mes recherches historiques pour le restant de mes jours et je vous invite à m'imiter. C'est autrement excitant. Vous ai-je jamais raconté comment Bouchard, un officier français, a trouvé la fameuse stèle de basalte, si précieuse aux égyptologues, en Basse-Egypte – la pierre de Rosette? Et comment pendant trente-deux ans, jusqu'à l'arrivée de Champollion qui put déchiffrer son triple message relatif au règne de Ptolémée V, elle est restée...

– Elle est restée d'un intérêt minime comparée à la gigantesque énigme de Krosac. Wells devait avoir ce monsieur en tête lorsqu'il a écrit *l'Homme invisible.*

Ce soir-là, Stephen Mégara sortit de sa torpeur.

Debout au milieu du salon, dans la maison coloniale, il observait gravement son auditoire. Etaient réunis : l'inspecteur Vaughn, qui se rongeait les ongles d'énervement, Ellery et le Pr Yardley, assez gênés sous le regard accusateur de Mégara; Hélène Brad et Jonah Lincoln, assis côte à côte sur le sofa, les doigts enlacés; le procureur Isham, convoqué par un ordre péremptoire du yachtsman. Torturé par son col dur, le capitaine Swift remuait la tête de droite à gauche; il se tenait derrière son patron. Le Dr Temple, non invité, mais qui avait été prié de rester, s'était accoudé à la cheminée.

– Et maintenant, vous tous, écoutez-moi, dit Mégara, mais je m'adresse plus spécialement à l'inspecteur Vaughn et au procureur Isham. Voilà trois semaines que mon... que Brad a été assassiné. Je suis de retour depuis dix jours. Voulez-vous me dire ce que vous avez fait ?

L'inspecteur Vaughn se rebiffa.

– Votre ton ne me plaît pas, monsieur, vous savez parfaitement que nous avons fait de notre mieux.

– Ce n'est pas suffisant, rétorqua Mégara. Vous savez qui est le coupable, vous avez même en partie son signalement. Il me semble qu'avec les forces dont vous disposez son arrestation doit être la simplicité même.

– Pas si simple que cela, Mr Mégara, dit Isham. C'est une question de temps.

– Savez-vous, Mr Mégara, reprit Vaughn d'un ton ironique, que vous nous avez tous fait perdre un temps précieux avec les nombreux bobards que vous avez racontés ?

– Quelle absurdité !

Le dur visage du yachtsman ne changea pas d'expression.

Vaughn se leva.

– Ce que j'en dis s'applique aussi à vous, ajouta-t-il avec un sourire fielleux.

– Que diable voulez-vous dire ?

– Voyons, Vaughn, commença le procureur...

– Il n'y a pas de Vaughn qui tienne. Laissez-moi faire, Isham.

Il s'avança, menaçant, si près de Mégara que leurs poitrines se touchaient presque.

– Vous voulez que j'abatte mes cartes ? Soit, je suis votre homme ! Mrs Brad a fait une fugue et a été soutenue dans son récit par sa fille et par Lincoln. Fox nous a menés en bateau, fait perdre un temps considérable et obligés à des efforts inutiles. Le Dr Temple qui possédait d'importants renseignements, a essayé de jouer au brillant héros en s'attaquant tout seul à deux filous... qui sont peut-être pires que cela. Résultat : les filous ont joué la fille de l'air et il a reçu un coup d'assommoir sur la tête. Il le méritait, par Judas !

– Vous avez parlé d'un grief me concernant personnellement, répondit Mégara sans quitter l'inspecteur des yeux. De quelle façon ai-je gêné votre enquête ?

– Inspecteur, dit Ellery, n'agissez-vous pas un peu... impulsivement ?

– Je n'ai que faire de vos conseils, à vous aussi ! hurla Vaughn sans se retourner.

Il était à cran et les yeux lui sortaient de la tête.

– Voici, Mégara. L'autre jour vous nous avez raconté une certaine histoire...

– Eh bien ?

Vaughn eut un mauvais sourire.

– Réfléchissez à nouveau.

– Je ne comprends pas, répondit froidement Mégara. Soyez explicite.

– Vous savez très bien ce que je veux dire. Trois hommes ont quitté précipitamment un certain endroit il y a des années. Pour quelle raison ?

Mégara baissa les yeux pendant une seconde.

– Je vous en ai donné la raison, répondit-il, très calme.

– Certainement. Je ne mets pas en question ce que vous nous avez raconté, mais bien ce que vous ne nous avez pas dit.

Mégara recula, haussa les épaules et sourit.

– Je crois, inspecteur, que cette enquête commence à vous monter à la tête. Je vous ai dit la vérité sans entrer dans une autobiographie qui eût duré des heures. Si j'ai oublié des détails...

– C'est sans doute que vous les jugiez sans importance, dit Vaughn ironiquement. J'ai déjà entendu cette chanson-là...

Il fit deux pas vers son siège et se retourna brusquement, face au yachtsman.

– Souvenez-vous – lorsque vous nous demandez des comptes – que notre métier ne consiste pas uniquement à rechercher un assassin mais à débrouiller la vérité au milieu d'un tas de mobiles entremêlés, de faits cachés et de mensonges éhontés. Souvenez-vous-en.

Mégara haussa les épaules.

– Nous nous écartons du sujet. Je n'ai pas réuni ce conseil de guerre pour discuter – et si je vous en ai donné l'impression, inspecteur, excusez-moi – mais bien parce que j'ai une proposition à vous faire.

– Voilà qui est parler, Mr Mégara, dit Isham. Nous pouvons certainement utiliser une suggestion constructive.

– Je ne sais pas jusqu'à quel point elle est constructive, dit Mégara. Nous attendons tous que Krosac frappe. Il n'a encore rien fait, mais je vous donne ma parole qu'il agira.

– Que comptez-vous faire? répliqua aigrement Vaughn. Lui envoyer une invitation?

– Précisément, répondit Mégara en perçant l'inspecteur de son regard. Pourquoi ne pas lui tendre un piège?

Vaughn changea d'expression.

– Un piège? dit-il. Comment le concevez-vous?

Le yachtsman sourit, montrant toutes ses dents.

– Mais, inspecteur, vous êtes beaucoup plus qualifié que moi pour l'imaginer. Sachant que Krosac viendra tôt ou tard, nous n'avons rien à perdre. Il veut m'avoir? Eh bien, laissons-lui la voie libre. C'est votre présence continuelle ici qui l'arrête. Si vous partiez en ayant l'air de vous avouer battus...

– Excellente idée! s'écria le procureur. Félicitations, Mr Mégara, je déplore que nous n'y ayons pas pensé plus tôt. Evidemment, Krosac ne frappera pas tant que la police infeste l'endroit.

– Et il aura grand soin de s'abstenir si nous partons subitement, grommela Vaughn. C'est un gredin intelligent et il flairera le piège... Mais votre idée n'en mérite pas moins réflexion, je vais y songer.

Ellery se redressa, les yeux brillants.

– Votre courage est digne de louanges, Mr Mégara. Vous comprenez, naturellement, quelles seraient les conséquences d'un échec?

– Je n'ai pas couru le monde sans prendre des risques, répondit Mégara. Je ne sous-estime nullement son habileté, mais si nous montons convenablement le piège il essaiera de m'avoir et nous serons prêts pour le recevoir, le capitaine et moi, n'est-ce pas Swift?

Le vieux bonhomme se redressa.

– Je n'ai jamais vu un coup dur dont vous ne vous

soyez pas tiré, Mr Mégara. Nous saurons bien manœuvrer ce sale marin d'eau douce.

– Stephen, s'écria Hélène, vous n'allez pas vous mettre ainsi à la merci de cet horrible maniaque ! Je vous en prie...

– Je saurai me défendre, Hélène. Qu'en dites-vous, inspecteur ?

Vaughn se leva.

– Je n'ai encore rien décidé. C'est une grosse responsabilité à assumer. La seule façon de procéder serait de faire semblant de retirer les policiers de la propriété et de la baie, mais de tendre une embuscade sur votre yacht.

Mégara fronça les sourcils.

– C'est trop grossier, inspecteur. Je suis sûr qu'il se méfiera.

– Eh bien, dit l'inspecteur, donnez-moi le temps de la réflexion. Laissons les choses telles qu'elles sont pour le moment. Je vous ferai connaître ma décision demain matin.

– Entendu, fit Mégara en tapant sa poche gonflée. En attendant, je suis prêt. Je ne tiens pas à me confiner sur l'*Hélène* comme un couard pendant le reste de mes jours. Plus tôt Krosac lancera son attaque, mieux cela m'ira.

– Qu'en pensez-vous ? demanda le Pr Yardley, un peu plus tard.

Debout à côté d'Ellery dans le jardin de Bradwood, il regardait Mégara et le capitaine Swift s'enfoncer dans l'ombre du sentier qui conduisait à l'embarcadère.

– Je crois, répondit Ellery, que Mégara est un imbécile.

Stephen Mégara n'eut qu'un temps bien court pour déployer son courage... ou sa sottise.

Le lendemain matin, mardi, Ellery et le professeur étaient en train de déjeuner lorsqu'un homme fit irruption dans la salle à manger malgré les protestations scandalisées de la vieille Nanny. Il apportait un message de Vaughn.

Le capitaine Swift venait d'être découvert dans sa cabine, ligoté et sans connaissance; il portait un coup terrible sur la nuque.

Le cadavre décapité de Stephen Mégara, rigide et horrible à voir, était attaché à l'un des mâts porte-antenne, dominant la superstructure.

CRUCIFIEMENT D'UN MORT

Plusieurs enquêtes ont dépendu d'une insignifiante remarque faite par un policier. L'un des cas les plus épineux dans les annales de la police de Prague fut résolu au bout de six semaines d'obscurité totale lorsqu'un jeune sergent se souvint d'un détail en apparence insignifiant : quatre grains de riz trouvés dans le revers du pantalon du mort.

Vittorio MALENCHI.

Les T réapparaissent

Ce fut un groupe silencieux qui s'embarqua ce matin-là sur la côte pour rejoindre l'*Hélène*, un silence renforcé par l'horreur de ce meurtre éclair survenant après de longs jours d'engourdissement, un silence né de la stupeur. Ellery, très pâle, était au bord de la nausée; le professeur, debout à côté de lui, ne cessait de répéter :

– Incroyable ! Monstrueux !

Les policiers eux-mêmes semblaient abasourdis, tous avaient les yeux tournés vers le yacht et l'examinaient comme s'ils le voyaient pour la première fois.

Des hommes s'affairaient sur le pont. Le centre de l'activité semblait se situer dans la superstructure, au milieu du bateau; un petit groupe d'hommes y était rassemblé et augmentait à mesure que les chaloupes de police accostaient le yacht et déchargeaient leur équipage à bord.

L'effarant symbole se détachait nettement sur le paisible ciel matinal, revêtu d'un pyjama trempé de sang. Il était attaché au premier des deux mâts porte-antenne et n'avait plus rien d'humain. Certes, il n'évoquait en rien l'homme vigoureux, au sang chaud, qui leur parlait si énergiquement quelque douze heures auparavant. De sa situation élevée, il semblait se moquer d'eux, ses deux jambes, ligotées étroitement au mât, n'ayant plus forme humaine; la terrifiante effigie de chair donnait l'illusion d'être beaucoup plus grande que nature.

– Le Christ sur le Golgotha, fit le Pr Yardley. Mon Dieu, c'est à ne pas croire, à ne pas croire...

– Je ne suis pas dévot, dit Ellery, mais pour l'amour de Dieu, professeur, ne blasphémez pas ! Oui, c'est difficile à croire; on lit de vieilles histoires sur Néron, sur les Vandales, sur Moloch, sur l'Inquisition, écartèlements, empalements, flagellations... du sang, des pages écrites avec du sang. On lit, mais la simple lecture ne nous communique pas l'horreur de ces actes. La plupart d'entre nous ne peuvent saisir la monstrueuse opiniâtreté de ces fous dont l'unique pensée est de détruire le corps humain. Ici, en plein XXe siècle, en dépit de nos gangsters, de la Grande Guerre, des pogroms qui font encore rage en Europe, nous n'avons pas une conception nette de la véritable horreur en matière de vandalisme humain.

– Des mots, dit le professeur. Vous pouvez ne pas l'avoir et moi non plus. Mais j'ai entendu des récits de soldats revenant de la guerre...

– Des impressions impersonnelles, dit Ellery. La folie collective n'atteint jamais l'intensité horrifiante, le satanisme orgiaque de la folie individuelle. Oh, cessons cette conversation, j'en suis malade !

Les deux hommes se turent. Ils abordèrent le yacht en silence et montèrent l'échelle de coupée.

De tous les hommes rassemblés sur l'*Hélène* ce matin-là, l'inspecteur Vaughn semblait le moins sensible à la fantasmagorique horreur du crime. Pour lui, c'était une affaire, sanglante et anormale évidemment, mais qui entrait tout à fait dans ses attributions, et si son regard était sévère et ses paroles amères, ce n'était point parce que Stephen Mégara – qu'il avait houspillé la veille – était pendu comme un mannequin de cire mutilé et sanglant au mât porte-antenne, mais parce qu'il était horrifié de l'incapacité de ses subordonnés.

Il tempêtait contre un lieutenant de la police garde-côte.

– Personne n'a passé près de vous la nuit dernière ?

– Non, inspecteur, j'en jurerais.

– Cessez de vous défiler ! Quelqu'un est passé par là.

– Nous avons fait le guet toute la nuit, inspecteur. Evidemment, nous n'avons que quatre bateaux et il est matériellement possible...

– Matériellement possible ? fit l'inspecteur en ricanant. La preuve, c'est que cela a été fait.

Le lieutenant rougit.

– Pourrais-je suggérer, inspecteur, qu'il est venu de la côte ? Après tout, nous ne pouvions protéger que le nord, le côté du yacht regardant le large. Pourquoi ne serait-il pas venu de Bradwood ou des environs ?

– Quand j'aurai besoin de votre avis, lieutenant, je vous le demanderai. Bill ! cria l'inspecteur.

Un policier en civil se détacha d'un groupe.

– Qu'avez-vous à dire pour votre défense ?

Bill se frotta la joue.

– Nous avions un territoire bien étendu à surveiller, chef. Je ne dis pas qu'il n'a pas pu venir par là, mais vous ne pouvez pas nous le reprocher, sachant vous-même combien il est facile de se faufiler sans être vu entre les arbres.

– Ecoutez tous, fit l'inspecteur qui serrait les poings. Je ne veux pas de discussion ni d'excuses, je veux des faits. L'important est de savoir comment il est arrivé sur le yacht. S'il a traversé le Sound, venant de New York, c'est important, s'il est venu de Long Island, cela l'est aussi. Selon toutes probabilités il n'a pas dû se risquer à traverser Bradwood qu'il savait si bien gardé. Bill, je désire...

Une chaloupe accosta le yacht, elle remorquait un canot à rames qu'Ellery reconnut à travers le brouillard qui voilait son regard. Tous coururent à la rambarde.

— Qu'est-ce que c'est ? cria Vaughn.

— Nous avons trouvé ce bateau à la dérive dans le Sound, cria l'officier, il est marqué au nom de la propriété voisine de Bradwood.

— Le bateau des Lynn ! dit Vaughn. Evidemment, c'est la réponse. Y avait-il quelque chose dedans ?

— Rien, sauf les rames.

L'inspecteur donna rapidement des ordres à Bill pour qu'il aille inspecter avec deux hommes la propriété des Lynn, relever des empreintes si possible, fouiller partout et essayer de trouver des traces du passage du meurtrier avant son arrivée dans la propriété.

Ellery soupira. Une sorte de frénésie s'empara de tous les policiers présents, des ordres furent hurlés, les hommes descendirent l'échelle de coupée. Un canot automobile barré par le Dr Temple arrivait à toute vitesse; sur le ponton de Bradwood on apercevait un groupe de gens et en particulier des femmes, à en juger d'après leurs habits.

Un moment d'accalmie s'ensuivit. L'inspecteur s'approcha d'Ellery et du professeur, fourra un cigare dans sa bouche et leva les yeux vers le corps rigide.

— Eh bien, messieurs, qu'en dites-vous ?

— C'est effarant, murmura le professeur. Un vrai cauchemar né de la folie... et de nouveau ce T.

Ellery tressaillit. Dans son émotion, la signification du mât porte-antenne comme instrument de crucifiement lui avait totalement échappé. Le mât, avec sa barre horizontale d'où partaient les fils rejoignant la barre correspondante de l'autre côté de la cabine, formait un admirable T majuscule d'acier.

Il remarqua pour la première fois que deux hommes se tenaient sur le toit derrière le corps crucifié. Il reconnut le Dr Rumsen, médecin légiste, et, à ses côtés, un vieillard mince, sorte de loup de mer qu'il n'avait jamais vu.

— Ils vont descendre le corps d'ici une minute, dit l'inspecteur. Le vieux que vous voyez est un marin qui s'y connaît en nœuds. J'ai voulu avoir son opinion avant qu'on coupe les attaches... Qu'en dites-vous, Rollins ? cria-t-il.

Le marin secoua la tête.

– Jamais un marin n'aurait fait ces nœuds-là, inspecteur, c'est du travail d'amateur. Ils ressemblent tout à fait à ces nœuds de corde à linge que vous m'avez montrés il y a trois semaines.

– Parfait ! s'écria joyeusement l'inspecteur. Descendez-le. Docteur...

Il se retourna.

– Il s'est de nouveau servi de la corde à linge, préférant ne pas perdre de temps à chercher de la corde à bord. Les mêmes nœuds que ceux qui liaient Brad au totem – mêmes nœuds, même homme.

– Pas nécessairement, dit Ellery, mais étant donné les circonstances, vous avez parfaitement raison, inspecteur. Que s'est-il passé exactement ? Si j'ai bien compris, le capitaine Swift a été attaqué ?

– Oui, le pauvre diable est toujours sans connaissance. Il pourra peut-être nous faire des révélations... Montez, docteur, cria Vaughn au Dr Temple qui, debout dans son canot, hésitait à se rendre à bord, nous aurons besoin de vous.

Le médecin grimpa aussitôt.

– Mon Dieu ! fit-il en s'avançant, fasciné par l'horrible vision.

Vaughn lui indiqua du doigt une échelle de fer, sur le côté de la cabine. Il l'escalada rapidement.

Ellery poussa un cri étouffé. Le choc causé par ce drame affreux l'avait tellement anéanti qu'il n'avait pas remarqué la grande traînée sanglante aux contours sinueux qui zébrait le pont. Elle s'étendait par flaques et giclures de la cabine de Mégara au toit de la cabine radio. Sur ce toit, le Dr Temple venait de rejoindre le Dr Rumsen et les deux hommes, aidés du vieux marin, commençaient la pénible besogne de la descente du corps.

– Voici l'histoire, dit Vaughn. Un de mes hommes, de service à Bradwood, a aperçu le cadavre. Nous nous sommes précipités sur le yacht pour trouver le capitaine Swift ficelé comme un vieux poulet dans sa cabine, sans connaissance, avec une balafre sanglante derrière la tête. Nous lui avons donné les premiers soins et il se repose. Vous pourriez aller voir Swift, docteur, cria-t-il, dès que vous aurez fini là-haut.

Le docteur acquiesça d'un signe.

– Autant que je puisse m'en rendre compte, la manœuvre a été très simple. Il n'y avait personne à bord, la nuit dernière, en dehors de Mégara et du capitaine. Krosac a réussi à entrer dans la propriété des Lynn, a pris le canot amarré au ponton et a accosté le yacht. Il faisait très sombre et, pour toute lumière, le bateau n'avait que ses feux réglementaires. Krosac a assommé le capitaine, l'a ligoté et s'est glissé dans la cabine de Mégara qu'il a tué. La cabine est dans un état épouvantable, comme le kiosque après le meurtre de Brad.

– Il y a un T sanglant quelque part, naturellement? demanda Ellery.

– Sur la porte de la cabine de Mégara, répondit Vaughn. J'ai vu bien des crimes au cours de ma carrière, mais jamais d'aussi sanglants. Allez voir, vous m'en donnerez des nouvelles, on se croirait dans une boucherie. Il a tranché la tête de Mégara à même le sol et il y a assez de sang répandu partout pour peindre le yacht en rouge. Transporter le cadavre jusqu'en haut de l'échelle et le dresser contre le mât porte-antenne n'a pas dû être une petite opération, mais ce n'était pas plus difficile que d'attacher Brad au totem; Krosac doit être un costaud.

– Il n'a sûrement pas pu éviter d'être éclaboussé par le sang de sa victime, dit le professeur. Ne croyez-vous pas, inspecteur, qu'on pourrait trouver les traces d'un homme aux vêtements tachés de sang?

– Non, dit Ellery avant que Vaughn pût répondre. Ce crime, comme celui de Kling et de Brad, a été soigneusement préparé. Soyez certain qu'il a emporté dans tous les cas des vêtements de rechange : précaution élémentaire, professeur. Il vaudrait mieux chercher la trace d'un boiteux portant une petite valise bon marché. Il est peu probable qu'il avait ses vêtements de rechange en-dessous de ceux qui devaient être tachés de sang.

– Je n'avais pas pensé à cela, avoua Vaughn. Un bon

point, Queen. Mais je vais m'occuper des deux éventualités; mes hommes chercheront Krosac partout.

Il se pencha sur la rambarde et cria un ordre; la chaloupe fila immédiatement.

Le corps avait été descendu et le Dr Rumsen, agenouillé sur le toit de la cabine, commençait son examen. Quant au Dr Temple, il était parti depuis quelques minutes pour aller voir le capitaine Swift; ils décidèrent d'aller le rejoindre.

– Le capitaine revient à lui, dit le médecin comme ils pénétraient dans la cabine. C'est un mauvais coup, pire que celui que j'ai reçu. Heureusement qu'il est solide, il aurait pu avoir une commotion cérébrale.

La cabine du capitaine était dans un ordre parfait. Ellery remarqua un gros revolver posé sur la table à côté de la couchette.

– Il n'a pas servi, dit Vaughn, qui avait surpris le regard d'Ellery. Swift n'en a pas eu le temps, j'imagine.

Le vieux marin poussa un gémissement et ses paupières se soulevèrent sur des yeux vitreux. Il regarda fixement le Dr Temple et tourna la tête pour voir les autres; une douleur lancinante contracta son corps qui se tordit comme un serpent de la tête aux pieds. Il ferma les yeux. Lorsqu'il les rouvrit, ils avaient retrouvé la vie.

– Ne vous tourmentez pas, capitaine, dit le médecin et ne remuez pas la tête. J'ai une petite décoration pour vous.

La blessure avait été soignée. Le Dr Temple fourragea dans sa trousse, en tira une bande et, sans un mot, enveloppa la tête malade; le vieux loup de mer ressembla aussitôt à un blessé de guerre.

– Ça va, maintenant, capitaine? demanda le procureur qui grillait d'envie de parler au vieillard.

– J'crois qu'oui. Que diable s'est-il passé?

– Mégara a été assassiné, dit Vaughn.

Le marin eut un brusque clignement des paupières et s'humecta les lèvres.

– Il l'a eu, hein?

– Oui. Nous voudrions savoir ce qui vous est arrivé, capitaine.

– Est-ce le lendemain ?

Personne ne rit, tous comprenaient ce qu'il voulait dire.

– Oui, capitaine.

– En quittant la maison, hier soir, Mr Mégara et moi, on est revenus sur l'*Hélène* où tout paraissait en ordre. On a bavardé un peu – Mr Mégara parlait d'un voyage en Afrique quand toutes ces histoires seraient finies. Puis il est allé dans sa cabine et moi dans la mienne. Mais auparavant j'avais fait, comme toujours, un tour sur le pont, vu qu'on n'avait plus de veilleur à bord.

– Vous n'avez aperçu aucun indice permettant de supposer qu'un homme se cachait à bord ? demanda Ellery.

– Non, fit le capitaine. Mais pour en être sûr, j'peux rien dire. Il aurait pu se glisser dans une des cabines ou dans la cale.

– Vous êtes allé vous coucher ensuite, dit Isham. Quelle heure était-il ?

– 11 heures et demie. J'ai le sommeil dur et je ne peux pas dire exactement depuis combien de temps je dormais quand je me suis trouvé brusquement assis sur mon lit à tendre l'oreille. Il m'a semblé entendre une respiration contre ma couchette; j'ai fait un geste pour prendre mon revolver, mais j'ai pas eu le temps de l'attraper. Une lumière s'est allumée brusquement et j'ai reçu un coup terrible sur la tête. Après, je ne me souviens plus de rien.

– Avez-vous pu voir votre agresseur ? demanda Isham.

– Pas mèche, il faisait noir comme dans un four et la torche m'aveuglait complètement.

Laissant le capitaine Swift aux soins du Dr Temple, ils retournèrent sur le pont. Ellery, soucieux, se creusait la cervelle pour retrouver une idée qui lui échappait perpétuellement. Finalement, il abandonna la partie.

Le Dr Rumsen les attendait.

– Eh bien, docteur ? demanda Vaughn.

Le médecin légiste haussa les épaules.

– Rien de particulier. Si vous vous souvenez de ce

que je vous ai dit au sujet du cadavre de Brad il y a trois semaines, je n'ai pas un mot à ajouter.

– Pas de traces de violence ?

– Pas en dessous du cou. Et au-dessus...

Il haussa de nouveau les épaules.

– ... Quant à l'identification, rien de plus facile. Le Dr Temple m'a dit que Mégara avait une hernie des testicules, ce cadavre est donc bien le sien. Il n'y a même pas besoin de faire une autopsie. D'ailleurs le Dr Temple, qui venait d'examiner Mégara entièrement nu la veille, a reconnu formellement son corps.

– Cela suffit, évidemment. A quelle heure a-t-il été tué ?

Le Dr Rumsen fit un rapide calcul mental.

Tout bien considéré, dit-il, je situerais le crime entre 1 heure et 1 heure et demie ce matin.

– Très bien, docteur. Nous nous chargerons du corps. Merci.

– Pas de quoi ! fit ironiquement le médecin qui descendit aussitôt dans la chaloupe et regagna la côte.

– Avez-vous constaté un vol, inspecteur ? demanda Ellery.

– Non. Le peu d'argent que contenait le portefeuille de Mégara s'y trouve encore et le coffre-fort n'a pas été touché.

Ellery allait poser une autre question lorsqu'un groupe d'hommes épuisés et couverts de sueur monta à bord.

– Eh bien ? demanda Vaughn. L'avez-vous trouvée ?

– Non, chef. Nous avons fouillé le terrain sur un kilomètre à la ronde.

– Il a pu la jeter dans la baie.

– Quoi donc ? demanda Isham.

– La tête de Mégara. Non que cela ait une importance quelconque, ce n'est même pas la peine de draguer.

– A votre place, je le ferais, dit Ellery; j'allais précisément vous demander si vous aviez cherché la tête.

– Vous avez peut-être raison. Hé, Jack, allez téléphoner qu'on amène la drague.

– Vous estimez donc que c'est important ? murmura le Pr Yardley à l'intention d'Ellery.

Celui-ci fit un geste de désespoir.

— Du diable si je sais ce qui est important et ce qui ne l'est pas ! Quelque chose bourdonne dans mon cerveau sans que je puisse parvenir à m'en emparer... une chose que je devrais faire... je le sens...

Il s'interrompit et fourra une cigarette dans sa bouche.

— ... Je dois avouer qu'en tant que membre du corps de police, je ne fais guère honneur à la profession.

— « Connais-toi toi-même », dit sèchement le professeur.

Le boiteux

Un policier grimpa à bord, apportant un câble qu'il tendit à Vaughn.

— Est-ce de Belgrade, inspecteur ? demanda Ellery.

Vaughn déchira l'enveloppe.

— Oui... trop tard, malheureusement, dit l'inspecteur en tendant la dépêche à Isham qui la lut à haute voix.

AGENTS ONT RETROUVÉ RAPPORTS SUR QUERELLE TVAR-KROSAC. STEFAN ANDRÉJA ET TOMISLAV TVAR ASSASSINÈRENT PÈRE DE VELJA KROSAC ET SES DEUX ONCLES DANS EMBUSCADE. ILS VOLÈRENT ENSUITE UNE GROSSE SOMME D'ARGENT DANS MAISON KROSAC ET S'ENFUIRENT DU MONTÉNÉGRO. STOP. PLAINTE DÉPOSÉE PAR VEUVE KROSAC AÎNÉ TROP TARDIVE POUR APPRÉHENDER LES TVAR QUI DISPARURENT SANS LAISSER TRACE. AUCUNE TRACE NON PLUS DEPUIS LORS VEUVE KROSAC ET JEUNE FILS VELJA. DÉTAILS COMPLETS QUERELLE REMONTANT À PLUSIEURS GÉNÉRATIONS PEUVENT ÊTRE ENVOYÉS SI DÉSIREZ.

C'était signé du préfet de police de Belgrade, en Yougoslavie.

— Ainsi, dit le Pr Yardley, vous aviez raison, Queen. Ce n'étaient que de vulgaires voleurs.

Ellery soupira.

— Le triomphe est mince ! Cela signifie simplement que Velja Krosac avait un motif de plus pour tuer les frères Tvar : sa famille anéantie, son argent volé. Cela n'éclaire qu'un détail sans grande importance. Quant à ce que nous a raconté Mégara sur leur façon de faire suivre le jeune Krosac, c'est probablement vrai, sauf qu'ils ont dû se renseigner d'ici et par courrier, et non pas du Monténégro.

– Pauvre diable ! J'en arrive presque à le plaindre.

– Vous ne pouvez oublier la brutalité de ces crimes sanguinaires, dit Vaughn. Il avait certainement un mobile; tous les criminels en ont un. Ce n'est pas une raison pour qu'ils échappent au châtiment...

Un policier apporta une liasse de papiers que l'inspecteur parcourut rapidement.

– Quelles nouvelles ? demanda Isham.

– Ce sont les rapports de nuit sur les Lynn. Naturellement, tout le monde s'imagine les avoir vus en Arizona, en Floride ou ailleurs, mais je parierais qu'ils se cachent à New York. Les frontières ne signalent rien, je ne crois pas qu'ils aient quitté le pays... Tiens, Bill semble avoir trouvé quelque chose.

Le jeune policier grimpait l'échelle de coupée comme un singe, ses yeux brillaient.

– Hourrah, chef, cria-t-il, vous avez mis le doigt dessus, j'ai trouvé des tas de choses là-bas.

– Quoi donc ?

– Le bateau, d'abord, il vient bien de l'embarcadère des Lynn, la corde a été coupée et...

– Oui, oui, nous savons cela, fit Vaughn avec impatience. Avez-vous trouvé autre chose près du ponton ?

– Et comment ! Des tas d'empreintes sur le terrain mou, juste derrière : cinq en tout, trois gauches et deux droites, des souliers d'homme, pointure 41, et celui qui les a faites boitait.

– Il boitait ? répéta le Pr Yardley. Comment diable pouvez-vous le savoir ?

Bill regarda le savant avec pitié.

– C'est pourtant simple, il suffit d'ouvrir les yeux. L'empreinte du soulier droit est beaucoup plus profonde que celle du gauche. Le talon droit creuse la terre d'arrière en avant, le gauche est à peine visible; l'homme doit boiter bas.

– Bravo, Bill, voilà du bon travail ! dit Vaughn.

Il se tourna vers le mât porte-antenne :

– Mr Mégara, dit-il d'un ton sévère, la prochaine fois – si nous nous retrouvons dans un autre monde – vous m'écouterez. Pas de protection, hein ? Vous avez vu ce qui vous est arrivé tout en étant protégé... Avez-vous trouvé autre chose, Bill ?

– Non, le chemin qui passe entre les propriétés Brad et Lynn est couvert de gravier, la grand-route qu'il rejoint est macadamisée, il n'y a pas d'empreintes. Les hommes continuent à chercher un boiteux.

Les hommes en question n'avaient pas cherché en vain car une nouvelle délégation traversait les eaux bleues de Ketcham's Cove en direction du yacht. Des policiers entouraient un homme d'âge moyen, à l'aspect effarouché, qui se cramponnait au plat-bord.

– Grande nouvelle, chef ! cria un des policiers en civil. Nous vous apportons un tuyau tout chaud.

Il aida son captif à passer l'échelle en le poussant doucement; l'homme grimpa d'un air peu rassuré et enleva son chapeau d'un geste large, en arrivant sur le pont, comme s'il eût salué un souverain.

– Qui m'amenez-vous, Pickard ? demanda l'inspecteur.

– Parlez, Mr Darling, dit le policier. C'est le grand chef.

Mr Darling paraissait terrifié.

– Enchanté de faire votre connaissance, capitaine, dit-il. Je n'ai pas grand-chose à vous dire. Je m'appelle Elias Darling et suis propriétaire d'un bureau de tabac-librairie dans la grande rue de Huntington. J'allais fermer mon magasin hier soir, à minuit, lorsque j'ai remarqué un événement insolite. J'avais vu, quelques minutes auparavant, un jeune homme et une jeune fille descendre d'une conduite intérieure Buick qu'ils avaient laissée non loin de ma boutique. Au moment où je fermais, j'ai vu arriver un grand gaillard qui a jeté un coup d'œil à l'intérieur de l'auto, a ouvert la portière, a sauté sur le siège avant et a démarré en direction de Centerport.

– Et après ? fit Vaughn. Ce pouvait être le père du petit jeune homme, ou son frère, ou un employé des

Finances qui s'emparait de la voiture, son propriétaire n'étant pas en règle avec le fisc.

Mr Elias Darling s'affola.

– Mon Dieu ! fit-il, je n'ai pas réfléchi à cela ! Et dire que j'accusais... C'est que, voyez-vous, capitaine...

– Inspecteur ! rectifia Vaughn.

– Voyez-vous, inspecteur, sa façon d'agir m'a semblé si louche que j'avais presque envie d'aviser notre chef de police, puis j'ai pensé que cela ne me regardait pas. Mais je me suis souvenu que l'homme boitait de la jambe gauche...

– Quoi ! clama Vaughn. Il boitait, dites-vous ? Décrivez-le-moi !

Ils étaient tous suspendus maintenant aux lèvres de Mr Darling.

– J'ai déjà dit au policier ici présent que je n'avais pas vu son visage, reprit le marchand de Huntington. Il était grand, large d'épaules et portait une petite valise à la main.

Isham et Vaughn se détendirent et le Pr Yardley hocha la tête.

– Très bien, Mr Darling. Je vous remercie de votre démarche. Veillez à ce que Mr Darling soit reconduit à Huntington dans une de nos voitures, Pickard.

Le policier accompagna le marchand jusqu'à la chaloupe et remonta sur le pont du yacht.

– Qu'avez-vous fait au sujet de la voiture volée, Pickard ? demanda Isham.

– Un couple répondant à la description de Darling a signalé le vol de leur auto à la police de Huntington vers 2 heures du matin. Dieu sait où ils étaient allés dans l'intervalle... moi, je l'ignore. Une Buick, conduite intérieure; le petit bonhomme devait être si excité par sa conquête qu'il avait oublié d'enlever la clé de contact.

– Avez-vous envoyé partout le signalement de la voiture ?

– Oui, chef.

– Cela nous fera une belle jambe ! grommela Isham. Naturellement, Krosac avait besoin d'une voiture pour fuir; prendre un train à 2 ou 3 heures du matin eût été trop risqué, on aurait pu se souvenir de lui.

– En d'autres termes, dit Ellery, vous croyez que Krosac a volé la voiture, s'en est servi toute la nuit et l'a abandonnée quelque part ?

– Il aurait été idiot de la garder, dit l'inspecteur. Oui, c'est bien cela. Qu'est-ce qui vous chiffonne, Mr Queen ?

– Mais rien. Ne peut-on poser une simple question sans se faire rabrouer, inspecteur ?

– Il me semble, observa le professeur, que Krosac se fiait bien au hasard en comptant voler une voiture si près du théâtre de son crime.

– Allons donc ! fit Vaughn, les gens sont trop honnêtes, voilà la vérité. Vous pourriez voler une douzaine de voitures en une heure de temps si vous en aviez envie... surtout ici, à Long Island.

– Un bon point, professeur, dit Ellery, mais je crois que l'inspecteur a raison.

Ils levèrent les yeux : on descendait le cadavre, enveloppé d'un linceul, du toit de la cabine jusqu'au pont. Le capitaine Swift, en pyjama sous sa veste de marin, suivait l'opération d'un regard dur comme la pierre; à côté de lui, le Dr Temple fumait en silence.

L'un après l'autre, Ellery, Vaughn, Isham et le professeur prirent place dans une grande chaloupe de police; le corps suivait dans un autre bateau. Jonah Lincoln les attendait sur la rive; les femmes avaient disparu.

– Qu'en pensez-vous, Mr Queen ? demanda Isham après un long silence.

Ellery tourna son regard vers le yacht qui se balançait doucement au gré des vagues.

– Nous sommes aussi loin de la solution de ces crimes qu'il y a trois semaines, dit-il. J'avoue mon échec total. Le meurtrier est Velja Krosac, un homme fantôme qui peut être n'importe qui. Le problème reste le même : qui est-il en réalité ? Il a laissé sa trace, en fait, il ne cherche même pas à la dissimuler...

Son visage se durcit et il se tut.

– J'avais une idée... par les tripes du diable, qu'est-ce que c'était, déjà ?

Ellery parle

Ils traversèrent rapidement la propriété, suivis de Jonah Lincoln, trop bouleversé pour pouvoir articuler un mot. La mort de Mégara semblait étendre un voile de deuil sur Bradwood, bien plus que ne l'avait fait celle de son propriétaire. Fox était assis sous le porche, la tête dans les mains. Hélène se balançait dans un rocking-chair en regardant le ciel, sans voir les nuages d'orage qui s'y amoncelaient. Mrs Brad était effondrée et Stallings répétait que le Dr Temple devrait aller la voir car personne, pas même sa fille, ne semblait capable de la soigner. Les gémissements de Mrs Baxter s'entendaient du jardin.

Ils hésitèrent à entrer dans la maison et, d'un commun accord, poursuivirent leur chemin. Lincoln les accompagna jusqu'à la grille. L'inspecteur et Isham s'étaient arrêtés en route pour vaquer à leurs affaires.

Le visage ridé de la vieille Nanny était bouleversé lorsqu'elle leur ouvrit la porte.

– Il y a un fantôme dé'iè'e tout cela, missieu Ya'dley, c'est moi qui vous le dis!

Le professeur ne répondit pas et se réfugia dans la bibliothèque où Ellery le suivit. Ils s'assirent en silence.

– Qu'est-ce qui vous tracasse? demanda doucement le professeur. L'idée dont vous parliez n'a pas pu disparaître complètement?

– Si, il ne me reste qu'une sensation ridicule, dit Ellery en allumant une cigarette. Vous connaissez ce genre d'impression quand on cherche en vain quelque chose dans les méandres de son cerveau sans pouvoir l'atteindre jamais... et c'est important, je sens que c'est d'une importance capitale.

Le professeur bourra sa pipe.

– Le phénomène est fréquent. Je sais par expérience qu'il est parfaitement inutile de se concentrer sur la recherche d'une idée qui vous échappe; mieux vaut n'y plus penser et parler d'autre chose. La méthode réussit souvent; il semble que votre dédain incite l'idée à revenir d'elle-même : tout à coup, sans motif apparent, le souvenir que vous essayiez en vain de rappeler se dessine nettement, ramené, semble-t-il, par des choses qui n'ont aucun rapport avec lui...

Ellery répondit par un grognement. Un coup de tonnerre ébranla la maison.

– ... Il y a un quart d'heure, continua le professeur en souriant, vous déclariez être aussi loin de la conclusion qu'au premier jour. Vous envisagez donc un échec. En même temps vous avez fait allusion plusieurs fois à des conclusions que vous avez tirées et que vous êtes seul à connaître. Pourquoi ne pas les récapituler maintenant? Dans la concentration mentale de votre analyse, il se peut qu'un détail vous ait échappé; il vous apparaîtra clairement si vous exprimez votre pensée. Croyez-en mon expérience, il y a une différence essentielle entre la froide solitude de la méditation et la chaleur d'une discussion en tête-à-tête.

» Vous avez parlé des dames, par exemple. La disposition des pions avait pour vous une signification qui nous a complètement échappé. Reprenez vos réflexions à haute voix.

Sous le flot de paroles du professeur, Ellery s'était détendu, il fumait plus tranquillement.

– Ce n'est pas une mauvaise idée, professeur, dit-il en fermant à demi les yeux. Laissez-moi engager la discussion à ma manière. Quelle hypothèse aviez-vous envisagée d'après le témoignage de Stallings et la position du damier tel que nous l'avons trouvé?

Yardley envoya un nuage de fumée vers la cheminée. Il faisait beaucoup plus sombre, le soleil ayant disparu derrière de gros nuages noirs.

– Plusieurs théories ne s'appuyant sur aucune preuve me sont venues à l'esprit. Je ne vois aucune raison logique de douter des apparences. A mon sens, lorsque Stallings vit Brad pour la dernière fois – et il est à supposer qu'il fut le dernier à l'approcher, à l'exception du meurtrier – Brad, assis devant le damier, jouait seul. Rien d'extraordinaire à cela, c'était son habitude, nous a dit Stallings; il jouait pour les deux camps – comme seul un amateur et un vrai champion peut le faire – et je suis là pour confirmer ces deux points. Il semble qu'après le départ du domestique Krosac est parvenu à entrer dans la bibliothèque et a tué Brad, occupé à son jeu; ce dernier devait tenir en main un des pions rouges, ce qui explique pourquoi nous l'avons remarqué.

– Vous avez dit : « est parvenu à entrer dans la bibliothèque ». Que voulez-vous dire exactement ?

Yardley sourit.

– J'allais y venir. Vous vous souvenez m'avoir entendu dire, il y a un instant, que j'avais plusieurs théories ne s'appuyant sur aucune preuve. L'une d'elles est que Krosac – qui peut être, comme vous nous l'avez répété si souvent, quelqu'un très proche de nous – était le visiteur attendu par Brad ce soir-là, ce qui explique comment il est entré dans la maison. Brad ignorait, naturellement, que l'ami ou le visiteur en question était son ennemi mortel.

Ellery soupira.

– Pas de preuves ! Je suis capable, voyez-vous, de construire à l'instant sur ce thème une théorie indestructible; pas une conjecture, mais une conclusion à laquelle je sois arrivé par degrés et qui soit essentiellement logique. Le malheur, c'est qu'elle ne dissipe pas le brouillard où nous sommes.

Le professeur aspira quelques bouffées de sa pipe.

– Un instant, je n'ai pas fini. J'ai une autre hypothèse à vous offrir... qui, de nouveau, ne s'appuie sur aucune preuve mais qui est, à mon sens, aussi vraisemblable. Supposez que Brad ait eu deux visiteurs ce soir-là : la personne qu'il attendait et pour laquelle il avait fait maison nette, et Krosac, son ennemi. En ce cas, le visiteur normal, qu'il soit venu avant Krosac ou après, c'est-à-dire alors que Brad était encore vivant ou au contraire, après sa mort, n'aurait rien dit pour ne pas être impliqué dans l'affaire. Je suis surpris que personne n'y ait songé. Je m'attendais constamment à vous voir envisager cette éventualité au cours des trois semaines écoulées.

Un éclair illumina la chambre, masquant leurs visages d'une teinte bleue inquiétante.

– Impossible ! fit Ellery. Je n'en ai pas parlé parce que cette hypothèse est fausse.

– Ah ! fit le professeur, nous y arrivons. Prétendez-vous être capable de prouver qu'il n'y avait qu'un seul visiteur dans cette maison le soir du crime ?

Ellery sourit.

– Vous me placez dans une situation difficile. Cela va être assez compliqué. Souvenez-vous de ce qu'a dit ce moraliste français au nom impossible, Luc de Clapiers, marquis de Vauvenargues : « Lorsqu'une pensée est trop faible pour être exprimée simplement, rejetez-la. » Mais j'y arriverai quand même.

Ellery essuya son pince-nez et le replaça avec soin.

– ... Mon point de vue repose sur deux éléments : la disposition des pions sur le damier de Brad et la psychologie des très bons joueurs. Connaissez-vous le jeu, professeur ? Je me souviens vous avoir entendu dire que vous n'avez jamais voulu vous mesurer avec Brad aux dames.

– C'est exact, je n'ai pas joué depuis des années, mais je connais le jeu.

– Alors vous êtes capable de comprendre mon analyse. Lorsque Stallings est entré dans la bibliothèque avant de partir ce soir-là, il a vu Brad commencer une partie seul; en fait il a vu le coup d'ouverture des deux camps. C'est son témoignage qui a égaré nos amis : ils ont conclu, du fait que Brad jouait seul au moment de l'arrivée de Stallings, qu'il jouait encore seul au moment de son assassinat. Vous êtes tombé dans la même erreur.

» Mais les pions du damier racontaient une tout autre histoire. Quelle était la disposition des pions, non seulement de ceux en place, mais de ceux pris par chaque camp et déposés sur la tablette à côté du damier ? Souvenez-vous que les noirs avaient pris neuf pions rouges et que les rouges n'avaient pris que trois pions noirs. Le camp noir était donc nettement avantagé par rapport au rouge.

» Le damier comportait trois dames, plus trois pions simples pour le camp noir, alors que le camp rouge n'avait que deux maigres pions.

– Et après ? fit le professeur. Vous ne pouvez en

conclure que ceci : Brad, jouant seul, avait manœuvré de façon désastreuse pour le camp rouge.

– Conclusion inadmissible pour qui a une certaine expérience en la matière. Un joueur habile ne s'intéresse qu'à l'engagement de la partie et à sa conclusion. Cela s'applique aussi bien aux dames qu'aux échecs, à tous les jeux nécessitant de la réflexion et dont l'issue dépend uniquement du talent personnel du joueur. Pourquoi Brad, qui jouait uniquement pour s'exercer, aurait-il pris la peine de poursuivre une partie dans laquelle un des camps avait un avantage aussi écrasant sur l'autre? Il n'aurait jamais continué jusque-là. Un joueur expérimenté peut vous dire à première vue, même quand l'avantage est infiniment moindre, quelle sera l'issue de la partie. Jouer sérieusement une partie aussi inégale eût équivalu, pour un joueur de qualité tel que Brad, à Alekhine faisant seul une partie d'échecs dans laquelle un camp aurait l'avantage d'une reine, de deux fous et d'un cavalier.

» Nous pouvons donc en conclure que Brad, tout en s'étant exercé seul lorsque Stallings l'avait vu, avait joué une véritable partie à deux plus tard dans la soirée. Car s'il est vrai qu'un bon joueur ne continuerait jamais à s'exercer dans des conditions aussi inégales, la situation écrasante d'un des camps devient parfaitement compréhensible si le joueur jouait avec un partenaire.

Dehors il pleuvait à torrents, l'eau battait violemment les fenêtres.

– D'accord, d'accord, dit le professeur, mais cela n'élimine pas mon hypothèse. Brad a pu jouer aux dames avec le visiteur qu'il attendait ce soir-là, laisser le jeu tel que nous l'avons trouvé, et être assassiné par Krosac plus tard, après le départ du visiteur en question.

– Ingénieux! fit Ellery ironique. Vous êtes dur à abattre! Vous m'obligez à donner la grosse artillerie : logique et bon sens.

» Considérez l'affaire de ce point de vue : pouvons-nous fixer l'heure du crime d'après celle de la partie? Certainement, et en toute logique. Comment se présentait le jeu? Sur la première rangée du camp noir il y avait un des deux pions rouges. Or, d'après la règle du jeu, lorsqu'on a atteint la première rangée du camp adverse, on a le droit de couronner son pion, c'est-à-dire d'en faire une dame. Comment se fait-il, par conséquent, que le pion rouge, arrivé sur la rangée des dames, n'ait pas été couronné ?

– Je commence à comprendre, murmura Yardley.

– Simplement parce que la partie a été interrompue à ce moment précis; elle ne pouvait continuer sans que la dame fût couronnée. Voulez-vous une confirmation ? La voici : la première question est de savoir si Brad jouait les noirs ou les rouges. Nous savons que Brad était excellent joueur et s'était mesuré à égalité avec le champion national des dames. Il est donc inconcevable qu'il ait joué les rouges, mis ainsi en situation d'infériorité : l'avantage de l'adversaire s'élevant à trois dames et deux pions. Non, Brad devait jouer les noirs. Incidemment, nous savons maintenant que l'avantage du camp noir sur le rouge ne se monte pas à trois dames et à un pion, mais à deux dames et à deux pions, puisque l'un des pions rouges devait être une dame.

– L'avantage est néanmoins considérable.

– Mais si Brad jouait les noirs, il devait être assis sur le siège placé près du secrétaire puisque tous les pions rouges capturés se trouvent de ce côté; donc son adversaire était assis de l'autre côté, face au secrétaire, alors que Brad lui tournait le dos.

– Evidemment, mais où cela nous mène-t-il ?

Ellery ferma les yeux.

– Si vous aspirez au génie, professeur, suivez le conseil de Disraeli et cultivez la patience. Je prends ma revanche, très honoré professeur; n'ai-je point séché assez souvent sur mon banc d'étudiant en écoutant vos longues digressions ?

» Où en étais-je ? Ah oui ! Un pion rouge manquait, nous l'avons retrouvé à côté du totem. La marque rouge sur la paume de Brad prouvait qu'il l'avait en main au moment de sa mort. Pourquoi l'avait-il pris ? Théoriquement, plusieurs explications sont possibles, mais il n'y en a qu'une seule s'appuyant sur un fait connu.

– Quel fait ? demanda le professeur.

– Eh bien, le pion rouge sur la rangée des dames, qui n'était pas couronné alors que Brad tenait un pion rouge en main. Comment la conclusion ne vous saute-t-elle pas aux yeux ? Il est évident que Rouge, adversaire de Noir, était arrivé à pousser un de ses pions sur la rangée des dames de Noir, et que Noir – en l'espèce, Brad – a ramassé un des pions de Rouge, qu'il avait pris, pour le placer sur le pion qui venait d'arriver sur la rangée des dames; *mais avant de pouvoir le placer, un événement fit cesser brusquement la partie.* En d'autres termes, le fait que Brad allait couronner la dame de son adversaire et n'a pu compléter son acte nous montre, par déduction, non seulement à quel moment, mais pour quelle raison le jeu fut interrompu.

Très attentif, Yardley garda le silence.

– La déduction s'impose : Brad n'a pas achevé son acte parce qu'il n'en a pas eu la possibilité, ayant été attaqué à cet instant précis.

– La tache de sang... murmura le professeur.

– ... confirme précisément mon hypothèse, dit Ellery. La tache se trouvait à deux pieds derrière le fauteuil dans lequel Brad était assis. Nous avons prouvé il y a longtemps que le meurtre a eu lieu dans la bibliothèque où il n'existe que cette unique tache de sang. Si Brad avait été attaqué de front, à la tête, au moment où il allait couronner le pion rouge, il serait tombé en arrière entre son siège et le secrétaire; et c'est précisément là que se trouve la tache... Le Dr Rumsen a affirmé que Brad avait dû être frappé à la tête, puisque le corps ne portait aucune marque de violence; la blessure saignante a taché le tapis avant que le meurtrier n'ait pu soulever le corps pour le transporter dans le kiosque. Tous les détails concordent. Mais le fait important est que *Brad fut attaqué en jouant aux dames avec son assaillant. En d'autres termes, l'assassin de Brad était son partenaire...* Avez-vous des objections à formuler ?

– Certainement, rétorqua Yardley. Qui vous a dit que l'adversaire de Brad aux dames n'était pas innocent, ou complice de Krosac ? Celui-ci se serait glissé dans la pièce et aurait attaqué Brad par derrière, comme je l'ai dit le jour où nous avons découvert la tache de sang.

– Voyons, professeur, nous avons démontré depuis longtemps que Krosac ne pouvait avoir de complice. Dans ces crimes inspirés par la vengeance, aucun intérêt d'argent ne peut tenter un complice. D'autre part, voulez-vous considérer un instant ce que signifierait l'existence d'un visiteur innocent occupé à jouer aux dames avec Brad ?... Cela signifierait que Krosac aurait volontairement attaqué Brad en présence d'un témoin ! C'est absurde, il aurait certainement attendu le départ du témoin en question. Mais admettons qu'il ait attaqué en sa présence, croyez-vous qu'un homme tel que Krosac aurait reculé devant un nouveau crime pour s'assurer son silence ? Non, professeur, il n'y a pas eu de témoin.

– Et si ce témoin était venu et reparti avant l'arrivée de Krosac, après avoir joué aux dames avec Brad ?

Ellery éclata de rire.

– Ma parole, professeur, vous baissez dans mon estime ! S'il était venu avant ou après Krosac, il ne serait pas témoin. Non, le point essentiel est que le jeu tel que nous l'avons trouvé était la partie Brad-Krosac ; que Brad ait eu un visiteur, avant ou après le crime, n'infirme pas le fait qu'il a joué avec Krosac – son meurtrier.

– Et quelle conclusion tirez-vous de tout ce rabâchage ?

– Que Brad ayant joué aux dames avec Krosac, celui-ci – comme je l'ai déjà dit – devait être bien connu de lui... sous une autre personnalité, bien entendu.

– Ah ! s'écria le professeur, je vous y prends, jeune homme ! Pourquoi, bien connu ? Vous trouvez cela logique ? Mais Brad aurait joué avec n'importe qui, avec l'employé du gaz ou le premier démarcheur venu pourvu qu'il connaisse les règles du jeu. J'ai mis trois semaines à le convaincre que je ne me souciais pas d'être son partenaire.

– Si je vous ai donné l'impression d'avoir déduit de la partie de dames que le partenaire de Brad était un de ses amis, j'en suis navré, professeur ; ce n'était pas mon intention. Une raison autrement puissante m'a fait arriver à cette conclusion. Brad savait-il que Krosac, ennemi mortel des Tvar, était sur leur piste, assoiffé de vengeance ?

– Evidemment, le mot qu'il a laissé le prouve et Van lui-même l'avait averti.

– Bien ! Brad, sachant que Krosac pouvait venir d'un instant à l'autre, aurait-il donné rendez-vous à un étranger, en éloignant systématiquement de chez lui tous les protecteurs possibles ?

– Hum ! Je crois que non.

– Vous voyez, dit Ellery en soupirant. Mettons les choses au pire : supposons que le visiteur attendu par Brad soit venu et reparti, après avoir fait affaire avec lui. Survient Krosac, un inconnu. Mais nous avons prouvé que Krosac avait joué aux dames avec Brad. Cela signifierait donc que Brad aurait invité un inconnu à jouer avec lui dans sa maison, une maison sans défense ? Impossible. Donc Krosac, qu'il fût le visiteur attendu ou non, devait être un familier de Brad. Je suis persuadé que Krosac seul a pénétré dans la bibliothèque ce soir-là. Mais qu'il y eût deux, trois ou dix personnes n'infirme pas la conclusion : à savoir que Brad connaissait bien Krosac, quel que fût son déguisement, qu'il a joué aux dames avec lui et a été assassiné pendant la partie.

– Et où cela vous mène-t-il ?

– Nulle part, dit Ellery. Voilà pourquoi je vous ai dit tout à l'heure que je n'étais pas plus avancé qu'il y a trois semaines. En y réfléchissant, nous pouvons tirer une autre conclusion de toutes ces incertitudes. Je suis un âne de ne pas y avoir pensé plus tôt.

Le professeur se leva pour vider sa pipe dans la cheminée.

– Vous êtes plein de surprises ce soir, dit-il sans se retourner. Quelle conclusion ?

– Nous pouvons affirmer que Krosac ne boite pas.

– Nous l'avions déjà supposé. D'où vous vient votre certitude ?

Ellery se leva et se mit à arpenter la pièce de long en large. Dehors la pluie faisait rage.

– Krosac, quelle que soit la personnalité assumée

par lui, était bien connu de Brad. Or, aucun des familiers de ce dernier ne boite; donc Krosac marche comme vous et moi, mais il s'est servi de cette infirmité de jeunesse pour égarer la police.

– Ce qui explique pourquoi il a laissé, avec tant d'apparente négligence, les indices évoquant un boiteux.

– Précisément. Il cesse de boiter dès qu'il sent un danger. Rien d'étonnant à ce qu'on ne retrouve pas sa trace! J'aurais dû y songer plus tôt.

Yardley regarda Ellery avec attention.

– Et cette pensée fugitive... Toujours rien?

Ellery secoua la tête.

– Elle se cache toujours dans une circonvolution de mon cerveau... Remontons au premier meurtre, celui de Kling, dont l'explication est satisfaisante. Krosac et le prétendu boiteux sont dans le voisinage; mobile, proximité, nature particulière du crime, tout concorde. Une vendetta. Krosac croit avoir tué Andréja, l'un des frères. Comment retrouve-t-il enfin la trace de Van, le mieux caché des trois Tvar? Question impossible à résoudre actuellement, à élucider Dieu sait quand. Krosac frappe de nouveau. Brad, cette fois-ci; même question, même difficulté à y répondre. L'intrigue se complique délicieusement. Krosac trouve le mot de Brad qui lui révèle l'erreur commise pour le premier crime; Van vit toujours. Mais où est-il? Rideau sur le second acte; c'est très mélodramatique. Retour de Mégara, attendu par Krosac. Entrée en scène du seul possesseur du secret de la nouvelle identité de Van et du lieu de sa retraite actuelle. Délai... Puis... Par Jupiter! s'écria Ellery.

Yardley tressaillit. Ellery regardait son hôte avec des yeux qui lui sortaient de la tête.

– Par Jupiter! répéta Ellery en bondissant près de son ancien maître. Quel imbécile j'ai été! Quel idiot, quel âne bâté! Je la tiens, mon idée!

– Le procédé réussit toujours, dit le professeur en souriant. Eh bien, mon ami, qu'avez-vous?

Il s'interrompit, alarmé soudain du brusque changement survenu chez le jeune homme, qui semblait avoir reçu une commotion.

— Ecoutez, dit Ellery, je n'ai pas le temps d'entrer dans les détails. Qu'attendions-nous? Qu'attendait Krosac? Nous attendions que Krosac cherche à découvrir par l'intermédiaire de Mégara, seule source de renseignements possible, *où se trouve Van.* Krosac attendait d'avoir fait cette découverte. *Or, il a tué Mégara.* Cela ne peut signifier qu'une chose!

— Qu'il a trouvé la cachette de Van! s'écria Yardley. Mon Dieu, Queen, quels aveugles, quels imbéciles nous avons été! Il est peut-être déjà trop tard!

Ellery avait bondi sur le téléphone.

— Allô, la Western Union... Vite, prenez ce télégramme adressé au constable Luden, à Arroyo, en Virginie... Oui, un message : « Rassemblez forces immédiatement et allez cabane vieux Pete. Protégez-le jusqu'à mon arrivée. Prévenez Crumit retour Krosac. Si malheur déjà arrivé relevez piste Krosac et laissez scène crime intacte. Signé : Ellery Queen. » Répétez, je vous prie... Oui, c'est bien cela... Merci.

Il raccrocha puis, se ravisant, il appela Bradwood et demanda l'inspecteur Vaughn. Mais celui-ci, lui dit Stallings, venait de partir précipitamment. Ellery demanda un des hommes de Vaughn et apprit par ce dernier que l'inspecteur, ayant reçu un message, était parti aussitôt en voiture avec le procureur pour une destination inconnue.

— Nom d'un chien, grommela Ellery en raccrochant, qu'allons-nous faire? Nous n'avons pas le temps de lambiner.

Il se précipita à la fenêtre. L'orage était déchaîné, éclairs et coups de tonnerre se succédaient sans interruption, la pluie tombait à torrents.

— Il faut que vous restiez ici, professeur, dit Ellery.

— Cela m'ennuie de vous voir partir seul, surtout par cette tempête. Comment comptez-vous aller là-bas?

— Peu importe. Restez ici et faites l'impossible pour joindre Vaughn et Isham.

Ellery décrocha de nouveau le téléphone.

— L'aérodrome de Mineola, je vous prie.

— Oh! fit le professeur, vous n'allez pas monter en avion par un temps pareil!

Ellery lui fit signe de se taire.

— Allô, allô ! l'aérodrome de Mineola ? Puis-je avoir un avion rapide immédiatement pour aller en Virginie ? Quoi ?...

Après avoir écouté un instant il raccrocha, l'air déçu.

— Jusqu'aux éléments qui conspirent contre nous ! dit-il. On annonce une tempête venant de l'Atlantique et ils refusent de voler. Que faire ?

— Prenez le train.

— Non ! Je vais me fier à ma vieille Duesie. Pouvez-vous me prêter un imperméable ?

Ils se précipitèrent dans le vestibule. Le professeur ouvrit un placard et en tira un long ciré.

— Faites attention, Queen, dit-il. Vous partez en voiture découverte, les routes sont mauvaises et le voyage est très long.

— Rassurez-vous, je ne m'exposerai pas inutilement. Souhaitez-moi bonne chance, mon vieil ami, ou plutôt souhaitez bonne chance à Van.

— Allez, fit le professeur tandis qu'Ellery montait en voiture. Je ferai de mon mieux pour trouver Vaughn et Isham. Soyez prudent. Ce voyage n'est-il pas inutile ?

— Si Krosac n'a pas frappé Mégara plus tôt, dit Ellery, c'est qu'il attendait de savoir où se trouvait Van. Le fait qu'il se soit décidé à tuer le yachtsman prouve qu'il a découvert la ruse du vieux Pete et sa retraite dans la montagne. Il a dû extorquer le renseignement à Mégara avant de l'abattre. Mon devoir m'oblige à prévenir un quatrième crime. Krosac est certainement en route pour la Virginie en ce moment. J'espère qu'il a pris le temps de dormir, la nuit dernière, sans quoi...

Il haussa les épaules, sourit et courut au garage à la lueur des éclairs.

Le professeur regarda machinalement sa montre : il était exactement 1 heure du matin.

Contretemps

Se frayant un chemin au milieu de l'intense circulation de New York, la Duesenberg traversa Holland Tunnel, Jersey City, le dédale des villes du New Jersey, avant d'arriver sur la route droite de Harrisburg où elle put enfin filer comme une flèche. L'orage durait toujours. Ellery tour à tour invoquait les dieux du hasard ou violait les lois de la circulation. La chance le favorisa, il arriva en Pennsylvanie sans être poursuivi par la police motorisée pour excès de vitesse.

La vieille voiture ne l'abritait pas de la pluie; ses souliers étaient trempés et son chapeau ruisselait. Avec ses grosses lunettes d'auto, miraculeusement retrouvées dans la voiture et posées par-dessus son pince-nez, son costume de toile recouvert d'un ciré et son chapeau de feutre clair qui lui retombait sur les oreilles, il composait une étonnante silhouette.

A 7 heures moins quelques minutes, sous la pluie qui tombait toujours, il arriva à Harrisburg. La faim lui tenaillant l'estomac. Il laissa sa voiture au garage et se mit en quête d'un restaurant. Une heure après, de retour au garage où on avait fait le plein d'essence et vérifié ses pneus, il reprenait la route. Rockville, le pont de Susquehanna River... deux heures plus tard il traversait la grand-route de Lincoln, filant toujours vers son but. La pluie persistait.

A minuit, transi, exténué, voyant que ses paupières se fermaient malgré lui, il s'arrêta dans un garage d'Hollidaysburg et gagna à pied un hôtel qu'on lui indiqua.

– Je désire trois choses, dit-il à l'employé de la réception : une chambre, faire sécher mes vêtements et être réveillé à 7 heures tapantes, demain matin. Est-ce possible ?

– Mr Queen, répondit l'employé après avoir consulté la fiche d'Ellery, vous pouvez compter sur moi.

Le lendemain matin, bien reposé, vêtu de sec, l'estomac copieusement garni d'œufs au bacon, Ellery entamait sa dernière étape. Tout le long de la route ce n'étaient qu'arbres déracinés, rivières en crue, voitures accidentées et abandonnées; mais la tempête qui avait fait rage toute la nuit s'était apaisée aux premières heures du matin, bien que le ciel fût encore couleur de plomb.

A 11 h 30, comme un rayon de soleil faisait de vaillants efforts pour éclairer les cimes des montagnes de Virginie, Ellery arrêtait sa vieille Duesenberg devant la maison communale d'Arroyo.

Un homme en salopette bleue dont Ellery se souvenait vaguement balayait le trottoir devant l'entrée du bâtiment municipal.

– Hé, monsieur, dit l'individu en saisissant le bras d'Ellery au passage, qui voulez-vous voir? Où allez-vous?

Sans répondre, Ellery se dégagea et se précipita vers le bureau du constable Luden. La porte était fermée, il entra, mais la citadelle de l'activité civique d'Arroyo était vide.

L'homme en salopette avait rejoint Ellery.

– Où est le policier de service? demanda Ellery.

– Mais j'essayais d'vous l'dire, fit l'homme. L'est pas là.

– Ah! fit Ellery en hochant la tête d'un air entendu, certain que Luden était allé dans la montagne. Et quand est-il parti?

– Lundi matin.

– Quoi! fit Ellery, envisageant soudain une catastrophe. Alors il n'a pas eu mon...

Il se précipita vers le bureau de Luden et, malgré les protestations indignées de l'homme en bleu, fouilla dans la correspondance officielle du policier. Comme il le redoutait, une grande enveloppe jaune s'y trouvait. Il la déchira et lut :

CONSTABLE LUDEN – ARROYO – VIRGINIE. RASSEMBLEZ FORCES IMMÉDIATEMENT ET ALLEZ CABANE VIEUX PETE. PROTÉGEZ-LE JUSQU'À MON ARRIVÉE. PRÉVENEZ CRUMIT RETOUR KROSAC. SI MALHEUR DÉJÀ ARRIVÉ RELEVEZ PISTE KROSAC ET LAISSEZ SCÈNE CRIME INTACTE.

ELLERY QUEEN.

Ainsi, par un de ces machiavéliques et imprévisibles coups du destin qui déjouent si souvent les plans les mieux conçus, Luden n'avait pas eu le télégramme. L'homme en bleu, qui cumulait les fonctions de concierge et d'homme à tout faire, expliqua que le policier et le maire, Mr Hollis, étaient partis deux jours auparavant pour leur partie de pêche annuelle; ils s'absentaient d'ordinaire une semaine et ne rentreraient pas avant dimanche. Le télégramme était arrivé la veille à 3 heures, il l'avait placé sur le bureau de Luden après avoir signé l'accusé de réception. Le concierge, qui paraissait avoir quelque chose à dire, allait se lancer dans une longue dissertation mais Ellery y coupa court et sauta de nouveau dans la Duesenberg qu'il lança sur la route parcourue lors de sa dernière expédition avec le procureur Isham et Luden.

Il ne pouvait être question de perdre du temps à essayer de joindre le procureur Crumit, du comté de Hancock, ou avec le colonel Pickett, chef de la gendarmerie. Si ce qu'il redoutait n'était pas encore arrivé, il était certain de pouvoir faire face à n'importe quelle situation, grâce au bon revolver automatique qu'il avait emporté. Si le mal était fait...

Laissant sa voiture dans le fourré où on voyait encore les traces de leur récent passage, revolver en main, il recommença la rude ascension en suivant la piste indiquée par Luden. Il montait rapidement, bien décidé à ne pas se laisser surprendre. Un calme impressionnant régnait dans les bois épais. Il se hâtait, priant pour arriver à temps, bien qu'un sourd pressentiment l'avertît qu'il était déjà trop tard.

Il s'accroupit derrière un arbre et regarda la clairière. La barrière était intacte. Malgré la porte fermée, Ellery reprit espoir. Prudemment, il releva le cran de sûreté de son automatique et sortit sans bruit de derrière son arbre. Etait-ce le visage barbu du vieux Pete qu'on apercevait derrière la fenêtre grillagée? Non, son imagination lui jouait des tours. Maladroitement, il franchit la barrière en serrant toujours son revolver, et ce fut seulement alors qu'il aperçut les empreintes.

Pendant trois longues minutes il reconstitua l'histoire si clairement imprimée dans la terre humide. Puis, évitant avec soin ces empreintes parlantes, il posa ses pieds avec précaution et atteignit la porte.

Celle-ci n'était pas complètement fermée. Il s'arrêta pendant une seconde et plaça son oreille contre la fente. Aucun bruit ne parvenait de l'intérieur de la cabane. Il se redressa, ouvrit la porte d'une seule poussée et resta cloué sur le seuil, la main armée du revolver à la hauteur de visée, les yeux fixés sur l'horrible scène qui se présentait devant lui.

Puis il entra d'un bond et verrouilla la porte derrière lui.

A 12 h 50 la Duesenberg s'arrêtait de nouveau devant la maison communale d'Arroyo et déposait Ellery sur le trottoir. L'aspect du jeune homme dut surprendre le concierge; il était échevelé, hagard, et une lueur de folie semblait briller dans son regard.

— Hello, dit l'homme en s'arrêtant de balayer. Ainsi vous v'là rev'nu? J'avais quéque chose à vous dire, monsieur, mais vous avez pas voulu m'écouter. Vot' nom est bien...

— La ferme! gronda Ellery. Puisque vous êtes le seul responsable officiel de cet étonnant district, je vais vous charger d'une mission. Des hommes de New York vont venir ici. Dans combien de temps, je l'ignore, mais quand bien même leur voyage prendrait des heures il faut les attendre. Compris?

— Ben... j'sais pas, fit le concierge en s'appuyant sur son balai. Vous seriez pas des fois un nommé Queen?

— Si. Pourquoi?

Le concierge fouilla dans la poche de sa salopette, s'arrêta pour expectorer un long jet de salive brune et tendit un papier à Ellery.

— J'ai déjà essayé d'vous l'dire, mais vous m'avez pas laissé parler. C'est un grand type très laid, tout le portrait d'Abraham Lincoln, qui m'l'a remis pour vous.

— Yardley! fit Ellery en arrachant le papier. Bon Dieu, pourquoi ne me l'avez-vous pas dit plus tôt!

C'était un mot griffonné au crayon par le professeur.

« Mon cher Queen,

» La magie moderne m'a permis de vous devancer. Votre départ m'a laissé bien soucieux; après avoir vainement essayé de rattraper Vaughn et Isham, j'ai fini par découvrir qu'ils avaient reçu du Massachusetts des nouvelles intéressantes et paraissant authentiques au sujet des Lynn. J'ai remis votre message au lieutenant de Vaughn. La pensée de vous savoir seul à la poursuite d'un sauvage altéré de sang tel que Krosac me tourmente. Rien de sensationnel à Bradwood. Le Dr Temple est parti pour New York, probablement pour rejoindre son Hester. De l'amour dans l'air ?

» La tempête a fait rage toute la nuit, je n'ai pas fermé l'œil. Les conditions atmosphériques étant meilleures ce matin, je suis parti à 6 heures pour Mineola et j'ai réussi à avoir un avion particulier pour m'emmener en Virginie. J'ai atterri près d'Arroyo à 10 heures ce matin (cela a été écrit en avion).

» *Suite.* Impossible trouver cabane ou quelqu'un connaissant le chemin. Luden parti, ville morte, votre télégramme probablement pas ouvert. Crains le pire, d'autant que j'ai découvert la piste d'un boiteux dans le voisinage (ces derniers mots étaient soulignés deux fois).

» Le boiteux en question, qui porte un petit sac (ce doit être Krosac, bien que son signalement soit assez vague; il est tout emmitouflé) a loué une auto particulière à Yellow Creek, sur l'autre rive de l'Ohio, non loin d'Arroyo, à 11 h 30 hier soir. Le propriétaire de l'auto, interrogé, m'a dit avoir conduit Krosac à Steubenville et l'avoir déposé devant un hôtel. J'ai l'intention de suivre Krosac moi-même et laisse ce message à votre intention au si intelligent concierge de la maison communale d'Arroyo. Venez me rejoindre immédiatement à Steubenville; si j'ai dû partir plus loin, entraîné par ma poursuite, je vous laisserai un mot à l'hôtel Fort Steuben. En hâte.

YARDLEY. »

— A quelle heure votre ami Abraham Lincoln vous

a-t-il remis cette lettre? demanda Ellery qui paraissait exaspéré.

– Vers 11 heures. Pas longtemps avant votre arrivée...

– Je sais maintenant pourquoi on peut commettre un crime, grommela Ellery. A quelle heure la pluie a-t-elle cessé la nuit dernière? demanda-t-il, frappé par une pensée subite.

– Une heure avant minuit, à peu près. La pluie a fini par ici, mais elle a continué à tomber à seaux de l'autre côté de l'eau. Ecoutez, Mr Queen, ne croyez-vous pas...

– Non, dit Ellery d'un ton ferme. Vous donnerez ce mot aux hommes de New York dès qu'ils arriveront.

Il griffonna quelques lignes à la suite de la lettre du professeur.

– ... Restez ici, balayez, chiquez, faites ce que vous voudrez, mais ne quittez pas ce trottoir avant l'arrivée du procureur Isham et de l'inspecteur Vaughn. Compris? Isham, Vaughn. Donnez-leur cette lettre. Voici pour vous récompenser de votre peine.

Il fourra un billet dans la main du concierge, sauta dans son auto et descendit la grande rue d'Arroyo dans un nuage de poussière.

Deux fois mort

L'inspecteur Vaughn et le procureur Isham arrivèrent à Bradwood, le mercredi à 8 heures du matin, harassés mais contents. Ils ramenaient dans leur auto un officier ministériel et les deux Lynn, Elisabeth et Percy.

Les deux voleurs anglais furent envoyés sous bonne garde à Mineola et l'inspecteur s'étirait avec béatitude lorsque le lieutenant Bill arriva, hors d'haleine, pour lui raconter l'histoire du Pr Yardley. L'expression triomphante de Vaughn se mua en angoisse. Isham, qui avait entendu le récit de Bill, jura comme un templier.

– Que diable allons-nous faire?

– Les suivre, naturellement, fit Vaughn en remontant dans la voiture de police.

Le procureur passa la main sur son crâne chauve et s'installa auprès de lui, résigné.

A l'aérodrome de Mineola, ils apprirent que Yardley avait loué un avion particulier à 6 heures du matin et qu'il était parti vers l'ouest pour une destination inconnue. Dix minutes plus tard, ils fendaient les airs dans la carlingue d'un puissant trimoteur, voguant vers le même but.

A 1 h 30 de l'après-midi, ils arrivaient à Arroyo. L'avion les avait déposés dans un champ à proximité de la ville. Ils se dirigèrent vers la maison communale. Un homme en salopette bleue, assis sur les marches, un balai entre les jambes, ronflait paisiblement. Il se leva d'un bond lorsque l'inspecteur lui toucha l'épaule.

– Vous êtes de New York ?

– Oui.

– Vous vous appelez Vaughn et Isham ?

– Oui.

– V'là un mot pour vous.

Ils lurent en silence le message du professeur auquel Ellery avait ajouté les lignes suivantes :

« Suis allé à la cabane. Terrible gâchis là-bas. Suivez dès que possible. Empreintes circulaires devant hutte faites par moi... les autres, je vous laisse le soin de deviner. Dépêchez-vous si vous voulez arriver pour la curée.

Q. »

– C'est arrivé ! grommela Isham.

– A quelle heure Mr Queen est-il parti d'ici ? demanda Vaughn.

– Vers 1 heure, répondit le concierge. Mais que se passe-t-il ?

– Venez, Isham, fit l'inspecteur. Conduisez-moi, il faut aller d'abord à la cabane.

Ils tournèrent le coin de la rue, laissant le concierge éberlué.

La porte de la cabane était fermée.

Isham et Vaughn escaladèrent, non sans difficulté, la barrière de barbelés.

– Ne marchez pas sur ces empreintes, dit l'inspecteur. Voyons... ce sont celles de Queen qui font le détour, les autres...

Il y avait, en plus de celles d'Ellery, deux séries d'empreintes laissées par la même paire de souliers, l'une allant de la barrière à la porte de la cabane, l'autre revenant en sens inverse, un peu à côté de l'autre. Au delà de la barrière, le sol rocheux empêchait toute marque visible. Les empreintes se dirigeant vers la hutte étaient plus profondes que celles qui en revenaient et toutes celles du pied droit étaient plus marquées que celles du pied gauche correspondant.

– C'est bien la trace du boiteux, murmura Vaughn. Cette première série... tiens, c'est bizarre.

Suivant les empreintes, il avança vers la cabane et ouvrit la porte. Isham le suivait. Saisis d'horreur, tous deux reculèrent. Sur le mur en face de la porte, cloué aux poutres comme un trophée, se trouvait le cadavre décapité d'un homme. Les jambes étaient clouées l'une contre l'autre. D'après les vêtements ensanglantés – les haillons du pseudo-montagnard – c'était le corps du maître d'école.

Le sang avait ruisselé sur le plancher, éclaboussé les murs. La cabane si nette, si bien arrangée lorsque Isham l'avait visitée quelques jours auparavant, ressemblait à une salle d'abattoir. Les nattes étaient constellées de flaques de sang, le sol en était souillé partout et sur la lourde table centrale, débarrassée de ses objets habituels, le meurtrier avait tracé avec du sang un gigantesque T, symbole de la vengeance de Krosac.

– Jésus! murmura Vaughn. Cela vous tourne le cœur. J'étranglerais volontiers ce cannibale de mes propres mains.

– Je sors, fit Isham d'une voix rauque, sans quoi je vais... m'évanouir.

Il sortit, s'appuya contre le mur extérieur et fut pris de violentes nausées.

Surmontant son dégoût, l'inspecteur Vaughn toucha le cadavre; il était rigide. Des filets rouges s'échappaient des clous plantés dans les paumes des mains et dans les pieds.

« Il doit être mort depuis environ quinze heures », pensa Vaughn en serrant les poings. Très pâle, il leva les yeux sur le corps crucifié. La section écarlate du cou, à la naissance de la tête coupée, les bras étendus et raides, les jambes serrées : c'était la grotesque et monstrueuse réalisation en chair humaine d'un T gigantesque, une démoniaque plaisanterie née du cerveau d'un fou.

Vaughn secoua le vertige qui lui tournait la tête et recula. Des traces de lutte sautaient aux yeux. Il remarqua plusieurs objets dont l'usage n'était que trop évident : une lourde hache dont la lame était enduite de sang séché, celle qui avait servi à décapiter Andréja Tvar, puis une bande de pansement roulée, dont les bords étaient effilochés et sales, imbibée d'un côté d'un liquide brunâtre desséché. L'inspecteur se baissa pour la ramasser et remarqua avec surprise qu'elle avait été coupée en deux par un instrument tranchant, des ciseaux sans doute; en effet, non loin de là, à terre, il y avait une lourde paire de ciseaux qui paraissait avoir été jetée avec une hâte fébrile.

Vaughn alla à la porte. Isham se sentait un peu mieux.

– Que dites-vous de ceci? fit Vaughn en lui montrant la bande sectionnée. Diable, vous n'auriez pas pu vomir un peu plus loin, Isham?

Le procureur baissa le nez, confus.

– C'est un pansement de poignet, d'après sa dimension, dit-il. La blessure devait être assez grave, à en juger par les taches de sang et l'iode qui le recouvrent.

– Vous avez raison; aucune autre partie du corps n'est assez petite pour un bandage de cette sorte, pas même la cheville. Mr Krosac doit avoir une jolie petite blessure au poignet.

– Ou il y a eu bataille ou il s'est coupé en mutilant le corps, dit Isham en frissonnant. Mais pourquoi n'a-t-il pas pris la précaution élémentaire de faire disparaître ce bandage?

– La réponse est facile. Remarquez comme il est ensanglanté : Krosac a dû se blesser au début de la lutte et couper ce pansement pour en mettre un propre plus tard. Quant à la raison pour laquelle il l'a laissé... il devait être joliment pressé, Isham, de fuir le voisinage de la cabane. Et cette blessure ne doit pas constituer un danger pour lui; le seul fait qu'il n'ait pas détruit le pansement prouve qu'elle doit se trouver dans un endroit facile à dissimuler... par des manchettes par exemple. Mais retournons à l'intérieur.

Isham avala sa salive et suivit bravement l'inspecteur. Vaughn lui montra la hache, les ciseaux, et aussi un gros flacon de verre opaque qui se trouvait par terre à côté de l'endroit où il avait ramassé le pansement, un flacon de verre bleu foncé, sans étiquette et presque vide; la majeure partie de son contenu s'était répandu sur le sol où il formait une large tache brune; le bouchon avait sauté plus loin; à côté il y avait une bande neuve en partie déroulée.

– De l'iode, dit Vaughn. C'est facile à reconstituer, il a dû prendre la bouteille sur ce rayonnage quand il s'est coupé et la poser sur la table; plus tard, il l'a renversée accidentellement ou jetée à terre dans sa hâte. Le verre, très épais, ne s'est pas brisé.

Ils s'approchèrent du mur contre lequel était cloué l'homme crucifié. Plus loin, dans le coin, au-dessus du bassin muni d'une pompe à main, se trouvait l'étagère qu'Isham avait remarquée lors de sa première visite à la cabane. A part deux espaces libres, le rayonnage était plein; on y voyait un gros paquet de coton hydrophile, un tube de dentifrice, un rouleau d'adhésif, des bandes, de la gaze, un petit flacon étiqueté « Iode », un autre de mercurochrome et plusieurs autres bouteilles ou boîtes de médicaments – sirops, aspirine, pommade à l'oxyde de zinc, vaseline, etc.

– Il s'est servi des réserves de Van, c'est clair, dit l'inspecteur. La bande et le grand flacon d'iode viennent de cette étagère et il n'a pas pris la peine de les remettre en place.

– Un instant, dit Isham, vous allez trop vite. Qui vous dit que ce n'est pas le pauvre diable crucifié contre la muraille qui s'est blessé ? Il ne s'agit pas de se lancer sur une fausse piste en faisant rechercher un homme portant une blessure au poignet.

— Vous avez peut-être raison, je n'y avais pas pensé. Il n'y a qu'une chose à faire, regarder le cadavre de près.

— Oh ! grommela Isham. Je... j'aimerais autant pas, Vaughn.

— Ecoutez, riposta Vaughn, cette tâche me répugne autant qu'à vous. Mais elle doit être faite. Venez.

Dix minutes plus tard le corps décapité gisait à terre. Ils avaient retiré les clous des mains et des pieds. Vaughn avait arraché les haillons, et le cadavre, blanc et nu, semblait tourner en dérision l'image de Dieu. Isham, appuyé au mur, se tenait l'estomac à deux mains. Ce fut l'inspecteur qui eut le courage d'examiner l'horrible corps mutilé.

— Non, dit-il en se relevant, il n'y a pas de blessures, sauf celles occasionnées par les clous. C'est bien le poignet de Krosac qui a été coupé.

— Allons-nous-en, Vaughn, je vous en prie !

Ils retournèrent à Arroyo sans échanger un mot, en aspirant l'air pur à pleins poumons. L'inspecteur téléphona longuement au procureur Crumit de Weirton, puis il rejoignit Isham.

— Crumit ne dira rien, fit-il. Il a été abasourdi, mais l'affaire ne transpirera pas et c'est la seule chose qui m'intéresse. Il va amener ici le colonel Pickett et le coroner, je lui ai dit que nous avions pris quelques libertés avec le plus récent macchabée du comté de Hancock... C'est la seconde fois qu'ils devront faire une enquête sur la mort d'Andrew Van.

Isham ne répondit pas, il avait encore la nausée.

Tous deux louèrent une voiture rapide et filèrent — une heure et demie après Ellery et dans un nuage de poussière identique — vers le pont sur l'Ohio et Steubenville.

Défi au lecteur

Qui est le meurtrier?

J'ai pour habitude de faire appel à l'intelligence du lecteur en posant cette question dans chacun de mes romans, à l'endroit précis où il est en possession de tous les faits nécessaires pour trouver la solution exacte du ou des crimes. Le Mystère égyptien *n'est pas une exception : en faisant usage de la logique pure et des déductions tirées des faits donnés, vous devriez pouvoir – non point simplement deviner mais prouver – l'identité du coupable.*

Il n'y a ni « si » ni « mais » dans la seule solution juste, comme vous le constaterez en lisant le chapitre explicatif.

Et comme la logique n'a pas besoin d'être aidée par le hasard, je vous souhaite bon raisonnement et bonne chance.

Ellery QUEEN.

Question de géographie

Ce fut un mercredi historique, le début d'une étrange et excitante chasse à l'homme qui couvrit en zigzag quelque cent kilomètres du territoire. Elle nécessita l'emploi de tous les moyens de transport à grande vitesse connus : automobiles, trains rapides, avions. Cinq hommes y prirent part. Un sixième, dont la participation fut une surprise totale, s'y ajouta. Elle dura, depuis le moment où Ellery mit le pied à Steubenville, dans l'Ohio, neuf longues et pénibles heures qui parurent neuf siècles à tous, sauf au leader.

Une triple poursuite – car ils se suivaient tous les uns les autres – dans laquelle la proie était toujours hors d'atteinte à la dernière seconde et qui ne leur laissait aucun temps pour se reposer, se nourrir ou se consulter.

A 1 h 30, le mercredi après-midi – au moment où le procureur Isham et l'inspecteur Vaughn arrivaient à Arroyo – Ellery, dans sa Duesenberg, entrait en trombe à Steubenville, et après avoir consulté un agent de la circulation, allait s'arrêter devant l'hôtel Fort Steuben.

Avec son pince-nez de travers et son chapeau rejeté en arrière, il offrait l'image parfaite du reporter tel que le conçoit le cinéma. L'employé de l'hôtel dut s'y tromper car il sourit et, sans lui tendre le registre, demanda :

– Vous êtes bien Mr Ellery Queen, n'est-ce pas ?

– Oui ! Comment le savez-vous ?

– Mr Yardley m'a fait votre description en disant que vous viendriez cet après-midi. Il a laissé cette lettre pour vous.

– Donnez, fit Ellery. Merci.

La lettre était griffonnée à la hâte.

« Queen. Ne vous attardez pas à questionner l'employé; avons tous les renseignements nécessaires. Un homme répondant au signalement de K est arrivé dans cet hôtel à minuit hier soir. Parti à 7 h 30 ce matin dans voiture de louage. Ne boitait plus en quittant hôtel mais porte pansement poignet gauche qui m'intrigue. Ne semble pas redouter poursuite; a déclaré qu'il partait pour Zanesville. Suis en voiture, ai obtenu de l'employé description assez vague. Laisserai instructions ultérieures à réception hôtel Clarendon à Zanesville.

YARDLEY. »

– A quelle heure Mr Yardley est-il parti de Steubenville ?

– A midi, monsieur, il a loué une voiture.

– Pour Zanesville, hein ?

Il prit le téléphone.

– Donnez-moi le chef de la police de Zanesville, je vous prie... Allô... peu importe mon nom, dépêchez-vous... Allô, ici Ellery Queen, le fils de l'inspecteur Richard Queen, de la brigade criminelle de New York... Oui ! Je suis à Steubenville, chef, sur la piste d'un homme grand, très brun, portant un pansement au poignet gauche, circulant dans une auto de louage, et qui est suivi d'un homme également très grand, barbu, aussi en auto louée. Le premier est un assassin... Oui ! Il a quitté Steubenville à 7 heures et demie. Hum ! Vous avez raison, il a dû passer il y a longtemps. Relevez tous les indices possibles, je vous prie. Le second individu ne peut pas encore avoir atteint Zanesville... Gardez le contact avec l'employé de réception de l'hôtel Clarendon. J'arriverai dès que possible.

Il sortit en hâte de l'hôtel Fort Steuben et sauta dans sa Duesenberg qui fila comme le vent vers l'ouest.

A Zanesville, Ellery trouva un gros policier en uniforme qui l'attendait dans le vestibule de l'hôtel Clarendon et qui vint à lui, la main tendue.

– Hardy, chef de la police, dit le gros homme. Votre

barbu vient de téléphoner à l'employé que l'individu qu'il suit a changé d'avis; au lieu de venir sur Zanesville, il a pris la route de Columbus.

– Mon Dieu! s'écria Ellery, j'aurais dû me douter que Yardley bousillerait tout! Ah, ces rats de bibliothèque! Avez-vous prévenu Columbus?

– Bien sûr. C'est une arrestation importante, Mr Queen.

– Plutôt, dit Ellery. Merci, chef. Je file immédiatement.

– Excusez-moi, monsieur, dit timidement l'employé. Mais le monsieur qui m'a téléphoné a dit qu'il laisserait un message pour vous à l'hôtel Sénèque, à Columbus.

Ellery se hâta de sortir, laissant le chef de la police complètement abasourdi.

A 7 heures, pendant que Vaughn et Isham suivaient de loin, cherchant à retrouver la piste entre Steubenville et Columbus, Ellery entrait dans cette dernière ville et s'emparait d'un message, déposé à l'hôtel Sénèque :

« Queen, cette fois il m'a joué, mais j'ai retrouvé sa piste. Je ne crois pas qu'il l'ait fait exprès, il a simplement changé d'avis en route. J'ai perdu un peu de temps, mais j'ai découvert que K a pris le train ici, à 1 heure, pour Indianapolis. Je prends l'avion pour le rattraper. C'est amusant comme tout! Dépêchez-vous, jeune homme. Si je prends le renard à Indianapolis, honte à vous!

Y. »

– Quand il devient bavard, il est presque insupportable, grommela Ellery. A quelle heure ce monsieur m'a-t-il écrit ce mot? dit-il en s'épongeant le front.

– A 5 h 30, monsieur.

Ellery s'empara du téléphone et eut bientôt le chef de la police d'Indianapolis au bout du fil. Celui-ci avait déjà été alerté par Columbus, mais le signalement, trop vague, n'avait pas permis à ses hommes de retrouver trace du fugitif.

Ellery raccrocha.

— Mr Yardley ne vous a pas donné d'autre commission pour moi ?
— Si, monsieur. Il doit vous laisser un mot à l'aérodrome d'Indianapolis.
Ellery tira son portefeuille.
— Vous serez largement récompensé, mon vieux, si vous faites vite. Pouvez-vous me trouver un avion immédiatement ?
L'employé sourit.
— Mr Yardley ayant dit que vous pourriez en avoir besoin, j'ai pris la liberté d'en retenir un, monsieur. Il vous attend à l'aérodrome.
— Au diable Yardley ! grommela Ellery, il me coupe l'herbe sous le pied ! C'est pourtant moi qui chasse...
Il sourit et tendit un billet à l'employé.
— ... Félicitations pour votre intelligence. Ma voiture est dehors, c'est une vieille Duesenberg, prenez-en soin jusqu'à mon retour... Dieu sait quand !
Il sortit et héla un taxi.
— A l'aérodrome ! cria-t-il. Vite !

Il était un peu plus de 8 heures — une heure après le départ en avion d'Ellery qui avait un retard de trois heures sur Yardley et de sept sur leur proie voyageant par le train. Vaughn et Isham, harassés, arrivaient à Columbus. Un avion, commandé de Zanesville, les y attendait; ils s'envolèrent en direction d'Indianapolis avant qu'Isham ait eu le temps de protester.

N'étaient les circonstances, la chasse eût été amusante. Ellery se détendit dans l'avion et se plongea dans ses réflexions. Tout ce qui était si obscur, si indécis depuis sept mois était maintenant clair comme le jour. Il repassa toute l'affaire depuis le début et, arrivé au meurtre d'Andrew Van, en considérant le résultat de son travail mental, il se déclara satisfait.
L'avion filait comme s'il avait été suspendu en l'air et seule la fuite du paysage donnait l'impression du mouvement. Indianapolis... Yardley bondirait-il sur le renard à son arrivée ? C'était possible. Le meurtrier avait quitté Columbus par chemin de fer, il n'arriverait pas à Indianapolis avant 6 heures, peut-être même un

peu plus tard. Yardley, parti en avion à 5 h 30, y serait à 7. Si le train de Krosac avait tant soit peu de retard ou s'il s'attardait un peu à Indianapolis avant de continuer son voyage, le professeur pouvait le rattraper. Ellery soupira, souhaitant presque que Krosac pût échapper aux mains inexpertes de son poursuivant. Non que Yardley eût mal manœuvré jusqu'ici... pour un novice !

Ils se posèrent sur l'aérodrome d'Indianapolis, comme une feuille morte chassée par le vent, aux dernières lueurs du crépuscule. Il était 8 h 30.

Un jeune homme en uniforme se précipita pour ouvrir la porte de la cabine.

– Mr Queen ?

– Oui, vous avez un message pour moi ?

– Oui, monsieur. Un certain Mr Yardley l'a laissé à votre intention il y a moins d'une heure et demie. C'est important, a-t-il dit.

Ellery déchira l'enveloppe.

« Q. Je crois que nous touchons à la dernière étape. J'ai cru pouvoir le rattraper, mais je l'ai manqué d'un fil. A mon arrivée, un homme répondant au signalement de K venait de partir en avion pour Chicago. Il était 7 heures. Impossible me procurer avion avant 7 h 15. K doit arriver Chicago entre 8 h 45 et 9 heures. Suggère si vous arrivez avant 8 h 45 alerter la police de Chicago pour qu'elle s'empare du voyageur à l'aérodrome. Je pars !

Y. »

– Mr Yardley est parti en avion à 7 h 15 ? demanda Ellery.

– Oui, monsieur.

– Il devrait donc arriver à Chicago entre 9 heures et 9 h 15 ?

– Oui, monsieur.

Ellery glissa un billet dans la main du jeune homme.

– Menez-moi à un téléphone, je vous en serai reconnaissant toute ma vie.

Le jeune homme sourit et se mit à courir. Ellery le suivit jusqu'à un bâtiment de l'aéroport.

— Allô, le bureau central ? Passez-moi le chef de la police... Oui, j'ai bien dit le chef de la police... Dépêchez-vous, c'est une question de vie ou de mort... Quoi ? Ecoutez, ici Ellery Queen de New York, j'ai un message de la plus haute importance pour le chef de la police.

Après un long conciliabule à l'autre bout du fil, il entendit enfin la voix de l'auguste gentleman qui gouvernait la police de Chicago.

— ... Allô, le chef de la police ? Ici le fils de l'inspecteur Richard Queen... Vous vous souvenez de moi ? Je m'occupe des crimes de Long Island. Oui ! Un homme très grand, brun, qui porte un pansement au poignet gauche arrive entre 8 h 45 et 9 heures à Chicago dans un avion venant d'Indianapolis... Non, ne l'arrêtez pas à l'aérodrome... je vous demande cela pour ma satisfaction personnelle. Voulez-vous le faire suivre, où qu'il aille, et cerner son refuge ? Oui. Ne l'arrêtez que s'il tente de quitter Chicago. Il est possible qu'il essaie de gagner le Canada ou la côte du Pacifique. Il ignore qu'on le poursuit... Incidemment, cherchez sur le même aérodrome, venant également d'Indianapolis, un homme grand, mince avec une barbe comme celle d'Abraham Lincoln... C'est le Pr Yardley. Recommandez à vos hommes de le traiter avec la plus grande courtoisie. Merci. Au revoir. (Il raccrocha.)

— Et maintenant, cria Ellery au jeune homme qui l'attendait à la porte de la cabine téléphonique, conduisez-moi à un avion.

— Où allez-vous ?

— A Chicago.

A 10 h 25, le monoplan survolait l'aérodrome de Chicago, brillamment illuminé. Ellery regardait par le hublot, mais le pilote, alléché par le bon pourboire qui lui avait été promis si le trajet s'effectuait rapidement, amorçait déjà la descente. Il ferma les yeux, tentant de retrouver son équilibre et de rétablir sa respiration; bientôt il sentit les roues du monoplan heurter le terrain : il ouvrit les yeux, l'avion roulait doucement sur la piste cimentée.

Il se leva et rajusta sa cravate. Le moteur, après un dernier ronflement, s'arrêta.

– Nous voici arrivés, Mr Queen, dit le pilote, j'ai fait de mon mieux.

– Bravo! fit Ellery qui esquissa une grimace et gagna la porte d'un pas mal assuré. Il arrive parfois que les ordres soient trop bien exécutés.

La porte s'ouvrit, il descendit à terre, ébloui par le puissant éclairage. Un groupe d'hommes l'attendait. Il cligna des yeux et reconnut le Pr Yardley, souriant si largement que sa barbe en était presque horizontale, la lourde silhouette du chef de la police de Chicago, dont il avait fait la connaissance lors de son voyage avec son père, avant d'aller à Arroyo, plusieurs autres personnes qu'il prit pour des détectives et... qui donc? Ce petit homme élégant tout de gris vêtu... ce petit bonhomme, cette bonne vieille figure, cette tête si droite?...

– Papa! s'écria-t-il en saisissant les mains gantées de l'inspecteur Richard Queen. Au nom de tous les saints, comment es-tu ici?

– Hello, fiston, dit l'inspecteur en souriant, tu es un bien piètre policier si tu es incapable de l'imaginer. Ton ami Hardy, de Zanesville, m'a téléphoné à New York pour contrôler tes dires, après ton coup de téléphone; je lui ai confirmé que tu étais mon fils. D'après ses renseignements, j'ai conclu que tu touchais au but et que ton homme gagnerait Chicago ou Saint-Louis. Je suis parti de New York en avion à 2 heures et me voici.

Ellery passa son bras autour des épaules de son père.

– Tu es un perpétuel sujet d'étonnement, le colosse moderne de Rhodes! Dieu, que je suis content de te voir, père! C'est une garantie de sentir les anciens autour de soi... Hello, professeur!

– Je suis sans doute compris dans les septuagénaires, dit le professeur en lui serrant la main. Nous avons eu une longue et cordiale conversation à votre sujet, votre père et moi, jeune homme; il croit que vous avez quelque chose au fond de votre sac.

– Ah, fit Ellery, pas possible! Il croit cela? Comment allez-vous? ajouta-t-il en serrant la main du chef de la police. Excusez mon ton cavalier au téléphone, j'étais horriblement pressé... Eh bien, où en est la situation?

Ils se dirigèrent lentement vers la sortie.

– Elle est épatante, Mr Queen. Votre homme est arrivé par avion à 9 heures moins 5... nous avons eu à peine le temps d'envoyer les détectives sur le terrain. Il ne soupçonne rien.

– J'ai atterri vingt minutes trop tard, gémit le professeur. Jamais ma vieille carcasse n'a eu aussi peur que quand un détective m'a posé la main sur le bras à ma descente d'avion...

– Hum ! fit Ellery, et où est notre... Krosac, en ce moment, monsieur le chef de la police ?

– Il a pris son temps pour sortir de l'aérodrome et s'est fait conduire en taxi dans un hôtel de troisième ordre, le Rockford. Quatre policiers l'ont escorté à son insu. L'homme est dans sa chambre, maintenant.

– Il ne peut pas s'évader ? demanda Ellery.

– Mr Queen ! répliqua le chef de la police d'un air vexé.

L'inspecteur eut un gloussement amusé.

– J'ai appris incidemment que Vaughn et Isham, du comté de Nassau, te suivent de près. Ne vas-tu pas les attendre, fiston ?

Ellery s'arrêta net.

– Mon Dieu, je les avais complètement oubliés ! Auriez-vous la bonté, monsieur le chef de la Police, de détacher un de vos hommes pour accompagner l'inspecteur Vaughn et le procureur Isham, qui arriveront d'ici une heure, à l'hôtel Rockford ? Ce ne serait pas chic de leur faire manquer le dernier acte.

Mais le procureur Isham et l'inspecteur Vaughn mirent moins d'une heure à arriver de Chicago. A 11 heures, ils atterrissaient à l'aérodrome où plusieurs détectives les attendaient pour les accompagner à l'hôtel Rockford.

La réunion des pèlerins eut un côté comique. Ils s'installèrent dans un appartement particulier de l'hôtel bondé de policiers. Ellery, sans veston, était étendu sur le lit et se reposait. L'inspecteur Queen et le chef de la police s'entretenaient dans un coin; dans le cabinet de toilette, le Pr Yardley enlevait la crasse accumulée au cours de la traversée de plusieurs Etats. Fourbus, les deux pauvres voyageurs entrèrent dans la pièce et la parcoururent du regard.

– Eh bien, grommela Vaughn, est-ce la fin ou faut-il nous suivre à la queue leu leu jusqu'en Alaska ? Le gaillard est-il un coureur du marathon ?

– C'est la fin, inspecteur. Asseyez-vous, vous aussi, Mr Isham. Reposez-vous. Nous avons toute la nuit. Krosac ne peut s'enfuir. Que diriez-vous d'une petite collation ?

Suivirent des présentations, un repas fumant, du café chaud, des rires et des conjectures. Un policier apportait des nouvelles de temps à autre. On sut que l'occupant de la chambre 643, inscrit sous le nom de John Chase, avait téléphoné à l'employé de la réception de lui réserver une place sur le transcontinental du matin pour San Francisco : Mr Chase-Krosac avait certainement l'intention d'aller faire un tour prolongé en Orient.

– A propos, dit Ellery un peu avant minuit, qui pensez-vous trouver, professeur, lorsque nous ferons irruption dans la chambre 643 occupée par Mr John Chase ?

– Mais Velja Krosac, naturellement, répondit Yardley.

– Pas possible ! fit Ellery en envoyant au plafond un rond de fumée.

Le professeur tressaillit.

– Que voulez-vous dire ? Par Krosac, j'entends, bien entendu, l'homme né sous ce nom, mais que nous connaissons probablement sous un autre.

– Vraiment ! fit Ellery qui se leva. Je crois, messieurs, qu'il serait temps de nous occuper de Mr Krosac. Tout est-il prêt, monsieur le chef de la police ?

– Nous n'attendons que le signal, Mr Queen.

– Une seconde, dit Vaughn en lançant un regard furieux à Queen. Prétendez-vous insinuer que vous connaissez la véritable identité de l'occupant du 643 ?

– Naturellement ! Je suis surpris, inspecteur, de votre manque de perspicacité. N'est-ce pas la simplicité même ?

– Simple ? Qu'est-ce qui est simple ?

Ellery soupira.

– Peu importe. Mais attendez-vous à une rude surprise. Vous êtes prêts ? En avant !

Cinq minutes plus tard, les corridors du sixième étage de l'hôtel Rockford ressemblaient à un terrain de manœuvre. Policiers en uniforme et en civil gardaient toutes les portes. L'étage du dessus et celui du dessous étaient infranchissables, les ascenseurs ne fonctionnaient plus. La chambre 643 n'avait qu'une seule issue sur le corridor.

Effarouché, John, le petit chasseur, en service commandé, se tenait devant la porte, entouré du groupe formé par Ellery, son père, Vaughn, Isham, le chef de la police et Yardley; il attendait le signal. Ellery jeta un coup d'œil circulaire et fit signe au gamin.

Celui-ci s'avança. Deux policiers, revolver en main, se tenaient aplatis de chaque côté de la porte. L'un d'eux frappa. Pas de réponse. La chambre paraissait obscure à en juger par le vasistas; son occupant devait dormir.

Le policier frappa de nouveau. On entendit cette fois un léger bruit, les ressorts du lit craquèrent et une grosse voix d'homme cria :

– Qui est là ?

– Service, Mr Chase, répondit le chasseur.

– Quoi ? Je n'ai rien demandé. Que voulez-vous ?

La porte s'ouvrit et une tête ébouriffée parut dans l'embrasure...

De tous les incidents qui suivirent : le bond des deux policiers en civil, la fuite du petit chasseur, la lutte sur le seuil de la porte, Ellery ne se rappela qu'une vision : celle de la fraction de seconde pendant laquelle l'homme, enregistrant d'un coup d'œil les forces de police, les visages d'Ellery Queen, de l'inspecteur Vaughn et du procureur Isham eut une expression d'intense stupéfaction. Son visage blême, ses narines palpitantes, le bandage au poignet du bras qui s'agrippait au chambranle...

– Mais c'est... fit le Pr Yardley incapable d'articuler un mot de plus.

– C'est l'homme que je m'attendais à voir, dit Ellery en regardant la lutte qui continuait à terre. J'ai su la vérité quand j'ai pénétré dans la cabane.

Ils réussirent à maîtriser Mr John Chase, de la chambre 643. Un filet de salive coulait de sa bouche, et son regard était maintenant celui d'un dément. C'était le regard du maître d'école d'Arroyo, Andrew Van.

Ellery parle de nouveau

– Je suis abasourdi, absolument abasourdi! fit Vaughn. Je n'arrive pas à comprendre comment la solution pouvait être trouvée d'après les faits, et vous aurez du mal à me convaincre, Mr Queen, que ce ne fut pas un simple jeu de devinettes.

– Un Queen ne devine jamais, dit sévèrement Ellery.

On était jeudi. Yardley, Ellery, l'inspecteur Queen, Isham et Vaughn, installés dans un wagon-salon du Twentieth Century Limited, étaient en route pour New York. Si la fatigue creusait encore leurs traits – sauf ceux de l'inspecteur Queen qui paraissait jouir pleinement de la situation – les visages exprimaient la satisfaction.

– Vous n'êtes pas le premier à faire cette réflexion, dit le vieillard en s'adressant à Vaughn. Chaque fois qu'il résout un imbroglio de cette espèce, quelqu'un l'accuse d'avoir deviné la solution. J'avoue ne pas savoir moi-même la plupart du temps comment il y arrive, malgré ses explications.

– C'est un mystère total pour moi, dit Isham.

– Que je sois pendu haut et court si je vois comment la logique peut s'appliquer à cette affaire! dit Yardley, vexé de voir son intellect en défaut. Tout n'a été qu'un tourbillon d'inconséquences et de contradictions, du commencement à la fin.

– Erreur complète, dit Ellery. Le tourbillon d'inconséquences et de contradictions n'a duré que jusqu'au quatrième crime. A partir de là tout est devenu clair comme de l'eau de roche. Rappelez-vous, j'ai eu sans cesse l'impression que, si j'arrivais à saisir une pièce infime du puzzle et à l'adapter au bon endroit, tout prendrait une forme compréhensible. Or, cette pièce, je l'ai trouvée dans la cabane de Virginie.

— C'est ce que vous avez dit hier soir, grommela le professeur. Je ne vois toujours pas...

— Naturellement, puisque vous n'avez pas examiné la cabane.

— Moi, je l'ai fait, riposta Vaughn, et si vous pouvez me montrer ce qui permettait de résoudre cette maudite affaire...

— Un défi, inspecteur ? Je l'accepte.

Ellery envoya un nuage de fumée bleue au plafond du compartiment.

— Revenons un peu en arrière, voulez-vous ? Jusqu'au meurtre de mardi dernier, à Arroyo, je ne savais pas grand-chose. Le premier crime d'Arroyo était resté un mystère jusqu'à l'apparition d'Andrew Van en personne. Il prétendit, à l'époque, que Kling, son domestique, avait été tué par erreur, par un certain Velja Krosac qui payait ainsi une dette de sang. Puis Thomas Brad, un frère de Van, fut assassiné. Stephen Mégara, autre frère de Van, le fut également. Mégara et la police yougoslave avaient confirmé l'histoire Krosac. Le mobile de ces crimes paraissait donc clair : un monomane, dont le cerveau avait été détraqué par une vengeance inassouvie pendant de longues années, pris de frénésie criminelle, semait la mort chez les assassins de son père et de ses oncles. Lorsque nous découvrîmes que les Tvar avaient en outre volé les Krosac, un motif de plus renforçait cette thèse.

» J'ai déjà expliqué au Pr Yardley qu'on pouvait tirer deux conclusions précises des circonstances qui ont entouré la mort de Brad. L'une est que Brad connaissait très bien son meurtrier, l'autre est que ce meurtrier ne boitait pas. Est-ce vrai, professeur ?

Yardley acquiesça et Ellery résuma son raisonnement, basé sur la disposition des pièces du damier et sur les autres faits connus de Vaughn et d'Isham.

— Mais ces conclusions ne me menaient nulle part. Nous en avions déjà assumé la possibilité, le fait de les avoir prouvées n'avait donc pas grande valeur. Jusqu'à ma découverte du cadavre dans la cabane, ma seule explication des étranges détails des trois premiers crimes était la folie de Krosac, son obsession doublée d'une obsession particulière pour les T : d'où les têtes tranchées, les T inscrits avec du sang et la très bizarre signification du T.

Ellery sourit et considéra sa cigarette avec plaisir.

— L'étonnant, c'est que tout au début de l'enquête, c'est-à-dire il y a sept mois, lorsque je me suis trouvé en face de l'horrible corps au tribunal de Weirton, une idée m'avait frappé. Si j'en avais tenu compte elle aurait pu m'aider à terminer l'affaire d'un seul coup, à ce moment-là. Elle fournissait une autre explication des T répandus partout. Mais ce n'était qu'une idée vague, résultant de mon goût inné de la logique, et si peu vraisemblable que je l'écartai; je continuai à l'écarter puisque aucun fait de nature à l'appuyer ne se produisit ultérieurement. Mais elle n'en persistait pas moins à m'obséder.

— Qu'est-ce donc? demanda le professeur. Vous vous souvenez de notre discussion au sujet de la croix égyptienne...

— Ah, laissons cela, fit vivement Ellery, j'y viendrai plus tard. Permettez-moi d'abord de vous récapituler les détails du quatrième crime.

Il leur fit un rapide tableau de l'horrible vision qui l'avait frappé la veille, sur le seuil de la cabane barricadée. Lorsqu'il eut terminé, ses auditeurs se regardèrent.

— Je ne vois rien de saillant là-dedans, avoua le professeur.

— Moi non plus, dit l'inspecteur...

Vaughn et Isham considéraient Ellery d'un œil soupçonneux.

— Mon Dieu, s'écria Ellery en lançant sa cigarette par la fenêtre, tout est pourtant clair! Un poème épique est écrit dans cette cabane et autour d'elle, messieurs. Quelle est donc la sentence affichée dans la classe de l'école de police du Palais de Justice, papa? « Les yeux ne distinguent que l'apparence des choses et les apparences ne sont que le reflet de ce que l'on a déjà dans l'esprit. » Notre police pourrait s'en inspirer, inspecteur Vaughn.

» Hors de la cabane : les empreintes. Les avez-vous examinées attentivement ?

D'un même mouvement, Vaughn et Isham inclinèrent la tête.

– Alors vous avez dû voir immédiatement que *deux personnes* seulement étaient mêlées à ce crime. Il y avait deux séries d'empreintes, dues à la même paire de souliers – l'une allant vers la cabane, l'autre en revenant. On pouvait même fixer à peu près l'heure à laquelle elles avaient été faites, la pluie ayant cessé de tomber à Arroyo à 11 heures du soir : une pluie battante qui eût complètement effacé les empreintes si elles avaient été faites avant ou pendant l'orage. Elles sont donc postérieures à 11 heures du soir. D'autre part, d'après l'état du corps crucifié, au moment où je l'ai vu, la mort devait remonter à environ 14 heures. En d'autres termes, la victime avait été tuée à 11 heures du soir – par conséquent à l'heure approximative où les empreintes avaient été faites.

Ellery alluma une nouvelle cigarette.

– Les empreintes révèlent donc qu'une seule personne est entrée et sortie de la cabane à l'heure du crime. Cette cabane ne possède qu'une entrée : la porte, l'unique fenêtre étant défendue par des fils de fer barbelés. La conclusion s'imposait : il y avait une victime et un meurtrier; nous avions trouvé la victime, c'étaient donc les traces du meurtrier que la terre humide gardait devant la hutte. Les empreintes indiquaient un boiteux; jusqu'ici tout concordait donc parfaitement.

» Mais sur le sol rocheux de la cabane se trouvaient plusieurs objets des plus significatifs. D'abord, un pansement sanglant et taché d'iode, correspondant, d'après sa dimension, à un bandage de poignet et, à côté, une bande neuve utilisée en partie.

– Ah! fit le professeur, c'est donc cela! Je me demandais quelle importance avait cette blessure au poignet.

– Ensuite, un gros flacon de verre bleu, opaque, sans étiquette, dont le bouchon avait sauté un peu plus loin. La première question qui me vint à l'esprit fut de me demander qui avait utilisé ce pansement. J'examinai les poignets de la victime. Ils étaient intacts.

Conclusion : le meurtrier s'était coupé le poignet, soit en décapitant sa victime, soit au cours d'une lutte précédant le meurtre.

» C'était donc le meurtrier qui s'était servi de l'iode et de la bande pour panser sa blessure. Le fait qu'il avait coupé et enlevé le bandage plus tard ne change rien – la coupure avait dû saigner abondamment et il a simplement mis un pansement propre avant de quitter la cabane.

Ellery lança une bouffée de fumée.

– Mais avez-vous remarqué le fait significatif? Si le meurtrier s'est servi d'iode, quelle conclusion devons-nous en tirer? La déduction devrait être un jeu d'enfant maintenant, ne la voyez-vous pas encore?

Ils réfléchirent un long instant en concentrant toute leur attention, mais abandonnèrent enfin la partie.

Ellery s'adossa à son fauteuil.

– L'interprétation me paraît pourtant évidente, dit-il. Quelles sont les deux caractéristiques du flacon d'iode laissé sur le sol par le meurtrier? Primo : il est en verre opaque. Secundo : il ne porte pas d'étiquette.

» Alors comment le meurtrier savait-il qu'il contenait de l'iode?

De stupéfaction, le Pr Yardley ouvrit la bouche toute grande.

– Quel idiot je suis! fit-il. Evidemment, évidemment...

Le visage de Vaughn exprimait une intense surprise.

– C'est pourtant diablement simple! dit-il, comme s'il ne comprenait pas comment ce fait lui avait échappé.

Ellery haussa les épaules.

– Ces choses-là le sont toujours, dit-il. Vous voyez, par conséquent, la suite du raisonnement : le verre étant opaque et le flacon sans étiquette, le meurtrier ne pouvait savoir qu'il contenait de l'iode à moins de s'en être déjà servi auparavant, ou de l'avoir débouché et d'avoir examiné le liquide.

» Mais souvenez-vous des deux espaces libres sur la petite étagère, si bien ordonnée, du vieux Pete. Ces deux espaces correspondaient aux deux objets trouvés sur le sol : le flacon d'iode et la bande roulée qui, normalement, devaient se trouver sur l'étagère à pharmacie. En d'autres termes, le meurtrier, après s'être blessé, avait dû aller chercher sur cette étagère de quoi se soigner.

Ellery sourit.

– Mais quelle étrange conduite est la sienne! Au lieu de se servir du flacon d'iode ou de celui de mercurochrome, tous deux dûment étiquetés, il débouche un flacon opaque, sans étiquette, pour chercher un antiseptique! Aucun homme étranger à cette cabane, se trouvant dans une situation où tout retard constitue un danger mortel, n'irait perdre son temps à inventorier le contenu d'un flacon, alors qu'il a d'autres antiseptiques sous les yeux.

» Par conséquent, l'homme *savait* que ce flacon contenait de l'iode. Mais qui pouvait avoir une telle certitude? Le propriétaire de la cabane, évidemment. Nous savons par Van lui-même en quel farouche isolement il vivait.

– Je vous l'avais bien dit! s'écria l'inspecteur Queen, en cherchant sa tabatière.

– Nous avons démontré tout à l'heure que seules deux personnes étaient impliquées dans le crime : le meurtrier et sa victime, et que le meurtrier, après s'être coupé le poignet, s'était servi de l'iode. Donc, si le propriétaire de la cabane, Andréja Tvar, ou Andrew Van, ou le vieux Pete, était seul à savoir que le mystérieux flacon contenait de l'iode, c'est lui qui s'est coupé le poignet et le pauvre diable crucifié sur le mur n'était pas Andrew Van, mais la victime d'Andrew Van.

Un silence suivit ces paroles.

– Oui, dit Isham, mais en admettant, d'après ce raisonnement, que Van soit coupable du dernier crime, comment pouvez-vous prouver logiquement qu'il l'est également des trois autres?

– Mon cher Isham, dit Ellery, le reste n'est plus qu'une question d'analyse et de bon sens. Voyons comment se présentaient les faits. Je savais que l'homme qui avait laissé les empreintes d'un boiteux, le meurtrier, était Andrew Van lui-même. Mais qu'il fût l'assassin n'était pas suffisant. Je pouvais envisager une hypothèse d'après laquelle Van aurait pu tuer Krosac en état de légitime défense, auquel cas il ne pouvait être considéré comme l'auteur des trois autres crimes. Mais un fait me sauta aux yeux : Andrew Van avait habillé le corps de sa victime *avec les haillons du vieux Pete*, par conséquent avec ses propres vêtements. Il y avait donc duplicité, tromperie volontaire. Le problème consistait donc simplement à chercher qui avait été victime de ce dernier massacre.

» Le cadavre n'était pas celui de Van, comme je l'ai déjà démontré. Ce ne pouvait être celui de Brad, identifié par sa veuve grâce à la marque de naissance en forme de fraise sur la cuisse, ni celui de Mégara, reconnu formellement par le Dr Temple à cause de sa hernie. Or, les deux seules personnes impliquées dans l'affaire, en dehors des trois Tvar – en écartant la possibilité bien invraisemblable d'un étranger – étaient Velja Krosac et Kling, le domestique de Van.

Ellery s'arrêta pour reprendre haleine.

– Le corps pouvait-il être celui de Krosac ? C'eût été la conclusion superficielle, mais si Van avait tué Krosac, il pouvait à juste titre invoquer la légitime défense. Il n'avait qu'à appeler la police qui, connaissant les dessous de l'affaire, l'eût certainement laissé en liberté. Si Van avait été innocent, il eût incontestablement agi de cette façon. Le fait qu'il ait choisi une autre ligne de conduite prouve qu'il y était obligé. Pourquoi ? Parce que le cadavre n'était pas celui de Krosac !

» Kling demeure donc la seule possibilité à envisager. Or, Kling était la victime supposée du premier crime d'Arroyo, celui du carrefour, il y a sept mois ! Mais qu'est-ce qui nous prouve que ce premier cadavre était celui de Kling ? Uniquement la parole de Van. Or, nous savons maintenant que Van est un meurtrier et un fourbe. Nous avons donc toutes les raisons du monde de douter de sa parole et puisque les faits démontrent qu'une seule possibilité nous reste, nous pouvons en conclure que le dernier cadavre est celui de Kling.

» Voyez comme toutes les pièces du puzzle se placent d'elles-mêmes maintenant. Du moment que le dernier cadavre est celui de Kling, où diable se trouve

Krosac? Puisque les corps de Brad et de Mégara ont été formellement identifiés lors de leur assassinat, le seul individu qui, logiquement, ait pu être mis à mort à Arroyo il y a sept mois, c'est Krosac lui-même! Le « démon » qui durant sept mois a été recherché par la police de quarante-huit États et de trois nations... rien d'étonnant à ce qu'on n'ait trouvé aucune trace de lui. Il était mort!

– C'est stupéfiant! dit le professeur.

– Oh, vous n'avez qu'à l'écouter, dit l'inspecteur Queen en riant, il est plein de surprises de ce genre.

Un employé leur apporta des rafraîchissements, ils burent en silence, les yeux fixés sur le paysage qui défilait derrière les fenêtres du wagon. Le serveur parti, Ellery reprit ses explications.

– Qui avait tué Krosac à Arroyo? Etablissons d'abord une vérité fondamentale : quiconque a commis ce premier crime connaissait et utilisa l'histoire des Tvar, les T le prouvent. Qui connaissait cette histoire? Van, Mégara, Brad et Krosac. Van et Mégara nous ont tous deux affirmé que seuls les frères Tvar et Krosac étaient au courant de la vendetta. Or, Mégara, pour des raisons purement géographiques, ne peut avoir tué Krosac à Arroyo, il était au bout du monde. Brad? Impossible : Mrs Brad a certifié, en présence de personnes qui pouvaient démentir, si cela n'avait pas été vrai, que Brad avait joué avec le champion national de dames *la veille de Noël*. Krosac, la victime, est bien entendu hors du coup. Kling est-il donc le seul possible? Non, car outre son ignorance de la signification des T, il a été décrit à maintes reprises comme un faible d'esprit, un arriéré, totalement incapable d'accomplir un crime aussi intelligent. Par conséquent, Krosac a été tué par Van, seul facteur restant qui remplisse les conditions requises pour être le meurtrier de Krosac.

» Donc Van a assassiné Krosac. Comment et en quelles circonstances? L'histoire peut être aisément reconstituée. Sachant que Krosac cherchait à retrouver les Tvar, Van a fini par découvrir qu'il voyageait avec ce vieux fou de Stryker. Il a dû le prévenir de la présence d'un des Tvar par une lettre anonyme pour le faire venir à Arroyo. Krosac, dans sa joie de pouvoir accomplir son rêve de vengeance, a mordu à l'hameçon sans douter un instant de la source de renseignements. Il a entraîné la caravane du pauvre Stryker dans le voisinage d'Arroyo. Puis Krosac – Krosac, en personne, dont ce fut la première et dernière apparition dans l'affaire – loua la voiture de Croker, le garagiste de Weirton, et se fit conduire au carrefour. Krosac ne portait pas de valise à Weirton, vous vous souvenez? Le fait est significatif si on considère que le meurtrier en portait une lors des autres crimes. Pourquoi Krosac, cette unique fois, n'avait-il aucun bagage? Simplement parce qu'il n'entendait pas massacrer sa victime; il était probablement un vengeur résolu, mais sain d'esprit, qui se fût contenté de tuer ses ennemis, sans en faire une boucherie. Si le plan de Krosac avait réussi, nous aurions trouvé le cadavre non mutilé du maître d'école, tué probablement d'un coup de feu.

» Mais Van, l'instigateur de toute cette chaîne d'événements, attendait le vengeur sans méfiance au carrefour et il le tua. Il avait déjà ligoté et caché le malheureux Kling *vivant.* Puis Van habilla le corps de Krosac avec ses propres vêtements, le décapita, et ainsi de suite.

» Il est évident que Van, alias Andréja Tvar, avait conçu ce plan dès le début. Ces crimes nécessitaient des années de préparation. Il fallait leur donner l'apparence de la vengeance d'un homme, Krosac, qui, obsédé par son idée fixe, avait fort bien pu devenir fou. Van cacha Kling pour se servir de son corps à la fin et faire croire à son propre assassinat. Dans son plan, Krosac devait paraître s'être trompé en tuant un innocent d'abord; puis il devait tuer deux frères Tvar et finalement le troisième, réparant ainsi l'erreur apparemment commise sept mois auparavant. Quant à Van, ce dernier crime camouflé le faisait apparaître comme l'ultime victime du monomane, alors qu'il s'échappait avec ses économies augmentées d'une somme coquette, habilement extorquée à son frère Stephen. Pendant ce temps, la police rechercherait éternellement le fantomatique Krosac, mort depuis longtemps... La substitution des corps n'offrait pas de difficulté; souvenez-vous que Van, ayant engagé lui-même son domestique à l'orphelinat de Pittsburgh, avait pu choisir un homme de stature et de corpulence semblables aux siennes.

» C'est probablement sa ressemblance physique avec Krosac, découverte avant de lui envoyer sa lettre anonyme, qui lui inspira tout le complot.

– Tu as dit tout à l'heure, observa l'inspecteur Queen en prenant délicatement une prise dans sa tabatière, que tu étais sur la bonne piste tout au début, mais ne l'avais pas suivie. Que voulais-tu dire ?

– Pas seulement au début, dit Ellery. La même idée n'a cessé de me revenir tout au long de l'affaire et je la chassais toujours comme insuffisamment fondée. Car, dès le premier crime, un fait dominait tous les autres : la tête tranchée et emportée. Pourquoi ? La seule explication semblait être la manie du criminel. Plus tard, connaissant l'histoire des Tvar et la prétendue signification du T, symbole de la vengeance de Krosac, nous en conclûmes que les têtes avaient été tranchées pour donner aux cadavres l'apparence d'un T. Mais ce vieux doute me revenait sans cesse...

» Car, après tout, il existait une autre explication de ces multiples décapitations, une théorie remarquable, à savoir que les têtes tranchées, pour rendre les corps semblables à un T, et tous les autres T – carrefour, poteau indicateur, dans le premier crime; totem dans le second; mât porte-antenne dans le troisième; les lettres sanglantes dans les trois – n'avaient d'autre but que d'expliquer le fait que les têtes avaient été coupées, la tête étant le moyen le plus sûr d'identification pour les profanes. Je me dis qu'il était logiquement possible que ces crimes ne fussent pas l'œuvre d'un fou obsédé par la lettre T, mais celle d'un être parfaitement lucide, bien que détraqué, qui avait enlevé les têtes pour tromper sur l'identité. Le fait qu'aucune des têtes n'avait été retrouvée semblait confirmer l'hypothèse. Pourquoi le meurtrier ne les avait-il pas laissées sur la scène du crime ou à proximité – ce qui eût semblé l'impulsion naturelle d'un criminel, fou ou non ? Les corps n'en auraient pas moins fourni un T et satisfait sa manie. Mais les têtes avaient disparu : j'eus l'intuition que tout n'était peut-être pas exactement conforme aux apparences. Pourtant, comme ce n'était qu'une simple hypothèse et que tous les faits semblaient indiquer la vendetta d'un fou, je continuai à chasser cette idée qui était la bonne.

» Mais quand, en enquêtant sur le quatrième crime, je sus qu'Andréja Tvar était le *deus ex machina,* la raison de ses agissements m'apparut claire comme le jour. Lors du premier crime – l'assassinat de Krosac – il fut forcé de décapiter sa victime pour empêcher l'identification et faire accepter l'idée initiale que c'était le cadavre de Van, puis l'idée en découlant que ce même cadavre était celui de Kling. Le fait de trancher simplement les têtes eût éveillé les soupçons, n'importe quel policier eût flairé le vrai motif de la mutilation. Van conçut la brillante idée du maniaque obsédé par le T et qui en sème partout sur la scène de ses crimes; cela devait si bien camoufler son vrai motif qu'il avait la certitude de ne pas être deviné. La véritable signification des têtes tranchées n'ayant évidemment pour but que de permettre la fausse identification du premier et du dernier cadavre.

» Une fois engagé dans cette voie, il était obligé de continuer sa mise en scène de cauchemar; c'est uniquement pour cette raison qu'il décapita Brad et Mégara. Pour le dernier crime, évidemment, l'enlèvement de la tête redevenait une nécessité. C'était un plan diabolique, remarquablement habile tant au point de vue psychologique que dans son exécution.

– A propos du dernier crime, fit Isham, je ne sais si c'est un jeu de mon imagination, mais il m'a semblé que les empreintes se dirigeant vers le cadavre étaient plus profondes que celles qui en revenaient.

– Excellente observation, Mr Isham! s'écria Ellery. Je suis heureux que vous souleviez la question, car elle vient à l'appui de ma thèse. J'ai remarqué, comme vous, la différence. Pourquoi des empreintes semblables dans un terrain identique seraient-elles plus profondes dans une direction que dans l'autre? La seule explication possible est que le meurtrier, dans un des deux cas, portait une lourde charge. Cette idée s'adaptait admirablement à mes constatations. Je savais que le dernier cadavre était celui de Kling. Où Van avait-il caché Kling ? Pas dans la cabane, mais dans le voisinage, certainement. Le constable Luden nous a dit que les montagnes de Virginie sont criblées de cavernes et Van lui-même a déclaré avoir trouvé la cabane abandonnée en faisant une petite exploration dans ces cavernes, peut-être avec cette même idée en tête. Donc Van alla chercher Kling dans la grotte où il le tenait prisonnier depuis plusieurs mois et il le *rapporta sur son dos* dans la cabane. La pluie dut cesser après le départ de Van pour la caverne, mais avant son retour à la hutte; elle effaça ses premières empreintes, mais au retour avec sa charge, ses pas s'enfoncèrent dans la terre humide; plus léger lorsqu'il quitta la cabane pour la dernière fois, ses pieds laissèrent des traces moins profondes.

– Pourquoi n'a-t-il pas fait marcher Kling ? demanda Isham.

– Pour laisser la trace d'un boiteux : Krosac, évidemment. En boitant, tout en emportant Kling, il atteignait un double but : amener sa victime dans la cabane et donner l'impression qu'un seul homme – Krosac – y était entré. Il boitait encore lors de son départ définitif, pour compléter l'illusion de la fuite de Krosac. Sa seule erreur fut de ne pas s'apercevoir que les empreintes seraient plus profondes en portant un poids.

– Je n'arrive pas à faire pénétrer tout cela dans mon cerveau obtus, murmura le professeur. Cet homme devait être – doit être – un génie... perverti évidemment; mais son plan demandait une intelligence supérieure.

– Pourquoi pas ? fit Ellery. En homme cultivé, qui a eu des années pour élaborer ce plan, fort intelligent, je vous l'accorde, Van a dû manœuvrer constamment pour que Krosac ait, en apparence, une raison légitime de commettre les actions que Van lui-même devait exécuter. Cette histoire de la pipe, par exemple, celle du tapis retourné pour cacher la tache, l'oubli volontaire du mot d'avertissement de Brad. Je vous ai donné la raison pour laquelle Krosac désirait avoir un délai avant la découverte de la vraie scène du crime : il voulait attendre l'arrivée de Mégara pour que celui-ci eût l'air de mener Krosac à Van, Krosac étant supposé avoir découvert que Van vivait toujours, d'après la lettre de Brad.

» Mais Van, tout en fournissant cet ingénieux motif pour Krosac, avait de bien meilleures raisons pour réserver ce délai. Si la police, en fouillant la bibliothèque immédiatement, avait trouvé la lettre de Brad – qui lui fut incontestablement inspirée par Van – bien avant le retour de Mégara, elle aurait su que Van vivait toujours. La moindre imprudence du vieux Pete pouvait dès lors éveiller les soupçons de la police et rendre la position de Van, qui incarnait le vieux montagnard, très précaire. Si Mégara était, par hasard, mort en mer, il ne serait resté personne pour confirmer à la police que le vieux Pete, ou Van, était le frère de Brad et de Mégara. Grâce au délai, il donnait une confirmation de la parenté au moment du retour de Mégara. La parole de Van n'eût pas suffi, il pouvait devenir suspect; avec Mégara pour confirmer toutes ses déclarations, son innocence ne faisait pas de doute.

» Quel besoin avait-il de se faire connaître, me direz-vous? C'est là que nous comprenons le véritable but de ses manœuvres compliquées pour obtenir un délai jusqu'au retour de Mégara. En faisant écrire d'avance par Brad cette lettre qui établissait tout l'enchaînement des événements jusqu'au retour sur scène d'Andrew Van, Van *assurait son héritage*. Je m'explique : Van aurait pu laisser croire à la police qu'il avait été assassiné lors du premier crime et continuer à tuer ses frères sous le déguisement de Krosac. Mais en restant légalement mort, comment aurait-il pu recueillir l'argent que lui avait laissé Brad par testament? Il devait donc se montrer au moment où Mégara pouvait l'identifier comme son frère; il ramassait ainsi en toute sécurité les cinq mille dollars qui lui étaient dus. Il a même été très fort : vous souvenez-vous que Mégara, touché par l'air épouvanté de son frère et gêné par sa propre conscience, offrit à Van cinq mille dollars supplémentaires que celui-ci refusa, prétendant ne vouloir accepter que son dû? L'habile coquin savait bien que ce refus renforcerait l'illusion du personnage aux goûts d'anachorète, personnage qu'il avait bâti de toutes pièces avec tant de soin.

» Finalement, au moment de la lettre et de l'histoire qu'il raconta pour expliquer son retour sur scène, il prépara la police au second crime en l'avertissant que Krosac, le vengeur, avait découvert l'erreur commise dans le premier crime. Quel plan diabolique!

– C'est trop profond pour moi, dit Vaughn en secouant la tête.

– Voilà le phénomène que je suis obligé de supporter depuis que je suis devenu père, murmura l'inspecteur Queen dont l'air ravi démentait les paroles.

Mais le Pr Yardley, qui n'avait pas les mêmes satisfactions d'orgueil paternel pour se réjouir, tiraillait sa petite barbe d'un air soucieux.

– J'ai assez l'habitude de déchiffrer les énigmes, surtout celles de l'Antiquité, pour ne pas m'étonner d'un nouvel exemple de l'ingéniosité déployée par un homme. Mais un côté de la question m'intrigue. Vous dites qu'Andréja Tvar, complice des crimes de ses frères, avait conçu le plan de les exterminer, et cela depuis des années. Pourquoi?

– Je vois ce qui vous chiffonne, dit Ellery, c'est l'aspect horrible de ces crimes. En dehors de tout mobile, il y a une explication. Vous m'accorderez deux choses : premièrement, pour que le plan réussisse, il fallait qu'Andréja Tvar accomplisse de désagréables besognes, telles que couper des têtes (y compris celles de ses frères), clouer des pieds et des mains mortes, répandre une certaine quantité de sang et, secondement qu'Andréja Tvar soit fou. Le contraire est impossible. Peut-être était-il sain d'esprit lorsqu'il a conçu ce plan grotesque, mais il était fou en commençant à l'exécuter. Dès lors, tout s'explique... un dément peut répandre des océans de sang, fût-ce celui de ses frères.

Ellery considéra Yardley.

– Quelle différence cela fait-il? Vous étiez prêt à accepter que Krosac soit fou. Pourquoi pas Van? La seule différence, c'est qu'au lieu de mutiler des étrangers il a mutilé ses frères. Mais vous n'ignorez pas que l'histoire du crime comprend de nombreux maris qui ont brûlé leurs femmes, des sœurs qui ont gentiment découpé leurs sœurs, des fils qui ont défoncé les crânes de leurs mères, sans compter les incestes, dégénerescences et autres formes de crimes familiaux. Un homme normal arrive difficilement à comprendre, mais demandez à mon père, ou à l'inspecteur Vaughn, ils vous raconteront des histoires telles que votre barbe en frémira d'horreur.

– Soit, dit Yardley. Mais le mobile, mon cher garçon, le mobile! Comment avez-vous pu découvrir le mobile de Van, si, jusqu'au quatrième crime, vous avez cru que le coupable était Velja Krosac?

– J'avoue ignorer totalement le mobile de Van, dit Ellery en souriant. Quelle importance? Le mobile d'un fou peut être aussi évanescent que l'air, aussi difficile à déceler que celui d'un perverti. Entendez bien qu'en parlant de la folie de Van, je ne veux pas dire qu'il soit atteint de folie délirante. Comme vous avez pu le constater par vous-même, Van paraît être en pleine possession de ses facultés. Sa manie ne porte que sur un seul point, elle est due à une fêlure de son cerveau. Mon père et Vaughn peuvent vous citer quantité de cas où les meurtriers, tout en paraissant aussi normaux que vous ou moi, sont en réalité de dangereux psychopathes.

– Je puis vous fournir le mobile, dit l'inspecteur Queen. C'est trop dommage que tu n'aies pas été présent hier soir, Ellery, et vous aussi, professeur, lorsque le chef de la police et Vaughn ont mis Van sur le gril. Ce fut l'interrogatoire le plus intéressant auquel j'aie assisté. Van a presque eu une crise d'épilepsie, puis il a fini par se calmer et il a mangé le morceau, tout en jurant comme un forcené contre ses deux frères.

– A propos, dit Isham, il a noyé leurs têtes dans Long Island Sound. Il a enterré les autres dans la montagne.

– Pour l'assassinat de son frère Tomislav, poursuivit le vieillard, c'est l'habituelle histoire de femme qui est à la base. Van aimait une jeune fille que son frère Tom lui a ravie et qu'il a épousée. Elle a été la première femme de Brad et, d'après Van, elle est morte des mauvais traitements de son mari.

– Et contre Mégara, qu'avait-il? demanda Ellery. Ce garçon semblait convenable, bien qu'un peu taciturne.

– C'est un peu nébuleux, répondit Vaughn en coupant le bout de son cigare. En sa qualité de cadet de toute la famille, Van n'avait aucun droit sur la fortune du père Tvar. Mégara, l'aîné, administra et distribua le trésor, et il semble qu'il se soit entendu avec Brad pour léser Van; en outre, ils ne lui donnèrent rien du butin volé aux Krosac, sous le prétexte qu'il était trop jeune. Il s'est bien vengé, par la suite! ajouta Vaughn en ricanant. Van ne pouvait se plaindre, puisqu'il était dans le coup, mais cela explique pourquoi, lorsque les trois frères arrivèrent en Amérique, Van se sépara d'eux et vécut isolé. Brad a dû céder à un remords de conscience en lui léguant les cinq mille dollars. Beau résultat pour tous les deux!

Un train les croisa dans un roulement de tonnerre.

Le Pr Yardley, têtu comme un bouledogue, semblait ressasser une idée. Il finit par se tourner vers Ellery.

– Dites-moi, Ô, Omniscience, croyez-vous aux coïncidences?

– Certainement pas dans une affaire criminelle, honoré professeur.

– Alors comment expliquez-vous la présence de l'ami Stryker, autre lunatique – décidément, les fous abondent, à Arroyo et sur la scène des crimes consécutifs –, à une si grande distance du premier? Puisque Van est le coupable, le pauvre Ra-Harakht, dieu du soleil, doit être innocent... Sa présence sur le théâtre du second crime n'est-elle pas une stupéfiante coïncidence?

– Combien j'apprécie votre compagnie, professeur! dit Ellery. Je suis heureux que vous ayez soulevé ce lièvre. Mais non, naturellement, ce n'est pas une coïncidence. Krosac n'était pas un mythe, mais une réalité. Il a su que l'un des Tvar était réfugié à Arroyo, en Virginie, et on peut présumer, sans trop s'aventurer, que Van l'avait également averti, dans sa lettre « anonyme », du lieu de résidence de Mégara et de Brad, habitant ensemble à Long Island. Le plan de Van ne comportait aucune faille; il savait que Krosac voyageait avec Stryker dans l'Illinois et qu'il devrait passer obligatoirement par la Virginie pour aller vers l'est. Il attaquerait donc le maître d'école le premier.

» Très bien, Krosac n'est pas un imbécile absolu. Il projette de tuer le troisième des Tvar, qui se fait appeler Andrew Van, puis ses deux frères, connus sous le nom de Brad et Mégara. Il sait aussi que le meurtre du pauvre maître d'école fera un bruit énorme et qu'il devra se cacher. Conclusion : pourquoi ne pas choisir un refuge à proximité de ses prochaines victimes ? Il consulte les annonces, tombe sur celle du vieux Ketcham qui offre de louer Oyster Island et obtient l'assentiment du malheureux Stryker pour aller y fonder un culte du soleil, puis il loue l'île par courrier, longtemps à l'avance... Vous comprenez ce qui arriva par la suite ? Krosac est assassiné. Stryker, le pauvre innocent, qui ignore tout du complot, s'abouche avec Romaine, tout aussi innocent, lui montre le bail et ils partent ensemble, ce qui explique la présence des adorateurs du soleil à Oyster Island.

— Van n'aurait pu mieux arranger les choses s'il avait voulu faire porter les soupçons sur Stryker ! s'exclama l'inspecteur.

— Cela me remet en mémoire ces histoires égyptiennes, Queen, dit le professeur. Vous ne suggérez pas que Van ait conçu le plan de relier l'égyptologie du vieux Stryker aux crimes ?

— Non, dit Ellery en souriant, grâce à vous, je ne suggère rien de semblable. En y réfléchissant, j'ai bel et bien fait l'imbécile en pérorant sur la croix égyptienne. N'est-ce pas votre avis, professeur ?

Il se releva brusquement sur son siège et se donna une claque sonore sur la cuisse.

— J'ai une idée absolument géniale, père !

— Ecoute un peu, fit l'inspecteur qui semblait avoir perdu sa bonne humeur, moi aussi j'ai réfléchi. Tu as dû dépenser la moitié de notre compte en banque à louer des avions et je ne sais quoi encore pour ta chasse à l'homme à travers le pays. Est-ce moi qui vais payer la note ?

Ellery rit sous cape.

— Appliquons de nouveau la logique pour résoudre ce problème. Je n'ai que trois solutions : faire régler mes dépenses par le comté de Nassau...

Il regarda le procureur Isham qui tressaillit, balbutia deux mots et se renversa en arrière en souriant niaisement.

– ... Non, je vois que cette solution est impraticable. La seconde consiste à supporter les frais moi-même : elle n'est pas meilleure, c'est beaucoup trop philanthropique. Je vous ai dit que j'avais une idée géniale.

– Si tu ne peux te faire rembourser et que tu ne veuilles pas payer toi-même, fit l'inspecteur, je ne vois pas...

– Mon cher inspecteur, dit Ellery, je vais écrire un livre sur ces crimes et, en souvenir de mon érudition quelque peu impulsive, je lui donnerai pour titre *le Mystère égyptien*. C'est le public qui paiera.

Si finis bonus est
Totum bonum erit.
(« Gesta Romanorum »)

POLAR

extrait du catalogue

Cette collection présente tous les genres du roman criminel : le policier classique avec des auteurs tels que Ellery Queen, Boileau-Narcejac, le roman noir avec Raymond Chandler, Mickey Spillane et les œuvres de suspense modernes illustrées par Stephen King ou TRidley Pearson. Sans oublier les auteurs français ou les grandes adaptations du cinéma.

BAXT George	**Du sang dans les années folles** 2952/**4**
BOILEAU-NARCEJAC	**Les victimes** 1429/**2**
	Maldonne 1598/**2**
BLOCH R. & NORTON A.	**L'héritage du Dr Jekyll** 3329/**4** Inédit
BROWN Fredric	**La nuit du Jabberwock** 625/**3**
CHANDLER Raymond	**Playback** 2370/**3**
COGAN Mick	**Black Rain** 2661/**3** Inédit
CONSTANTINE K.C.	**L'homme qui aimait se regarder** 3073/**4**
	L'homme qui aimait les tomates tardives 3383/**4**
DePALMA Brian	**Pulsions** 1198/**3**
GALLAGHER Stephen	**Du fond des eaux** 3050/**6** Inédit
GARBO Norman	**L'Apôtre** 2921/**7**
GARDNER Erle Stanley	Perry Mason :
	- L'avocat du diable 2073/**3**
	- La danseuse à l'éventail 1688/**3**
	- La jeune fille boudeuse 1459/**3**
	- Le canari boiteux 1632/**3**
GARTON Ray	**Piège pour femmes** 3223/**5** Inédit
GRADY James	**Steeltown** 3164/**6** Inédit
HUTIN Patrick	**Amants de guerre** 3310/**9**
KENRICK Tony	**Shanghaï surprise** 2106/**3**
	Les néons de Hong-kong 2706/**5** Inédit
KING Stephen	**Running Man** 2694/**3**
	Chantier 2974/**6**
	Marche ou crève 3203/**5**
	Rage 3439/**3**
LASAYGUES Frédéric	**Back to la zone** 3241/**3** Inédit
LEPAGE Frédéric	**La fin du 7e jour** 2562/**5**
LUTZ John	**JF partagerait appartement** 3335/**4**
McBAIN Ed	**Le chat botté** 2891/**4** Inédit
Mac GERR Pat	**Bonnes à tuer** 527/**3**
MAXIM John R.	**Les tueurs Bannerman** 3273/**8**
NAHA Ed	**Robocop** 2310/**3** Inédit
	Robocop 2 2931/**3** Inédit
NICOLAS Philippe	**Le printemps d'Alex Zadkine** 3096/**5**
PARKER Jefferson	**Pacific Tempo** 3261/**6** Inédit
PEARSON Ridley	**Le sang de l'albatros** 2782/**5** Inédit
	Courants meurtriers 2939/**6** Inédit
PÉRISSET Maurice	**Le banc des veuves** 2666/**3**
QUEEN Ellery	**La ville maudite** 1445/**3**
	Et le huitième jour 1560/**3**
	La Décade prodigieuse 1646/**3**
	Face à face 2779/**3**

1514

Achevé d'imprimer en Europe (France)
par Brodard et Taupin à La Flèche (Sarthe)
le 18 novembre 1993. 1570I-5
Dépôt légal nov. 1993. ISBN 2-277-21514-7
1er dépôt légal dans la collection : août 1983
Éditions J'ai lu
27, rue Cassette, 75006 Paris
Diffusion France et étranger : Flammarion